EL ORIGEN DE TODOS LOS MALES

EL ORIGEN DE TODOS LOS MALES

SOFÍA GUADARRAMA COLLADO

PLAZA JANÉS

El papel utilizado para la impresión de este libro ha sido fabricado a partir de madera
procedente de bosques y plantaciones gestionadas con los más altos estándares ambientales,
garantizando una explotación de los recursos sostenible con el medio ambiente y beneficiosa para las personas.

Penguin
Random House
Grupo Editorial

El origen de todos los males

Primera edición: junio, 2022

D. R. © 2022, Sofía Guadarrama Collado

D. R. © 2022, derechos de edición mundiales en lengua castellana:
Penguin Random House Grupo Editorial, S. A. de C. V.
Blvd. Miguel de Cervantes Saavedra núm. 301, 1er piso,
colonia Granada, alcaldía Miguel Hidalgo, C. P. 11520,
Ciudad de México

penguinlibros.com

ISBN: 978-607-381-320-4

Impreso en México – *Printed in Mexico*

Para Angeli, que todas las mañanas hace florecer mi alma.

"Mi madre, el origen de todos los males".

JOSÉ MARÍA PÉREZ GAY

RENATA

El día que mi madre se quitó la vida fue uno de los más felices de mi adolescencia...

¿Que si la odiaba? No lo sé...

Tampoco sé si la quería. Hay muchas cosas que no sé, que no recuerdo, que no entiendo. Lo que sí tengo claro es que los primeros años de mi vida fueron los mejores. Conocí el mundo de la mano de mi madre. Me enseñó a caminar, a vestirme, a contar, a leer, a bailar y a hacer manualidades. Papá dice que cuando nací, ellos vivieron los años más felices de su matrimonio. La atención de mis padres era solamente mía. Yo no pasaba un instante sin su cuidado. Los rayones que yo hacía en mis cuadernos los elogiaban como si fueran obras de arte, mis travesuras eran para ellos fuentes de carcajadas y mis pequeños logros, grandes hazañas.

Un día a mi madre le creció la panza como pelota, y otro, ya no estaba en casa. Volvió con un bebé y todos me dijeron que era mi hermano. Aunque papá asegura que me informaron todo el tiempo de su llegada, yo no recuerdo una palabra.

A partir de allí, nunca más recibí la misma atención. Me convertí en un objeto secundario, un estorbo, peor que un artículo inservible, un animal infeccioso para *eso* que había llegado a la casa, que a mi entender no era un hermano, sino un ser que se podía enfermar o descomponer en cualquier momento y con cualquier cosa. *No te acerques porque le vas*

11

a pegar la gripa. No lo toques. Tienes las manos sucias. No hagas ruido porque lo vas a despertar. No lo molestes. Déjalo en paz. Niña, quítate de ahí.

Las reglas cambiaron: ya no podía correr por la casa ni hacer *travesuras*, según mi madre, aunque yo aún no entendía bien a qué se refería. Tenía cuatro años y medio. Entonces yo creía que *travesura* significaba *juego*. Si corría, escuchaba un grito desde la cocina: *¡Ya estás haciendo travesuras!* Y si no hacía ruido, es decir que si estaba dibujando o jugando con mis muñecas, también escuchaba la queja desde cualquier parte de la casa: *¡Ya estás haciendo travesuras!* Mi respuesta se convirtió en un rezongo insípido, sin importar lo que estuviese haciendo: *¡No, mami!*

Lo peor comenzó cuando Alan aprendió a caminar y hablar. No había juguete, objeto o comida que él no quisiera. Yo tenía la obligación de dárselo para que dejara de llorar, sin importar el momento ni el lugar, porque, según la promesa que siempre me hacían, *luego me darían otro*, algo que nunca ocurría. Mis padres se convirtieron en los mentirosos más grandes de mi universo.

Y si el nacimiento de mi hermano alejó a mis padres de mí, la llegada de mi hermana me desvaneció de su galaxia. Cuando nació Alan, mi madre estaba en plena cacería. *¿Dónde estás, Renata? ¿Qué estás haciendo, Renata? ¡Levántate del piso! ¡Como tú no lavas la ropa!* Pero con Irene llegó mi libertad, aunque no duró mucho. Yo estaba por cumplir nueve. Mi madre tenía dos tesoros que cuidar. Alan —de cuatro años— se volvió loco con el nacimiento de mi hermana y mi madre disfrutó mucho su actitud empalagosa. A mí también me alegró porque no veía las cosas como las veo ahora, y quería cargarla y besarla. Incluso creo que disfruté más su nacimiento que el de Alan. Sin embargo, esa alegría duró poco tiempo, pues a Irene sí tuve que cambiarle los pañales. Con ella aprendí las incomodidades de la maternidad. Sentarme junto a ella largos ratos nada más para cuidar que no se cayera del sofá, darle la mamila o darle palmadas en la espalda para que *repitiera* dejó de ser divertido cuando se convirtió en obligación, a mis ocho años. Casi nueve…

La justificación de mi madre era que ella *no podía hacer todo* y yo por ser la mayor tenía que ayudarla; y ni cómo reclamarle, porque la respuesta aterrizaba rápidamente: *¿De cuándo acá me dices lo que tengo que hacer?* Y la peor de todas: *Mientras vivas en mi casa, vas a obedecer. Cuando cumplas dieciocho, podrás hacer de tu vida un papalote, mamacita.*

Grandísima estúpida. Los papalotes no son libres, sino presas del viento y de un pinche hilo que los mangonea. Creo que apenas había cumplido ocho años cuando me dijo eso por primera vez y para mí la cuenta —diez años— parecía eterna. Alan, en cambio, sí disfrutó a mi hermana de bebé, porque no tenía las obligaciones que mi madre me enjaretó; y tampoco vivió la represión ejercida en mi contra cuando Alan nació. No sé si mi madre aprendió la lección o simplemente jamás quiso que yo celebrara el nacimiento de mi hermano.

Mi madre tenía una obsesión por la higiene y el orden. Lo primero que debíamos hacer al despertar era tender nuestras camas, vestirnos, doblar nuestras pijamas, y pasarle el trapo al buró. ¡Ah!, pero si por alguna razón había moronas en la alfombra, teníamos que hacer, lo que ella llamaba, *hacer pizca pizca.* Es decir: quitarnos el uniforme de la escuela, tirarnos bocabajo en el piso y con los dedos recoger todas las moronas y tirarlas en el bote de la basura.

Si mamá invitaba a alguien a la casa, dedicaba los dos días anteriores a limpiar, a pesar de que teníamos sirvienta. Nos prohibía entrar a la sala, el comedor y el baño de la planta baja. Y el día del evento, teníamos que caminar descalzos y evitar ensuciar. Todavía no se bajaban las visitas del auto y ella ya nos había formado como soldados en la entrada de la casa para que los recibiéramos. *Buenas tardes, gracias por visitarnos*, y una sonrisa. Si ocupábamos algún objeto —por decir un libro, una engrapadora, unas tijeras— debíamos limpiarlo con toallitas húmedas y regresarlo a su lugar. No había polvo en ninguno de los muebles, ni trastes sucios ni ropa desdoblada ni camas arrugadas. Debíamos llevar el cabello bien peinado, los dientes cepillados, la ropa planchada y los zapatos lustrados. Nuestros útiles escolares tampoco podían tener dibujos ni anotaciones innecesarias. Si las encontraba ladraba enfurecida: *¡Ya verás cuando venga tu padre!*

A pesar de esas amenazas, papá casi nunca tomó acciones en mi contra. Estoy segura de que se debía a que cuando mi madre expulsaba lo que ella creía su frase aterradora *¡Ya verás cuando venga tu padre!*, era muy temprano: transcurría una tarde entera, se hacía de noche, me iba a dormir y él aún no llegaba del trabajo. Seguramente ella aprovechaba cualquier instante para denunciarme, pero al amanecer ambos (o por lo menos papá) olvidaban los agravios de la hija malcriada.

Quizá el horroroso ritual de todas las mañanas le quitaba cualquier intención de regaño: a las siete en punto, mi madre solía ajustarle con tedioso esmero el nudo de la corbata a papá, quien únicamente suspiraba y miraba el reloj. *Apúrate, niña*, me decía mi madre si yo permanecía en la puerta. Y si observaba lo que hacía: *¿Se te perdió algo?* Entonces, yo corría al auto y me sentaba a esperar.

Mi madre aprovechaba esos larguísimos minutos para acusarme con papá de alguna travesura. Pero él pocas veces me regañó en el auto por algo que ella hubiese dicho sobre mí. En cambio, sí me llamaba la atención por hacer dibujos con el dedo en el parabrisas, casi siempre empañado a esas horas. Pero no había otra cosa que hacer, además de ver cómo mi madre, al pie de la puerta, hacía y deshacía el nudo: ni muy apretado ni muy suelto. Tampoco, como decía ella, *chuecote*. La punta de la corbata tenía que quedar justo al nivel del cinturón.

Irene siempre fue la última en salir. Sin importar qué tanto se demorara papá, ella salía al final. Por ser la menor, era —por decreto maternal— intocable. Y yo, por ser la mayor, *era*, según palabras de mi madre, *la que tenía que dar el ejemplo* y, por ende, *no podía hacer cosas malas*, porque todo lo que yo hiciera lo aprenderían mis hermanos, en particular la menor. En repetidas ocasiones llegué a pensar que mi madre creía que Irene era retardada y Alan superdotado. Cuando Irene hacía algo malo, mi madre me regañaba: *Ya viste, Renata, lo que le enseñas a tu hermanita.* (Nunca fue *hermana* sino *hermanita*.) En una ocasión le respondí: *Pero yo jamás he hecho eso.* Y ella contestó luego de un torpe silencio: *Pues... ahí está el problema* —movió la quijada a la derecha—, *que no le has enseñado que no debe hacer eso. ¿Ella qué va a saber?* Alan, en cambio, era algo así como el superhéroe, y a la vez, amor platónico de mi madre. Siempre se dirigía a él con un *Corazoncito, Chiquito,* y el más patético: *Bebito peshoshito.*

Papá fue el eterno ausente. Los únicos treinta minutos que convivíamos todos los días eran precisamente en el camino a la escuela, la cual no estaba muy lejos de casa, pero había tanto tráfico en las mañanas que no había manera de llegar en menos tiempo. A pesar de que con frecuencia papá encendía las noticias en el radio, yo aprovechaba el tiempo para contarle sobre mí. Me fascinaba platicar con él, verlo, olerlo, escucharlo... Para mí era (corrijo: *es*) el hombre más guapo sobre la faz de la Tierra. Delgado, piel blanca, ojos azules, cabello castaño claro, rostro limpio, sin granos, sin arrugas, sin cicatrices, sin lunares ni verrugas. No es como los padres de mis compañeros de clases: toscos, barbudos, chaparros, panzones o dizque fortachones; el mío es... guapo... muy guapo.

Ahora me arrepiento de haber hablado tanto en esos trayectos a la escuela: no lo dejaba hablar. Quería que me conociera, que se enterara de mis cosas, que supiera mi versión, que se sintiera orgulloso de su hija y muy pocas veces le pregunté de su vida.

En aquellos años no entendía muy bien a qué se dedicaba. Sólo sabía que era gerente de una fábrica de regaderas, lavabos, fregaderos y cosas para baños. Pero las palabras que mis papás siempre usaban eran que *iba a la oficina*. Mi madre siempre me recordaba que *gracias a ese trabajo generaba dinero para que nosotros tuviéramos casa, comida, ropa y estudios*.

En alguna ocasión, le pregunté a papá por qué trabajaba tantas horas y mi madre respondió apresurada, como si no quisiera que él se expresara: *Para que nosotros tengamos casa, comida y ropa.*

—¿Qué pasaría si trabajaras menos horas? —pregunté mirando directamente a papá.

—¡Renata! Ya deja de hacer tantas preguntas y termina de comer —disparó mi madre.

—Sabina, déjala hablar —intervino papá y luego se dirigió a mí—: No nos alcanzaría el dinero.

Mintió. No era cuestión de dinero, sino de jerarquía: él era el gerente. Lo entendí años después.

—¡Ya sé! —propuse emocionada—. Mamá podría trabajar medio tiempo y tú medio tiempo, así ambos podrían estar en la casa en las tardes —sonreí y miré a papá con la ingenua esperanza de que llevaran a cabo mi plan maestro y se solucionara todo en nuestras vidas cada vez más distanciadas. Mi madre se levantó de la mesa y comenzó a darle de comer a Irene. Nunca más volvimos a tocar el tema.

Un día encontré a mi madre llorando sobre la cama. Cantaba con melancolía algo que entendí como: *Neme quit epa. Neme quit epa. Neme quit epa.* Yo tenía ocho o nueve años, no lo recuerdo muy bien. La observé un rato, en silencio. De pronto, dijo: *¿Qué voy a hacer ahora?* Me pregunté qué significaba eso. Pasaron muchas cosas por mi mente.

Pero el llanto de mi madre me devolvió al instante en el que me encontraba. No supe qué hacer y permanecí detrás del marco de la puerta, tragando saliva y conteniendo mis ganas de llorar también. En muchas ocasiones tuve la certeza de que ella necesitaba alguien con quien llorar. Entonces, me acerqué y le pregunté qué le ocurría. Ella se limpió los mocos, se secó las lágrimas y se levantó enojada:

—Nada que te importe. Ya te dije que es de mala educación estar espiando a la gente.

Volví a mi recámara y me puse a llorar. Hasta el día de hoy me sigo preguntando si fue porque me contagió su tristeza o porque me regañó. No sé. Regaños siempre había; también tristeza, aunque no con tanta intensidad como la que se desbocó a partir de ese día.

A partir de entonces, encontré a mi madre llorando todos los días.

—Te extraño tanto, mi vida. Perdóname —decía en voz baja.

Al principio esa melancolía me afectó tanto que dejé de jugar con mis amigas y de ver televisión. Quería estar con ella, abrazarla, decirle lo mucho que me interesaba su bienestar.

Pero llegó el día en que me aburrí de sufrir por ella. A todos nos cansa la tristeza ajena. Para evitarme regaños, me hice la despistada y continué con mi vida.

Alan, por su parte, dejó de hablar con los adultos. Decía que ya nadie se interesaba por él. Era, según sus palabras, *El niño invisible*. Yo creo que eran celos, ya que Irene era entonces quien recibía toda la atención. Cuando quería decirles algo a los adultos, me lo susurraba al oído. Por esa razón —aunque en ese momento no la entendía— mis padres decidieron llevarnos a mis hermanos y a mí con una psicóloga, una mujer de aproximadamente cincuenta años, con varios kilos de más, un rostro maquillado en exceso y unos vestidos anticuados y horrorosos. Irene entraba sola. Y Alan entraba conmigo, aunque nunca hablaba con ella. Si quería decir algo me lo murmuraba al oído. La señora Ana Cañedo —o como ella insistía que le llamáramos, *Anita*, aunque nunca lo hice—, me hacía preguntas sobre la escuela, mis actividades diarias, la relación con mis papás, hermanos y amigos, lo cual me fastidiaba, pues casi siempre hacía las mismas preguntas. Pero las que más me ponían de malas eran las relacionadas con Alan: *¿Cómo está tu hermano? ¿Qué dice tu hermano?* Luego comprendí que la terapia no era para mí, sino para él.

Recuperé el entusiasmo por la escuela, mis amistades casi perdidas y las travesuras con mis primos. Todos menores de diez años. Un día se me ocurrió llevar a cabo una maldad en contra de mi prima Fabiola, para destrozarla. Tenía planeado algo imperdonable.

El odio se recauda por razones pocas veces confesables, pero la verdad es que ella no me había hecho nada malo. A mis primos, sí. Con sus hermanitos era bien ojete, pero a mí eso me tenía sin cuidado. Mi único motivo fue que me irritaba su presencia, por gorda. Detestaba sus lonjas y su papada. Quería hacerla culpable de algo muy serio, algo inexcusable, algo que nadie olvidaría jamás. Y qué más si no los canarios de la abuela Leticia. Todo ocurrió uno de esos domingos familiares en que no faltaban testigos. La llamé *Operación pájaros al horno.* Mis primos tenían que convencer a Fabiola de jugar al zoológico.

—Si me acusan, le diré a tus papás que les robaste dinero la semana pasada —amenacé a mi primo Esteban, luego me dirigí a David—. A ti te acuso de haber roto la ventana —finalmente me fui contra Alberto—: Tus papás van a saber que fumas afuera de la escuela.

Las jaulas de los canarios de mi abuela Leticia serían las jaulas de los leones de juguete. Fabiola tenía que sacar a los pajaritos, guardarlos en una bolsa de papel y meterlos en el horno de microondas para que no se escaparan mientras todos jugaban. Y digo *jugaban* porque a la mera hora me inventé un dolor de estómago, me fui a la sala y me senté en las piernas de papá para establecer mi inocencia. David me avisaría cuando todo estuviera listo.

La espera fue aburridísima, hasta me estaba quedando dormida. En eso abrí los ojos y vi a mi primo en la ventana haciendo señas. Todo estaba preparado. Entonces, le dije a la abuela:

—*Abu,* tengo hambre —le di un tirón a su suéter.

Todos habían comido dos horas antes.

—Pero estás enferma, mijita —me acarició el cabello.

—Ya me siento mejor —le dije y la jalé del brazo. Ella se paró y fuimos hasta la cocina, donde encontró a mi prima cerrando la puerta del microondas.

—¿Qué haces, Fabiolita? —preguntó la abuela.

—¡Nada! —Fabiola exclamó asustada y salió como rayo.

La abuela no fue capaz de abrir el horno para ver qué había hecho la pinche escuincla gorda, hija de su chingada madre.

Pensé: *Esto no se queda así.* En cuanto la abuela se descuidó, regresé a la cocina y encendí el microondas. Creo que le puse como tres minutos. Y me subí lo más pronto posible a una de las recámaras a hacerme la dormida. Ahí estaba espere y espere el grito que garantizaría la consumación de mi venganza.

—¡Dios mío! ¡Mis canarios! —gritó la abuela—. ¡Fabiola!

Se armó el griterío. Su papá le dio cuatro cachetadas tan fuertes que le dejó las mejillas rojas. Esteban, David y Alberto se hicieron los desentendidos. Al no haber pruebas en su contra, fueron castigados sin televisión y juegos por una semana. Yo quedé libre de pecado. Después, fui al cuarto donde tenían castigada a Fabiola y sin abrir la puerta dije con los labios al ras del suelo, por la rendija: *El alma vengativa del pollo rostizado que te comiste ayer quemó a los pajaritos. Ñaca ñaca.*

Lo más sorprendente fue que Fabiola bajó de peso entre los doce y los catorce años. Nunca ha sido tan flaca como yo, pero ya no está marrana. Y debo admitirlo, se le hizo un cuerpo bonito: nalgona, caderona y un busto bien proporcionado. En cambio, yo… Cuando entré a la secundaria, mis senos apenas estaban brotando, lo cual me provocó muchísima alegría, pues para entonces más de la mitad de mis compañeras de clase ya usaban copas *A* y *B*. Había una que usaba *C* y sufrió tremenda burla de parte de todas nosotras. La muy tonta nunca entendió que era nuestra envidia disfrazada. Se encorvaba tanto para esconder sus chichotas que parecía jorobada.

Si yo hubiera estado en su lugar, con gusto les habría mostrado las tetas a esas pinches perras para que se murieran de coraje. Pero a esa edad era como si nos hubiésemos puesto de acuerdo para fingir que lo que menos queríamos eran unas chichis como las de la Juana. Yo en cambio era una tabla, y ni siquiera usaba corpiño, lo cual me provocaba una envidia insoportable.

Entonces, para engañar a mis amigas comencé a usar los brasieres de mi madre, que tampoco era muy agraciada. Apenas entraba a la escuela corría al baño y rellenaba el sostén con papel higiénico o calcetines. Era difícil darle forma a esas chichis falsas. Y por supuesto, la primera vez sentí tanta vergüenza que me pasé todo el día como la Juana. Creo que por primera vez la comprendí. Luego me valió y use los brasieres de mi madre casi todos los días, únicamente en la escuela.

Uno de nuestros juegos recurrentes era jalarle a otra, lo más posible, el resorte horizontal del sostén, justo donde se abrocha, para que al soltarlo provocara dolor en la espalda. Otra era frotarnos discretamente los senos para causar ese dolor que se siente a todas horas en los pezones cuando están creciendo. Un día, una de mis compañeras me frotó los pechos con las palmas de las manos con tal fuerza que mis chichis falsas quedaron como ojos bizcos, además, deformes. Fui la burla por el resto del año. Nunca más volví a usar los brasieres de mi madre ni los rellenos.

Hasta que un domingo, mientras desayunábamos, noté que papá comenzó a verme el pecho con demasiada atención. Al principio sentí…

En fin. Empujé los hombros hacia atrás y alcé la cara. Mis hermanos hablaban en exceso mientras mi madre les servía quesadillas directamente de la sartén al plato.

—¿Qué esperas, Renata? —dijo mi madre apenas se sentó frente a mí—. Desayuna.

La miré y sin poder evitarlo, mis ojos se dirigieron a los de papá que una vez más me estaba observando el pecho. Ya sentía el dolor que provocan los pezones nacientes, me había percatado de que se estaban deformando (mis senos no crecían, pero mis pezones y areolas se estaban hinchando como chupones), pero no quise decirles nada a mis padres. La experiencia con mis amigas me había dejado tan avergonzada que no quería repetirla ante nadie. Era como si la palabra *brasier* hubiese quedado vetada en mi vocabulario, o como si decir: *Me están creciendo las chichis* fuese un delito.

—Vámonos de compras —dijo papá cuando terminamos de desayunar.

—Laureano, no tenemos dinero —mintió mi madre. Aunque no éramos millonarios, teníamos una buena posición económica. Eso de *no tenemos dinero* lo usaba siempre que mis hermanos o yo pedíamos algo.

Papá nos dijo a mis hermanos y a mí que nos fuésemos a nuestras habitaciones. Hubo entre mis padres una discusión, lo que ya era frecuente. La diferencia fue que ésta duró tan sólo unos minutos. Dos horas más tarde terminamos en un centro comercial. Deambulamos por varias tiendas un largo rato y, de pronto, papá se desapareció con mis hermanos y mi madre me llevó a la sección de lencería, donde me compró mis primeros corpiños y un brasier para estrenar cuando tuviera la talla. Lo cual ha sido una eternidad: hasta el momento no he rebasado la copa *A*. Peor aún: *a menor*. Algunas amigas me han dicho que mi cara larga ayuda a mis senos, o algo así. También he recibido halagos al respecto. Hace poco un hombre me aseguró (no sé si fue por sus deseos de cogerme) que las mujeres con busto pequeño somos más sensuales. Lo cierto es que verme los senos siempre erectos, como chupones, ha sido una pena infinita.

Años más tarde conocí a Dieter, un niño alemán que había llegado a México recién nacido. Hablaba perfecto español y alemán. Vivía a una cuadra de mi casa, pero no iba a la misma escuela que yo. Nos conocimos en las clases de piano en una escuela de música cerca de la casa. Tenía una capacidad impresionante para ignorarme, mientras yo me desvivía por él: le escribía cartas de amor y poemas que jamás llegaron a su destino. Al principio las guardé todas en una caja de cartón que escondía en el armario. Hasta que un día encontré a Alan husmeando entre mis cosas. Le reclamé a gritos y me fui contra él como una gata. Le rasguñé los brazos y la cara para arrebatarle la caja.

—¡Mamá! ¡Mamá! ¡Mamá! —gritó Irene—. ¡Renata otra vez está...!

—¿Qué sucede? —preguntó mi madre, que siempre acudía rápidamente al llamado mi hermana.

—Renata me rasguñó —dijo Alan con los pómulos empapados de llanto al mismo tiempo que mostró los antebrazos.

—¡Alan estaba esculcando mis cosas! —exclamé enojada.

—¡Otra vez!

Claramente noté la cara de angustia de mi madre.

—¡Pues él, que no deja de molestarme! —le expliqué.

—De veras, ya no sé qué hacer contigo —se acercó con un gesto de rabia y dolor—. ¿Cuándo vas a dejar a tu hermano en paz?

—¡Exígele a él que me deje en paz! —rezongué—. ¡Me molesta todo el tiempo!

—Con lo que le hiciste, te mereces eso y más —me miró furibunda—. ¡Pídele perdón y te aseguro que te dejará tranquila!

—Perdóname, *nenita* —hice una mueca burlona—. ¡Muérete!

Mi madre enfureció.

—¡Ya estoy harta de…! —caminó hacia mí y me dio tres bofetadas—. ¡Deja a Alan en paz! —me tomó de la mano y me arrastró hasta el baño donde me lavó la boca con jabón.

Era la primera vez que hacía eso. De haberlo sabido me hubiese echado a correr. Pero como no tenía idea, no hice nada al verla enjabonarse las manos. Cuando tuvo muchísima pasta y espuma entre los dedos se volvió hacia mí y sin avisarme me metió los dedos en la boca, al mismo tiempo que con la otra me detenía la nuca.

—¡Deja de hacer esto! ¡Me vas a volver loca! ¡Ya no me atormentes! ¡Deja a tu hermano en paz!

Mi estatura y fuerza eran suficientes para quitarme a mi madre de encima (tenía trece años) o por lo menos para evitar aquello, pero la rabia y el dolor que vi en sus ojos me intimidó tanto que no pude moverme. El sabor del jabón era lo de menos. Sólo recuerdo que comencé a llorar.

En cuanto ella me sacó los cuatro dedos de la boca, vomité en sus pies.

—¡Ya basta! Ya… Te lo suplico… —su voz sonaba chillona. Luego le vino ese sonido de la nariz cuando una aspira el flujo nasal.

Se metió a la regadera con zapatos y se lavó los pies. Yo seguía llorando con la cabeza agachada y la boca abierta tratando de escupir todos los jugos gástricos.

—Ahora limpia tu marranero —me dijo en cuanto salió de la regadera.

Estuve castigada un mes. No podía ver televisión ni salir de mi recámara, lo cual no me importaba, estaba mejor a solas. Siempre que tenía un pleito con Alan mi madre me reclamaba:

—¿No tienes otra cosa qué hacer? —abría los ojos como desquiciada.

—Dile a él que ya no me moleste —me encogía de hombros.

—¡Ya basta, Renata! ¡Ya basta! —lloraba y se llevaba las manos al cabello o a los ojos o a las orejas—. No me hagas esto.

Nunca más pudo lavarme la boca con jabón o bofetearme porque yo siempre corría, me escondía o me salía de la casa. Mientras mi madre acumulaba rencores, que además generaban intereses, los enojos de Alan caducaban en menos de tres horas. Aunque él se sabía culpable de mis castigos, acudía a mi recámara para cualquier tontería, incluso cuando yo me mostraba enojada, él preguntaba: *¿Estás enojada?* También era un experto en conseguir perdones. Era muy tierno al decir *No te enojes, hermanita*, incluso hacía gestos y cariñitos.

Yo también solía olvidar con mucha facilidad. Debería decir: *perdonar.* El asunto de las cartas y poemas escritos a Dieter se me pasó rápidamente; en cambio, mi madre guardó hasta el día de su muerte cada una de mis *malas acciones*.

Hay algo que no he mencionado: el día en que me lavó la boca con jabón, en cuanto terminé de limpiar el baño, mi madre me alcanzó en la recámara y me regañó una vez más.

—No quiero que esto se repita —me señaló con el dedo índice.

—También dile a tu hijito que no se meta con mis cosas —contesté enojada.

—¿Qué cosas? —puse los brazos en jarras y apreté los labios.

—Nada —me di la vuelta.

—¡Dime qué cosas! —caminó hacia mí.

—Ya te dije que nada —evité mirarla a los ojos.

Me jaló del cabello, me pellizcó los brazos, pero no confesé. Días después la descubrí esculcando en mi armario donde encontró mis cartas.

Recuerdo que en una escribí algo bien pinche cursi como: *Dieter, si el amor existe, estoy segura de que tiene tus ojos y de que besa igual que tú.* Pero mi madre las miró como si se tratara de una revista pornográfica. Comenzó a llorar. Al final se llevó mi libreta.

El llanto fue lo único que mi madre jamás pudo arrebatarme. Esa tarde lloré hasta quedarme dormida. A la mañana siguiente, en el comedor, sólo se escuchaba el ruido que hacía mi madre con los trastes de la cocina y lo que decían Irene y Alan. Papá no dijo una palabra. Yo no sabía si estaba enojado conmigo o ignoraba lo ocurrido el día anterior.

—¿No piensas desayunar? —me reclamó mi madre.

—No tengo hambre —respondí sin levantar la mirada.

—Sí, claro, aquí tienes a tu criada —puso los codos en la mesa y entrecruzó los dedos.

De hecho, la sirvienta estaba parada a un lado de mi madre con una jarra llena de jugo de naranja que recién había exprimido. La pobre muchacha nada más cerró los ojos y agachó la cabeza.

—¡Ya basta! —papá alzó la voz, algo que muy pocas veces hacía.

—¡No me hables así! —respondió mamá con la sartén en una mano y la pala de fritos en la otra.

—¡Ya déjala en paz! —respondió sereno, pero con el mismo tono de voz—. Es una niña. Ella no tiene la culpa…

—Por supuesto que sí —mi madre movía la cabeza con agresividad, como si se estuviese golpeando la frente contra un muro.

Papá dio un golpe tan fuerte sobre la mesa que la leche en los vasos se derramó sobre el mantel. Ella arqueó los labios hacia abajo, como siempre lo hacía cuando se sentía muy deprimida, y se fue a su recámara.

Esa mañana mi madre no le arregló la corbata a papá. Cuando nos subimos al auto, lo encendió y al mismo tiempo el radio comenzó a sonar en la misma estación de siempre: el noticiero con Sergio Sarmiento y Guadalupe Juárez. Hablaban sobre un incendio en un casino en Monterrey, Nuevo León, donde casi cincuenta personas habían fallecido la tarde anterior. Papá no habló por un rato. Luego apagó el radio y me dijo que se sentía muy angustiado por lo que me había hecho mi madre. Habló de *angustia*, lo cual capturó mi atención. Nunca había mencionado esa palabra. Siempre decía: *No te preocupes, ya se le pasará. Hazle caso. No la hagas enojar. Entiéndela, esto no ha sido fácil para ella.* Y remataba: *No es tu culpa.* Pero que expresara *angustia* me contagió de *angustia*. Me bajé del auto sin darle el acostumbrado beso en la mejilla, lo cual no se debía a otra cosa más que a la angustia que me había provocado.

Aunque Lulú, mi mejor amiga, y Sonia me preguntaron qué me ocurría, no les dije una palabra sobre la *angustia* de papá, que a partir de ese día era también *mía*.

—¿Y ahora qué te hizo tu mamá? —preguntó Sonia.

—Nada —respondí sin darle importancia a su pregunta.

Sonia era todo lo que yo quería ser: divertida, atrevida, inteligente, guapa, alta, sensual. No sé por qué no la odiaba si era tan perfecta. Había reprobado un año y, por lo tanto, era mayor que todas nosotras y tenía más experiencia. A esa edad, doce meses son *toda una vida*. La mayoría de los niños del salón querían con ella, y ella se dio el lujo de elegir a los que más le gustaban, generalmente los muchachos mayores de otros grupos u otras escuelas; excepto a Dieter. No lo conocía y yo no pensaba presentárselo.

Después del asunto de las cartas, no me quedaron ganas de escribir una más. A fin de cuentas, jamás pensé en entregarlas. Era algo muy personal. Lo verdaderamente personal, aunque sea dedicado a otras personas, jamás se comparte. Como mis sueños con Dieter. Eran míos.

Nuestro primer encuentro fue en un sueño: caminábamos por la calle. Me invitó a entrar a una casa, luego a una recámara y ahí nos besamos al mismo tiempo que nos arrancábamos la ropa. Me hizo suya. Todo parecía tan real. Justo en el momento más excitante, me desperté. Sentía que lo había vivido. Seguía latente la sensación de su pene firme dentro de mí. Cerré los ojos. Quise dormir y volver al mismo sueño. Mi respiración se encontraba muy alterada. Sentía mucha sed. Me llevé la mano entre las piernas y sentí mis pantaletas húmedas. Primero pensé que me había orinado, pero segundos después comprendí que había tenido mi primer orgasmo. Con un poco que moviera mis dedos volvían aquellas sensaciones, ese inusitado placer, hasta esa noche desconocido. Tuve deseos de seguir frotándome, pero sentí miedo de que mi madre entrara y me descubriera. Fui al baño, lavé mis calzones, los exprimí y me los puse; ni modo de dejarlos ahí.

Esa mañana mi madre amaneció de buenas, lo cual era frecuente. El problema era cuando cualquier pendejada la hacía enojar. Sus hormonas fluctuaban de una manera tan abrupta que resultaba imposible convivir con ella.

—Buenos días —me dijo con tono amoroso frente a la estufa—. ¿Cómo dormiste?

—Bien —respondí y me senté.

—No, Renata, ayúdame a poner la mesa, que no tengo cuatro manos —me regañó con aparente dulzura.

Estuve a punto de responderle: *Pero tenemos sirvienta*, pero no lo hice, porque sabía la respuesta: *¿Y quién te crees que eres para decirme quién debe poner la mesa?* Así que, para evitarme conflictos, acomodé los platos y cubiertos en la mesa.

—Pensé que te sentías mal —volvió a su estado amoroso—. Escuché que te paraste al baño.

—No —respondí nerviosa.

—¿Y qué estabas haciendo? —se giró para verme.

—Pipí —me arrepentí de haber dicho eso, sabía que no justificaba tanto tiempo.

—¿Y por qué desperdiciaste tanta agua? —puso los brazos en jarras.

—Perdón —me encogí de hombros.

—*¿Perdón?* —hizo un gesto de sarcasmo al mismo tiempo que movió su cabeza como péndulo—. Caramba, siempre es lo mismo contigo.

—¡Sígueme, don Cangrejo! —dijo Irene al entrar con dos muñecos de juguete. En su imaginación Bob Esponja brincaba de la silla a la mesa.

—¿Qué estás haciendo, Irene? —mi madre dejó la comida en la estufa y se apresuró a quitarle los juguetes—. Ya te dije que respetes las cosas de tu hermano.

—Pero… —respondió ella asustada y confundida.

—¡Tú tienes tus juguetes! —inclinó la cabeza a la izquierda.

Irene ya tenía siete años y Alan nueve. Él ya no tocaba sus juguetes. Prefería estar conmigo todo el tiempo. Seguía sin hablar con nadie y toda la familia ya se había acostumbrado.

—Buenos días —dijo papá bostezando en cuanto entró a la cocina—. ¿Y ahora qué pasó?

—Nada, nada… —mi madre caminó a la sala para dejar los juguetes.

Papá la vio con hastío.

—Huele a quemado —indicó él.

La sirvienta había subido a la azotea. Siempre que mi madre se ponía histérica, la muchacha se desaparecía como por arte de magia.

—¡Renata! —reaccionó mi madre—. ¡Quita las tortillas de la estufa! ¿Por qué no te fijas? De veras, ¿no me puedes ayudar tantito?

—Yo lo hago —dijo papá.

—¡No! ¡Le dije a Renata que lo hiciera! Ella tiene que aprender a obedecer mis órdenes. ¿O qué?, ¿estoy pintada?

Cuando mi madre volvió a la cocina, papá ya había apagado la estufa y quitado las tortillas del comal.

—¿Por qué le cierras al gas? Todavía no termino —hizo una pausa—. Ya siéntate a desayunar.

En ese momento entró Alan sin decir una palabra. Se frotaba los ojos y bostezaba. Nadie le hizo caso, sólo yo, que lo recibí con un gesto chistoso al mismo tiempo que sacaba la lengua. Él se rio y esperó sentado.

Ese día desayunamos en silencio. Al momento de salir, mi madre se tomó el tiempo de acomodarle la corbata a papá. Me fui al auto y esperé a que papá saliera. Un rato después Alan se subió al coche:

—Otra vez mamá no me dio de desayunar —se quejó.

—No le hagas caso —abrí mi lonchera y le entregué mi sándwich.

Minutos después llegaron papá y mi hermana.

—¡Ay, aplasté un sándwich! —dijo Irene en cuanto se sentó en el asiento trasero.

Alan salió del auto y se fue corriendo a la casa.

—¿Otra vez dejaste tu *lunch* en el asiento trasero, Renata? —preguntó papá con tono de reclamo.

—Fue Alan —respondí.

Papá cerró los ojos con angustia, apretó los labios, suspiró y se colocó las manos en el rostro.

—Otra vez Alan... —suspiró, negó con la cabeza y puso el auto en marcha—. Vámonos.

En la escuela no pude contener la emoción por lo que me había ocurrido en la noche y en un trozo de papel le pregunté a Sonia si ya había tenido relaciones. Escribió *No*, pero su rostro la delató. Encontré en su sonrisa el mismo placer que vi en la sonrisa de mi sueño. Lo bueno de los sueños es que muchas veces una se puede ver a sí misma. Se puso de pie y caminó al bote de basura para sacarle punta a su lápiz.

—¡Ya! Dime la verdad —la seguí.

—¡Renata! ¡Regresa a tu lugar! —ordenó la maestra.

Un idiota me levantó la falda cuando caminé al lado de su banca. Sin pensarlo le di un golpe en la nuca, a lo cual respondió con una risotada. Sabía que acusarlo con la profesora únicamente serviría para exponerme ante todo el grupo. Y él no perdería la oportunidad para contarles a sus amigos, lo cual era tan sólo su nauseabunda versión. Si lo denunciaba, sería oficial que me había levantado la falda y que me había visto los calzones, o lo más cercano a ellos; sin tomar en cuenta que se trataba de una imagen de, a lo máximo, dos segundos.

Me pregunté si ellos se masturbaban pensando en nuestros calzones. ¿Bastaba con uno o dos segundos? ¿Qué tan erótica puede ser una imagen tan fugaz? Un día Lulú me contó que su hermano se subió a la azotea, se pasó a la casa de la vecina y se robó unas tangas y un sostén. Su mamá lo descubrió en el baño con esos micro calzones en la nariz y boca mientras *se la jalaba*. Cuando escuché eso, pensé lo peor sobre la masturbación. Pero esa mañana, aquella palabra prometía un horizonte distinto, nuevo, excitante...

—Sí —me dijo Sonia al salir de clases.

Me emocioné.

—¡Cuéntame!

—Hoy no puedo, ya llegó mi mamá —corrió al auto.

De regreso a casa, pensé en ella besando a un chico apuesto y fornido, que suavemente la desnudaba, mientras ella estiraba el cuello para que él le besara el cuerpo entero. Luego me imaginé en su lugar. En cuanto llegué a mi casa, me dirigí a mi recámara. Mi madre se encontraba lavando en la azotea. La sirvienta se había ido a su pueblo unos días. Irene y Alan subieron con mi madre. No porque quisieran, sino porque mi madre así lo exigía. Le gustaba tenerlos cerca. Entonces yo pensaba que lo hacía por amor, pero ahora creo que era por dominio.

Me quité los calzones, me dejé la falda de la escuela, tomé un espejo, me senté en la cama y me vi la vulva por primera vez. Noté que me estaba creciendo el vello púbico. Mi madre siempre impidió cualquier encuentro entre mi vagina y yo. *Déjate ahí*, me decía y entendí que era algo prohibido. La abrí con mis dedos y descubrí algo completamente distinto a lo que me había imaginado toda mi vida. Aunque era una cosa rara, sentí como si hubiera estado esperándome ahí desde siempre. Al principio no fue nada placentero; por el contrario, era grotesco. Nada qué ver con lo que había sentido la noche anterior. Aun así, no pude retirar los dedos. Dejé el espejo sobre el buró, me quité los zapatos, me acosté de lado, me tapé con la cobija y comencé a frotarme mientras pensaba en Dieter. Poco a poco, la cosa fue mejorando. Oh, sí. De pronto, la más mínima caricia me hacía sentir maravillas.

Justo cuando ya casi sentía rico, entró Irene a la recámara.

—¿Qué te pasa? —puso las manos en la cama—. ¿Estás bien?

Sentí tanta vergüenza que comencé a temblar.

—Me siento mal —me tapé la cara con la cobija.

—¡Mamá, Renata está enferma! —salió de la recámara.

Un minuto más tarde mi madre ya estaba sentada en la cama.

—¿Qué tienes? —me observó con atención, como quien contempla un insecto moribundo.

—Me duele el estómago —justifiqué.

Mi madre no permitía que durmiéramos de día, así evitaba que nos desveláramos.

—¿Tienes cólicos? —alzó las cejas.

—Sí —hice una mueca de dolor.

—¿Qué son cólicos? —preguntó Alan.

—Irene vete a la cocina que ya vamos a comer. Y tú, Renata, quédate aquí, en un rato te traigo una pastilla.

No pude más que hacer un gesto de enfado, el cual mi madre tomó como parte de mi malestar. En realidad, tenía hambre, pero ni modo de decirle que ya me sentía mejor.

Cuando se fueron a la cocina, intenté continuar con lo que había dejado inconcluso, pero no pude. Ya no era igual. Sentía miedo de que entrara mi madre o cualquiera de mis hermanos.

Los siguientes días preferí masturbarme en la regadera. Mi madre, por supuesto, me regañó por gastar tanta agua.

Algo que también cambió fue mi manera de ver a Dieter a partir de entonces. Ya lo había imaginado desnudo, en mi cama y entre mis piernas. Sentía que conocía su aliento y su sudor. Admiradoras tenía muchas. Un día me pregunté si ellas también se masturbaban pensando en él. Si eso era cierto, todas lo estábamos compartiendo en sueños. Pero en la vida real muy pocas habían salido con él.

Los meses transcurrieron sin que Dieter me hiciera caso. Un día la maestra dejó una tarea en la que teníamos que trabajar en grupos. Nos reunimos en casa de Lulú. Me divertía mucho con mis compañeros de clases. Ariel y Lulú eran muy graciosos. Él era delgado, un poco más alto que yo, de piel clara, y un rostro que se podía confundir con cualquiera. No había en él algo que llamara la atención.

—Ya, dime la verdad —le pregunté en secreto a Lulú cuando fuimos a la cocina—. ¿Tú y Ariel andan?

—¡Te juro que no! —dijo casi gritando y con una sonrisa amplia. Lulú era de boca muy grande, pero de labios muy delgados.

—Pero te gusta… —la empujé con mi cadera.

—¡Ay, no! Me cae muy bien —se encogió de hombros y bajó el tono de voz—. El que me gusta es Horacio —se mordió el labio inferior con una sonrisa llena de picardía.

—¿Por qué? —me miró con osada complicidad—. ¿Te gusta?

—¡No! —desvié la cara y la mirada.

No me atreví a decirle que Ariel se me había insinuado en varias ocasiones. Al principio creí que era mi imaginación, pero con lo que me acababa de decir Lulú no me quedaba duda. A partir de ese día, Ariel dejó de ser un simple compañero de clases. Aunque no tenía las cualidades de Dieter, era algo más real, más tangible.

En una de esas ocasiones en las que me masturbaba en la regadera, como de costumbre, imaginando a Dieter, la fantasía se apagó. Como si de pronto él se hubiese levantado de la cama y me hubiese dicho que no tenía ganas. El agua de la regadera seguía cayendo sobre mi espalda. De pronto, el rostro de Ariel apareció en mi imaginación. Sus besos recorrieron mi cuello.

—¡Renata! —mi madre golpeó la puerta del baño—. ¡Apúrate, que tu hermana también se tiene que bañar!

Nosotros siempre nos bañábamos en las noches. Mi madre jamás permitió que saliéramos en las mañanas con el cabello mojado. Pero eso no era lo peor, sino que en la casa había dos baños con regadera: el de su recámara y el del pasillo. Sólo que el de su recámara nadie lo usaba, ni siquiera ella. Y cuando le preguntaba por qué no lo utilizábamos, ella respondía: *Ya deja de hacer preguntas y métete a bañar.* O: *No me molestes con eso en este momento.* O: *No quiero hablar de eso.*

—¡Ya voy! —me enjuagué y me salí de la regadera.

Esa noche papá llegó temprano. No recuerdo muchas noches como ésas. Casi siempre cenábamos sin él. Y aunque me iba a la cama antes de que él llegara, sí me percataba de su llegada porque en los últimos cuatro años mis padres discutían casi todas las noches. Al día siguiente, mi madre lloraba en la azotea, su recámara o en la cocina. *Mi vida, te extraño tanto*, repetía.

Después de que mi madre se quitó la vida, tuve mucho tiempo para pensar en frases que ella repetía, como *Mi amor, no puedo vivir sin ti*. No sabía quién era esa persona, lo cual me tuvo intrigada por mucho tiempo. Estaba casi segura de que se trataba de un amante. Pero no tenía forma de comprobarlo. Pues si mi madre decía *Mi amor, no puedo vivir sin ti*, eso implicaba que el fulano se había ido. ¿La había engañado? ¿La había abandonado? ¿Lo habían secuestrado? Qué sé yo. Imaginé decenas de historias. Sin embargo, ninguna me convenció. Algo no cuadraba. Yo estaba segura de que yo sabía algo, pero no lo recordaba.

Las cosas empeoraron de tal forma que mis padres dejaron de hablarse. Desayunábamos en silencio. Mis hermanos y yo lo entendimos completamente y sin hacer una tregua dejamos de pelear entre nosotros para evitarnos la incomodidad de escuchar un pleito más.

Ese día la maestra anunció examen de Geografía para el viernes.

—Voy a reprobar —le dije a Yadira, Sonia y Lulú.

—Si quieres podemos estudiar en mi casa —dijo Ariel desde su banca.

Lulú se dio la vuelta descaradamente y fingió que hablaba con otra compañera del salón. Yadira y Sonia se levantaron y se fueron caminando al otro extremo del salón. No supe qué decir.

—Vamos —insistió.

—Tengo que pedir permiso —me sonrojé.

—Si pides permiso, seguramente no te lo darán —respondió Ariel.

Tenía toda la razón, pero tampoco podía decírselo. Acepté con la condición de que no nos tardáramos mucho. No sé por qué dije eso, y aún peor, no entiendo por qué hice todo lo que hice ese día.

Al llegar a su casa, descubrí que no había nadie. Antes de llegar tenía la certeza de que ahí estarían su madre y sus hermanos, incluso la sirvienta. Luego me explicó que era hijo único y que su madre trabajaba todo el día.

—¿Y por qué no me dijiste que tu mamá trabajaba? —pregunté con un gesto de sorpresa.

—No me preguntaste —se encogió de hombros.

Entramos a la sala y nos sentamos; yo con mi mochila sobre las piernas. Ariel sacó su libro de Geografía y lo hojeó. Movió sus labios como si con ellos intentara rascarse las mejillas. Comenzó a leer en voz alta. Luego de cinco aburridos minutos, Ariel cerró el libro, me miró, comentó algo sobre el calor y lo bonito que era la tarde, me hizo varias preguntas bobas, se acercó e intentó besarme.

—¿Qué haces? —me alejé.

—Me gustas —se aproximó con timidez.

Me quedé atónita. Tragué saliva. Pensé que estaba bromeando, pero tampoco quise preguntar si era verdad. Me paré y caminé a la salida. Él me interceptó y se puso delante de mí. Hice como que lo empujaba, pero dejé mi mano en su pecho. Jugueteamos con las manos mientras él insistía y yo me negaba. Era una escena tonta. Hacía como que me quería ir y él como que no me dejaba salir. Según yo, lo empujaba y según él, forcejeaba. Llegamos al punto en el que estábamos a cinco centímetros. Mis manos estaban en su pecho y las de él en mi espalda o en mis brazos o en mi cintura, dependiendo del momento. O del juego.

Hasta que me besó.

Corrijo. No fue un beso, más bien, algo así como una lamida, porque me quité con rapidez, pero impidió que me escabullera. Me estaba haciendo la difícil. Finalmente, me besó. No lo hizo como yo esperaba, pero le echó ganas. Además, tenía aliento a Pizzerolas y Coca Cola. Pero la felicidad que sentí al estar con él, al saberme deseada, lo compensaba todo.

En ese momento, mientras experimentaba aquel primer beso, mi madre se estaba dando un tiro en la boca.

LAUREANO

Ne me quitte pas. Il faut oublier. Tout peut s'oublier.

Sabina te lo advirtió, Laureano. Iba a quitarse la vida. Y en esas tres ocasiones acudiste a su llamado. Manejaste cual desquiciado desde la oficina hasta la casa. En una de esas estuviste a punto de atropellar a un niño que se cruzó la calle corriendo. Las primeras dos veces lograste evitar la tragedia. La última...

Estaba contra la pared, con el revólver apuntando a su boca. Sus manos tiritaban. No tenía idea de cómo y dónde había obtenido el arma.

De haber sabido que la tenía.

Si hubieras entendido tantas cosas, Laureano...

Pero uno qué va a saber. Ella no era así. La vida evoluciona. La gente cambia. Tú ya no eres el mismo, Laureano. Mírate. Nadie te reconoce. ¿Cuántos conocidos se han cruzado en tu camino en los últimos meses? Ninguno ha encontrado en ti indicios del Laureano exitoso y mujeriego que acudía con frecuencia a los bares y restaurantes de Polanco, Insurgentes, Interlomas y Santa Fe. Todos mutamos, Laureano. Diecinueve años y nunca llegaste a conocer a Sabina por completo. Cada vez que creías que por fin habías logrado descifrarla, ocurría algo en sus vidas que les zarandeaba la brújula.

La Sabina que se quitó la vida no era la Sabina que conocí en 1994, poco después del surgimiento del movimiento armado EZLN. Ella tenía veintidós años y yo veinticinco. Estaba por terminar la carrera de economía en el ITAM, para entonces la meca de los aspirantes a gobernar México. Entre mis compañeros de generación se encontraban: José Antonio Meade, Ernesto Cordero, Raúl Murrieta Cummings, Andrés Conesa, José Yunes, Guillermo Babatz, Francisco González, Luis Miguel Montaño, Abraham Zamora, Alejandro Karam, Guillermo Solomon, Luis Videgaray, entre otros. Ahora políticos de alto nivel, directores de empresas, bancos, aerolíneas. ¿Y tú…?

Sabina estaba en el segundo semestre de la carrera de derecho en la UNAM y a un año de terminar la de economía en el ITAM. En la facultad de derecho le decían la mamona del Pedregal. No era la única niña rica de esa universidad, pero para muchos, la más engreída. Supiste de ella por Martha, una compañera de su generación de derecho, entonces tu novia. Hablaba pestes de ella a todas horas. "Ya no le hagas caso", respondías para que Martha se callara. Pero conseguías lo contrario. "Sí, es fácil decirlo porque tú no tienes que lidiar con ella todos los días. Te la voy a presentar un día. Entonces, veremos si sigues opinando lo mismo".

Harto de escuchar tantas quejas, soltaste la frase que cambió tu vida: "Deberías hacerte su amiga". "¡¿Qué?!", dejó caer el cigarro que tenía entre los labios. "Sería más fácil joderla si te haces su amiga", le dije. "Si te declaras su enemiga, ella siempre estará a la defensiva". Martha sonrió con malicia y me besó en la boca con frenesí. "Por eso me encantas. Eres tan inteligente", sonrió y asintió con la cabeza. "Y a veces tan cruel, que me das miedo".

Si bien te pareció un halago, con el paso del tiempo te arrepentiste de haberle enjaretado una falsa y nefasta amistad a Sabina. Una verdadera infamia. Dos semanas más tarde, las dos jóvenes ya eran camaradas. Martha nunca confesó sus medios y tú tampoco indagaste. Organizó una fiesta en su casa e invitó a Sabina. "La muy mustia se la vive diciendo que no le gustan las fiestas", te contó Martha, "pero apenas la invité, aceptó como muerta de hambre recibiendo un pedazo de pan duro. Seguramente nunca la invitan a ningún lugar". Años después, Sabina te narró que Martha le insistió varios días para que fuera a su fiesta.

Ese fin de semana los padres de Martha habían salido de viaje. A la fiesta acudieron estudiantes de leyes, historia, filosofía, medicina, literatura, economía y psiquiatría.

Cuando llegaste a la fiesta, Martha estaba en el jardín platicando con los invitados que iban llegando. Aunque ella insistió en que permanecieras a su lado, tú decidiste entrar a la casa y ver el ambiente. Tomaste una cerveza y te sentaste en el sofá. El único lugar disponible.

"¡Viva la revolución!", gritó un joven.

"Pobre idiota", dijo una joven sentada junto a ti. Sí. Era ella. Sabina, quien hasta ese momento se había mantenido en completo silencio, sentada en el sillón con una cerveza en la mano. Yo me encontraba a dos metros, admirando su belleza. Martha me la había descrito tan mal que lo que menos esperabas era… Sí, ¿cuántos adjetivos has buscado para definir su inefable belleza? Sabina, Sabina, Sabina. La mujer de tu vida, Laureano.

Hasta entonces la única persona con la que me identifiqué. No porque ellos asistieran a la UNAM y yo al ITAM. Claro, había diferencias entre los estudiantes de las escuelas de gobierno y las de paga, pero esa noche, eso era lo de menos. La palabra revolución le sacudió el aburrimiento a Sabina, mas no de la manera en que lo hacía con la mayoría de los jóvenes de aquella generación. Para la clase baja y media, el subcomandante Marcos era la esperanza del pueblo mexicano. La mediocridad de Luis Echeverría, la negligencia de José López Portillo, la mala respuesta del gobierno de Miguel de la Madrid tras los terremotos de 1985, el fraude electoral en 1988, la devaluación del peso frente al dólar de 15.69 a 3 094.08 en cuatro sexenios y el alto índice de delincuencia y pobreza habían provocado en la población rabia y frustración.

"Muy pronto comenzará la verdadera revolución en México", garantizó uno de los asistentes. "¡Qué Pancho Villa ni que la chingada!", dijo otro. "¡Ahora sí se hará justicia!", gritó alguien más. "¡Muera el mal gobierno!". Un grito anónimo pidió el regreso de la Liga Comunista 23 de septiembre.

Notaste un enojo irreprimible en el rostro de Sabina. Escuchaste el discurso de quien había tomado la palabra cinco minutos atrás y que argumentaba que el subcomandante Marcos era la reencarnación del Che. "Cierto, compañeros. Si no lo hubieran matado, Ernesto Guevara habría comenzado la guerra de liberación por todo el hemisferio y habría acabado con el capitalismo".

"Escucha a ese idiota y observa las caras de los imbéciles que lo oyen con devoción", te dijo Sabina sin mirarte. "Habla del Che Guevara como si se tratara de un dios". "Debes admitir que el hombre emprendió una gran lucha en favor de los más pobres", te giraste a la derecha para verla. "¡Eso es totalmente falso! Ernesto Guevara no era más que un maniático obsesionado con la guerra. Era un sicario disfrazado de héroe. En la guerrilla de Cuba fungió como el matón de Fidel Castro. Todos los condenados a muerte por la guerrilla eran ejecutados por Guevara. Tuvo su oportunidad en el gobierno de Cuba para llevar a cabo un verdadero cambio, pero decidió dejar las cosas a medias, a merced del mitómano Fidel Castro y emprender otra revolución en África y luego en Bolivia. Quería comenzar la Tercera Guerra Mundial e instaurar el comunismo".

Sabina creía religiosamente en el capitalismo, pero no como la acumulación del dinero, sino la cimentación industrial por el bien común. Lo había aprendido de su padre, un exitoso empresario, dueño de una fábrica de cajas, envases y todo tipo de productos hechos de cartón. Para ella y su familia, Manuel Ávila Camacho, Miguel Alemán Valdés, Adolfo López Mateos y Gustavo Díaz Ordaz eran los verdaderos héroes de la patria. "¿Te imaginas lo que habría ocurrido si el desequilibrado de Guevara hubiera intentado crear una guerrilla en México?", preguntó Sabina con alarma. "Habría echado por la borda todo el trabajo de los gobiernos que lograron el Milagro mexicano". "Vaya milagro", dijiste con sarcasmo. "¿No crees lo que digo?", preguntó. "No lo niego", respondí: "De hecho, en el gobierno de López Mateos, la economía fue muy buena...". "Pero no debido a él, me interrumpió Sabina, sino a Gustavo Díaz Ordaz, el último gran presidente de México. Gracias a él se alcanzó el estatus económico más alto: Crecimiento sostenido anual de 7%. Inflación de 3%. El dólar se mantuvo a $12.50 desde finales del gobierno de Ruíz Cortines hasta la salida de Díaz Ordaz. Es decir, 12 años de estabilidad. La deuda externa más baja de la historia: 3800 millones de dólares. Con Echeverría y López Portillo, se disparó a 80000 millones de dólares".

"Doce años de estabilidad a costa de las vidas de los estudiantes", respondí y Sabina me interrumpió: "La matanza de estudiantes en la Plaza de las Tres Culturas fue por órdenes del secretario de Gobernación, Luis Echeverría Álvarez. La Agencia Central de Inteligencia (CIA) ya operaba en México desde 1951 contra el comunismo, el cual no era para Díaz Ordaz el mayor de sus problemas sino la presión que ejercía Estados Unidos sobre México".

Al fondo, la arenga de los estudiantes revolucionarios era a cada minuto más estridente. Se habían olvidado de la fiesta para dar paso a una discusión.

"Al pueblo mexicano le gustan los gobiernos estrictos", dijo Sabina. "¿Por eso surgió el EZLN?", respondí. "¿Será por la manera en que Carlos Salinas ha manejado la economía del país?". Sabina respondió con otra pregunta: "¿Te parece poco lo que ha hecho con el tratado de libre comercio y quitarle tres ceros al peso?". "Lo del TLC está por verse, dijiste. Hay quienes pronostican un rotundo fracaso". "Creo que sí funcionará, aseveró Sabina. Sólo hay que sacar del escenario al ridículo comandante Marcos". Luego se acercó a ti y te confió algo en voz baja: "Un profesor me contó que Carlos Salinas de Gortari propició el levantamiento zapatista con la intención de declarar al país en un estado de emergencia y con ellos prolongarse en el poder". "No te creo", respondiste desconfiado. "¿Cómo te explicas que el subcomandante Marcos envíe mensajes por internet, desde Chiapas?, inquirió Sabina. Los únicos que hoy en día tienen internet en México son el Gobierno Federal, el Ejército, la Marina, CFE, PEMEX y la UNAM".

La voz de Martha colocó el punto final a aquella conversación. Sentiste un deseo rabioso de pedirle que no interrumpiera, pero desdeñar su presencia habría detonado el melodrama del año. "Veo que ya se conocen: Sabina, Laureano", dijo segundos después de sentarse en tus piernas. Sabina simuló su sorpresa. "Laureano Hoffman Nova", presumiste orgulloso tus apellidos. Mucho gusto". "Sabina Viteri Cerdán", te extendió la mano y se puso de pie: "Ya me tengo que ir".

Martha intentó impedir que Sabina abandonara la fiesta con un tono de voz empalagoso, como si le hablara a su mejor amiga. Apenas se marchó Sabina, Martha me arruinó la noche en criticarla. A partir de entonces, desconfié de lo que mi novia me contaba y creció mi interés por Sabina. Así que comencé a hacer cosas que antes no solía hacer, como ir a la escuela por Martha.

Uno de esos días llegaste a la Facultad de derecho y te encontraste a Sabina en el estacionamiento, con otros seis compañeros de clases. Ella te comentó que Martha llegaría a ese mismo sitio en breve. Estaban discutiendo sobre ética en materia penal. Sabina te miró de reojo, bajó la mirada y negó con la cabeza. Le preguntaste si estaba en desacuerdo con sus compañeros. "Claro. Se desgastan en tonterías. Nada de lo que digan en este momento va a cambiar. Así es el sistema judicial de este país y la única manera de cambiarlo es legislando, proponiendo leyes nuevas. Lo demás es un desperdicio de saliva". "¡No!, dijo uno de sus compañeros. No se puede impartir justicia si no se cuenta con un órgano que tenga la responsabilidad exclusiva y permanente del mejoramiento de la administración de tribunales y juzgados".

Le preguntaste por qué estaba estudiando Derecho, mientras caminaban hacia los autos. Se recargaron en el cofre de tu recién estrenado Cougar 94. "Me gusta", respondió. "¿Más que economía?", pregunté. "No. Las dos me fascinan", dijo, se quedó callada por un instante y luego confesó: "En realidad, quería estudiar filosofía, pero mi padre se negó". "El otro día que hablabas del Che, no parecías alguien a quien le guste la filosofía". "Me gusta la filosofía, pero no creo en el comunismo ni en Marx. Prefiero el objetivismo puro y duro, el egoísmo racional". "¿Por qué estás estudiando Derecho y Economía?", me atreví a preguntar sabiendo que la respuesta era más que obvia, pero quería escucharlo de sus labios, esos labios retocados con un ligero brillo rosa. "Principalmente, porque mi padre no me permitió estudiar filosofía. En realidad, no quería que entrara a la universidad. Él cree que las mujeres debemos quedarnos en casa. Cuando logré que me permitiera estudiar una carrera, decidí aprovechar mi tiempo al máximo y tomar las dos al mismo tiempo. "¿No es para hacerte cargo de la empresa familiar?", le pregunté sin analizar la pregunta, pues sólo quería escucharla. "No", contestó Sabina. "Tengo aspiraciones mayores". "Hacerte cargo de la empresa familiar no es cualquier cosa", continué con mi alegato ignorante. "Mientras mi padre esté al frente no seré más que una asistente", refutó. "Quiero a mi padre, pero no tan cerca. Tampoco pretendo pasarme treinta o cuarenta años deseando su muerte. Él es feliz con su empresa. Yo seré mucho más feliz viviendo sola. No será fácil".

"¿No piensas tener hijos?", preguntaste a Sabina. "Jamás, respondió tajante. Quiero estudiar Filosofía cuando termine Derecho y Economía; no seré un ama de casa". Sonreíste. Tenías la certeza de haber encontrado a la mujer más seductora sobre la faz de la Tierra. Te encantaba su determinación. "¿Sucede algo?", preguntó retadora al notar que contemplabas sus ojos. "Nada, es qué eres… Olvídalo". Pensabas decirle que las mujeres como ella eran poco comunes y que te atraía su seguridad en sí misma, pero no te atreviste, Laureano.

Mientras Sabina hablaba viste a Martha caminar hacia ustedes. Pensaste en alguna excusa para alejarte del grupo con Sabina. Por lo menos para terminar de conversar, pero Martha te vio y supiste que ya no habría escapatoria. "Mi amor, disculpa la tardanza. ¿Nos vamos?". Notaste que Sabina fingió una sonrisa.

Si bien se vieron en los siguientes dos meses, no hablaron mucho, pues Martha siempre estaba junto a ti, evitando que se te acercaran otras mujeres. Aun así, no podías dejar de ver a Sabina. Sin darte cuenta de que te estabas enamorando a paso lento de una desconocida. Lo único que sabías de ella eran las boberías que Martha te contaba. Según ella le estaba haciendo travesuras: le escondían los cuadernos, la hacían responsable de maldades que ella y sus amigos le hacían a otros compañeros. Cuando le preguntaste a Sabina años después por qué no los había denunciado, te respondió que nada de lo que ahí ocurría le importaba. Sólo sus estudios. Había aceptado la amistad de Martha para evadir conflictos.

Tres días antes de graduarte, sentiste una nostalgia terrible, Laureano. ¿Para qué fuiste a la biblioteca? ¿Para incrementar o para curar un poco ese sentimiento?, o ¿estabas seguro de que ahí encontrarías a Sabina? Sí. La hallaste inmersa en sus estudios. La saludaste, pero ella respondió con indiferencia. Ni siquiera te miró de frente. Te retiraste. Súbitamente te habló en voz alta, lo cual llamó la atención de todos los presentes. "Disculpa", dijo cuando regresaste. "Cuando leo, me cuesta trabajo desconectarme", aclaró. Le explicaste que querías despedirte, pues estabas por graduarte. También le hablaste de tus proyectos: terminar la tesis, estudiar una maestría y un doctorado en Massachusetts. Ella te mostró su genuina satisfacción. Te deseó lo mejor. Y cuando la conversación estuvo a punto de finalizar, ella preguntó lo que en realidad querías hacerle saber: "¿Y Martha que opina al respecto?". "Terminamos", respondiste como quien informa que se le perdió un objeto sin importancia. "Lo nuestro ya no funcionaba. Era una relación aburrida". "Me di cuenta", respondió con un gesto de alegría. Notaste un brillo en sus ojos. "¿Por qué?", preguntaste. "No me hagas caso", dirigió la mirada a su libro. Te despediste con dificultad. Diste media vuelta y caminaste a la salida. Luego regresaste para confesarle que tú le habías sugerido a Martha que se hiciera su amiga para hacerle la vida imposible: "Quiero decirte algo…". "No lo hagas", te interrumpió tajante, mirándote a los ojos.

Me fui con mi familia de vacaciones a Nueva Zelanda, lugar que mi padre solía llamar el fin del mundo por su aislamiento geográfico, aunque mi madre siempre le respondía que cualquier punto podía ser el fin del mundo. Lo cierto es que a mi padre le gustaba su calidad de vida, la ausencia de corrupción, su democracia, su alta calidad educativa y su respeto a los derechos civiles. También porque le recordaba a Alemania, su tierra natal a la que nunca regresó desde que había inmigrado a México en la adolescencia con mi abuela viuda y mis tíos, por cierto, con mucho dinero en las maletas.

Recibimos el Año Nuevo en Auckland. Justo cuando creíamos que estábamos mejor que nunca, nos llegó la peor noticia de nuestras vidas: el peso se había devaluado.

Se vieron obligados a regresar a México una semana antes de lo programado. Tu padre, dedicado a los bienes raíces, en 1993 había iniciado la construcción de cuatro edificios. Todos estaban inconclusos. Él, como muchos otros, había creído ciegamente en el TLC y las promesas de Carlos Salinas de Gortari.

El maldito "error de diciembre" hizo que muchos de los contratos que habían sido firmados —mas no pagados, o prometidos de palabra en el 94— fueran cancelados, muy a pesar de las penalizaciones estipuladas. La empresa se vio obligada a incrementar el alquiler a los inquilinos, provocando así una fuga colectiva. Departamentos, casas, oficinas y bodegas quedaron vacíos. Los socios aprovecharon algunas cláusulas de los contratos para venderle sus acciones a tu padre y lo abandonaron con una deuda millonaria. Ese año no se vendió un solo inmueble. Los edificios quedaron en obra negra por más de cinco años. Las deudas, la falta de financiamiento y la disminución de la inversión dejaron a tu familia en bancarrota y a ti sin maestría. Fueron víctimas de acoso bancario. Tu padre se amparó, siguiendo los lineamientos de la ley de quiebras y suspensión de pagos, y con lo cual se protegía de la generación de intereses sobre créditos y demandas de acreedores. Muy a su pesar, años después tuvo que vender muchas propiedades, incluyendo los edificios en obra negra, a precios ridículos. También perdieron la casa en San Ángel y se fueron a vivir a una de las propiedades en la colonia del Valle.

Para 2005, tu padre sólo tenía cinco casas y ocho departamentos alquilados, y por si fuera poco le diagnosticaron cáncer de pulmón. Había fumado dos cajetillas de cigarros diariamente por treinta y cinco años. Aun así, el oncólogo le dijo que con una lobectomía podían curarlo, ya que el tumor aún estaba confinado en el pulmón.

Tras la cirugía en la que le extrajeron el cáncer y los nódulos linfáticos del tórax, mi padre nunca más volvió a ser el mismo. Jamás se interesó en comprar, vender o construir. Se conformó con las propiedades que le quedaban, según sus palabras, "para vivir tranquilo". De vez en cuando se animaba a preguntar: "¿Cuál es el pronóstico de Hacienda sobre el crecimiento del PIB? ¿La inflación cumplirá con la meta del Banco de México al cierre del año? ¿A cuánto está el dólar?". Años después volvió el cáncer y tuvo que someterse a quimioterapias.

A la familia de Sabina le fue peor. La fábrica de cartón estuvo al borde de la quiebra. El padre de Sabina se negó a incrementar los sueldos y el sindicato ordenó el cierre indefinido. Luego de cuatro meses, llegó a un acuerdo con el sindicato y reanudó funciones con mucha dificultad. Para entonces había perdido más de la mitad de sus clientes. Pero de eso me enteré hasta finales de 1995 cuando me encontré a Sabina en las oficinas del ITAM. Nos miramos de lejos, pero nos ignoramos. Eludimos una conversación que inevitablemente llegaría a nuestros estudios y situación económica.

No estaban en la pobreza, pero saberse clase-medieros ya era bastante doloroso. Y no eran los únicos. Decenas de compañeros se hicieron los desaparecidos. Era una vergüenza para tantos engreídos, incluyéndote a ti, tener que admitir que estaban sufriendo el llamado "efecto tequila" y que no tenían para las colegiaturas. Los recién graduados no tuvieron tantos problemas de autoestima como los que se quedaron a la mitad. Hubo, por otro lado, una gran cantidad de familias que no padecieron la devaluación: empresarios que con anticipación fueron informados sobre la devaluación del peso y para proteger su patrimonio hicieron compras masivas de divisas. Y ni hablar de los grandes magnates, los dueños del país, cuyas fortunas siempre han sido en dólares, que multiplicaron su riqueza con la devaluación.

Notaste que Sabina te observaba, pero desviaba la mirada rápidamente en cuanto sus ojos se enfrentaban. Al finalizar tu trámite, saliste de la oficina y esperaste en el pasillo. Cuando la viste salir, fingiste que ibas de regreso a la oficina. La saludaste y ella te ignoró. Mencionaste su nombre en voz alta y ella se detuvo en medio del pasillo como si la hubiesen regañado. Bajó la mirada y giró la cabeza lentamente. Disimuló una sonrisa. Era una sonrisa dolorosa. "¿Cómo estás?", pregunté y ella espetó un "Bien… Bien…", respuesta que se traducía a "mi vida no te incumbe". Nos miramos en silencio por varios segundos. Ella intentó desviar la mirada más que yo. "Creí que estabas en…", dijo ella. "No me fui", respondiste antes de que terminara de hablar. Cuando le preguntaste qué estaba haciendo, trató de engañarte: "Me voy a cambiar a la Universidad Anáhuac". Y tú, grandísimo pillo, mentiste: "Justo donde estoy haciendo mi maestría". "Entonces ahí nos veremos", se fue avergonzada, sin despedirse. Y tú, Laureano, te sentiste peor que ella. Creías que iba a ser gracioso, pero te equivocaste. Estuviste al borde de perderla para siempre.

"¡Estoy mintiendo!", dije viendo su cabello largo y lacio sobre su espalda. "Mi familia no tiene dinero para pagar mis estudios". Ella se dio media vuelta. Sus ojos estaban rojos. "Estoy tratando de obtener una beca, pero me la han negado tres veces, a pesar de mi promedio", explicó. "¿Sigues en la UNAM? Sí, pero ya no quiero estudiar Derecho. Me voy a cambiar a filosofía". "No te recomiendo que hagas eso. Creo que sería más fácil que consigas trabajo de abogada. No hay buenas ofertas para los filósofos… Perdón. En general, no hay oferta laboral. No en este momento, con esta situación. Yo tenía muchos contactos el año pasado que me habían prometido un puesto cuando terminara mi maestría. Les he estado llamando y sólo me dan largas. Otros se quedaron sin trabajo con la entrada del gobierno de Ernesto Zedillo".

El semblante de Sabina cambió. Se despidió y caminó a la salida. Te ofreciste a acompañarla a lo cual respondió insegura con un "sí". "¿Dije algo malo?", cuestioné. "No", respondió con mucha tristeza. "Te diré la verdad: tuve que abandonar la carrera en la UNAM. Papá me pidió que le ayudara en la fábrica, porque no tiene dinero para pagarle a los empleados". "Estamos igual", confesé y luego ella me preguntó: "¿Has hablado con Martha?". "No", respondí. "Su familia tuvo que vender varias propiedades para sobrevivir a la crisis, contó Sabina. Creo que tenían una cadena de farmacias, o algo así". "Eran restaurantes", corregiste. "No sé", Sabina alzó los hombros. "Y la verdad no me interesa. No me caía bien", sonrió por primera vez. O por lo menos de forma genuina. "Lo sé", también sonreí. "Ella también lo sabía, no entiendo porque insistía tanto en ser mi amiga", frunció el ceño e hizo un gesto de asco.

Tuviste muchos deseos de confesarle la verdad, Laureano, pero te faltó el valor. Querías mantener su amistad. "¿Te enamoraste de ella?", preguntó de pronto. "No", me asombré. "¿Por qué?". "Para saber si estoy hablando de más", reveló Sabina. Ambos rieron. Llegaron al estacionamiento y notaste que ella no iba en coche. Estaba haciendo tiempo para que te despidieras. Le ofreciste llevarla a su casa y ella aceptó gustosa, como si hubiera estado esperando eso desde el principio. Te habló de su hermana menor y de sus tres hermanos mayores. A partir de ese día, se vieron a diario y cuando no era posible hablaban por teléfono.

Un día comenzó a llorar desesperadamente. Habló de lo frustrada que se sentía por no poder continuar con sus estudios y de lo mal que la estaba pasando con su padre. Según sus palabras: "nada podía hacerse en la oficina sin el consentimiento de papá". También te contó que tras el terremoto de 1985 su familia perdió más de la mitad de su fortuna: una fábrica de muebles se incendió y una fábrica de baños y azulejos se derrumbó. Su hermano y socio había logrado mantener la mitad del negocio, ya que él llevaba la distribución y ante la desgracia se asoció con otro fabricante. Aun así, el padre de Sabina logró salir adelante con la fábrica de cartón.

Para entonces ya estabas profundamente enamorado, Laureano. Querías confesárselo, pero no te atrevías. ¿Por qué, si jamás le temiste al rechazo? Eras un joven apuesto e inteligente. Tuviste más novias que amigos.

Tres meses después intentaste besarla en tu auto. Ella estuvo a punto de salir, pero le rogaste que no lo hiciera y le ofreciste disculpas por tu atrevimiento. "No me interesan los noviazgos en este momento", dijo y se marchó. No le creíste. Te fuiste a casa y dejaste de buscarla una semana.

Una mañana te llamó para informarte que el papá de Martha se había ahorcado. No fue el primero ni el último que se quitó la vida por culpa de la crisis económica. Si bien no tenías deseos de asistir al funeral, lo hiciste para ver a Sabina. Y hasta hoy estás seguro de que ella utilizó aquel pretexto para llamarte.

Lo único que jamás esperaste fue que, al llegar, Martha te abrazara y llorara desconsolada en tu hombro, como si su noviazgo continuara. No te preguntó cómo te enteraste ni cómo habías estado en esos meses. Habló un largo rato de lo mal que la había pasado su papá. Sabina te observaba de lejos, sentada entre familiares y amigos. Intentaste alejarte de Martha, pero ella te lo impidió: "No quiero estar sola". Tú no entendías su dolor porque jamás te había sucedido algo así.

Cuatro años atrás, habías perdido a tu abuelo, un hombre de ochenta y tres años, cuya muerte era esperada, debido a una falla hepática. La familia sufrió más por los estragos de salud que por su deceso. En el momento que tu padre se enteró, dijo: "Qué bueno que ya dejó de sufrir".

Un grupo de personas se acercó a Martha para darle el pésame y ella, luego de agradecerles, te presentó como su novio, lo cual te dejó sin palabras. ¿Por qué no te atreviste a desmentirla, Laureano? Lo hizo para no mostrarse sola ante la alta sociedad, pues a pesar de la crisis económica, disimulaban que pertenecían a esa sociedad que cada vez los desdeñaba con más frecuencia. Aprovechaste el monólogo de una de las mujeres para alejarte de Martha por un instante: "Voy por un café". "Sí, mi amor, te espero", respondió a regañadientes.

Te arrepentiste de haber asistido al funeral. Caminaste a la mesa donde estaban las bebidas y bocadillos. Escuchaste a una mujer decir que era una tragedia que un hombre tan joven hubiera muerto por un infarto. La otra le susurró que en verdad había sido un suicidio: "La familia se niega a admitirlo. Están en la ruina".

"Tenía entendido que tú y Martha habían terminado", dijo Sabina a tu espalda. Te diste media vuelta y la miraste a los ojos. Le aclaraste la situación, pero ella se mostró disgustada, aunque intentó aparentar indiferencia. Luego espetó: "Martha acaba de decirle a esas personas que ustedes ya tenían planeada la boda, pero que decidieron posponerla por el inesperado fallecimiento de su padre". La tomaste del brazo y la llevaste afuera de la sala. "Está mintiendo. ¿No la entiendes?". "No te preocupes", se dirigió a la calle. La seguiste y sin decir más la besaste en la puerta de la entrada. Ella no se rehusó. En ese momento apareció Martha. Los miró con odio y sin decir una palabra se regresó a la sala.

Con el paso de los años, cada vez que le platicábamos a alguien sobre nuestro primer beso, surgían comentarios pesimistas al respecto. Algunos aseguraban que era de mala suerte, otros que había sido una falta de respeto al finado. Finalmente, Sabina y yo decidimos inventarnos una historia más simple.

Martha le llamó a Sabina dos meses después para ofrecerle disculpas. Le explicó que se sentía muy sola la noche del funeral y que necesitaba mostrarle a la sociedad todo lo contrario. A partir de entonces, se reanudó aquella amistad escuálida, lo cual te generó mucha incertidumbre, Laureano. Dudabas principalmente de las intenciones de Martha y luego de lo que le podría decir sobre ti, si es que su amistad llegaba a ser sincera. Sabina no tenía muchas amigas antes del "error de diciembre", y después de eso se quedó con menos. No fue la única que sufrió aquellos desplantes. Los que habían sobrevivido a la crisis se ocuparon en eludir a "los nuevos pobretones", adjetivo completamente alejado de la realidad. Sólo habíamos bajado a clase media alta.

Su noviazgo fue cursi: le encontraban romanticismo a todo. Como si se hubiesen fugado del Universo para crear y habitar el suyo, uno perfecto, impenetrable, inmune a la crisis económica o los problemas sociales y familiares. Era absurdo y espléndido. Decidimos casarnos a mediados de 1996. Nuestros padres no se mostraron convencidos al respecto, pero tampoco se negaron. Los míos intentaron convencerme de que esperáramos unos años, pero no los escuché. Para mí, la vida estaba ahí y tenía fecha de caducidad. No sabía cuándo, pero quería aprovechar hasta el último instante. Ya luego pagarías tu osadía con intereses, Laureano.

De regalo de bodas tu padre te ofreció una de sus propiedades. Les dio a escoger una casa en Lindavista con seis recámaras, estudio y un jardín muy grande y otra en La nueva Santa María con cinco recámaras. Después de ver ambas casas, Sabina eligió la casa de Lindavista. Pero un día Martha preguntó dónde vivirían. "En Lindavista", respondió Sabina, ignorando la cercanía con la Basílica de Guadalupe. Las tres veces que habían ido a esa casa habían llegado por Insurgentes, es decir, por el lado opuesto. "¡Ay! Van a poder ver a los guadalupanos cada 12 de diciembre", comentó Beatriz, amiga de Sabina, con tono burlón. "Te voy a pedir un favor, cuando veas a esos que llegan de rodillas, tómales una foto". "Todavía no lo decidimos", alegó Sabina molesta con el comentario de su amiga. "Tal vez compremos una casa en Lomas de Chapultepec".

A partir de esa plática, Sabina decidió quedarse con la casa de la Nueva Santa María, donde dos años más tarde la hermana de Sabina y su esposo compraron un terreno y comenzaron a construir una casa que hasta el momento no han podido terminar. Los padres de Sabina se molestaron tanto con Fátima por haberse casado con un donnadie que ni siquiera asistieron a la boda. Tardaron diez años en aceptarlo y tratarlo con fingidas muestras de afecto.

Una semana antes de la boda, Sabina te citó urgentemente. Estaba tan seria que no la reconociste. Martha le había contado que tú le habías sugerido que se hiciera su amiga para que le hiciera la vida imposible. Sentiste que se te desplomaba el Universo. "¡Responde sí o no!", exigió tajante. "Fue hace mucho tiempo. Todavía no te conocía y no sabía quién eras. Martha hablaba muy mal de ti a todas horas y…".

Sabina te dio una bofetada.

"Pensaba confesártelo el día que me despedí de ti en la biblioteca, ¿te acuerdas…? Y me interrumpiste. Dijiste: No lo hagas". Sabina no respondió. Tiempo después te explicó que creía que le ibas a confesar tu amor y no quería que cancelaras tus proyectos académicos. Te dio otra bofetada y se marchó. La seguiste y le pediste perdón. Intentaste explicarle, pero no te quiso escuchar. "¡Se cancela la boda!", gritó antes de cerrar la puerta del coche.

Al día siguiente te llamó y te pidió que fueras a verla a su casa. Al llegar, conociste a la Sabina que cambiaba de parecer de la noche a la mañana. Estaba serena. Sus ojos implacables parecían anunciar una sentencia de muerte. Lanzó una retahíla de advertencias. La primera: no te estaba perdonando; la segunda: no creía en tus argumentos; tercera: mantendría su amistad con Martha, arguyendo que a los enemigos hay que mantenerlos cerca; cuarta: no estaba dispuesta a hacer el ridículo ante la sociedad; quinta: no pensaba tener hijos; sexta: terminaría su carrera; séptima: sería una mujer independiente y de ninguna manera una ama casa; octava: no perdonaría un engaño más; novena: los problemas familiares se quedarían en casa, nada de ir a contarle a sus papás; y última: "arréglate la corbata. Se te ve horrible. Parece nudo de bolsa de basura".

No pudiste evitar reírte y ella tampoco. Estabas tan enamorado de ella, Laureano, que no te importaron sus condiciones. Sabina tenía, a pesar de los obstáculos, un plan de vida… Yo no. Creía saber lo que quería, pero me daba igual si no lo obtenía. Sabina se estaba convirtiendo, sin que te percataras de ello, en la arquitecta de sus vidas y tú en el albañil.

¿Fue ése mi error? Sé que me equivoqué. Mucho y muchas veces. Tantas que perdí la cuenta. Incluyendo la de la fiesta de bodas, que estuvo muy arriba de nuestro presupuesto, pero según mis padres y mis suegros, de *eso* dependería nuestro futuro. Nuestras familias invitaron a decenas de empresarios, de los cuales asistió menos de la mitad. Los meseros se aburrieron con tan pocos invitados, quienes parecían divertirse con el vacío de la fiesta. Tuvimos que tolerar comentarios mordaces y condolencias, como si se nos hubiese muerto un pariente.

Se fueron de luna de miel a París, se hospedaron en hostales, comieron en restaurantes baratos y pasearon en lugares comunes y generalmente gratuitos. Ay, Laureano, cuánto darías hoy por esa divina austeridad. La simplicidad de la felicidad.

Al volver a México, regresaste a tu empleo y Sabina a la fábrica de su padre, sin sueldo. Nunca había recibido un salario fijo, pues su padre argumentaba que vivía en su casa y que él jamás le había cobrado por vivir ahí ni por la escuela ni la comida ni la ropa. Sabina nunca pudo contradecirlo. No porque no tuviera los argumentos o las agallas, sino porque a su padre nadie le ganaba en una discusión. Además, después de haber pagado la boda y la luna de miel, tenía la sartén por el mango. Tu padre en cambio, a pesar de ser autoritario y mal humorado, jamás te echó en cara el haberles regalado la casa. Te prestó dinero para comprar algunos muebles porque tú se lo pediste, aunque él insistió en regalarles la casa amueblada.

Tu salario no alcanzaba y Sabina nunca se atrevió a pedirle un sueldo a su padre, lo cual fue motivo para las primeras discusiones maritales. La frustración era compartida, las soluciones, no. Ella insistía en regresar a la universidad y tú le pedías tiempo para que mejoraran tus ingresos o que ella consiguiera un empleo remunerable. Sabina le dijo a su padre que tu salario no era suficiente. Así que él te consiguió un puesto en Baños, cocinas y ferretería Viteri S.A. de C.V., propiedad de su hermano. Asunto arreglado. Tu ingreso se triplicó.

Siete meses después, Sabina le dijo a su padre que había conseguido un empleo —por cierto, muy bien pagado— y él le pidió que no se fuera de la empresa y prometió darle un sueldo. Ella quería salirse de la fábrica y comenzar una verdadera vida laboral, un trabajo en el que pudiera emplear lo que había aprendido en la universidad. En la fábrica hacía de todo, con el cargo de la hija del dueño. Su padre se negó rotundamente. Su principal argumento era que, cuando él muriera, ella heredaría la empresa familiar, pero primero debía ganárselo. Una condición con intereses tan altos que sus demás hijos se negaron a trabajar con él. Uno de ellos incluso se fue a vivir a Estados Unidos con tal de no tener que pedirle favores a su padre.

En febrero de 1997, el tío de Sabina vendió Baños, cocinas y ferretería Viteri S.A. de C.V. al Grupo MBC, inversionistas que estaban adquiriendo todo tipo de empresas en quiebra, sin importar el rubro: cadenas de escuelas de inglés, restaurantes, panaderías, fábricas y, ¿por qué no?, ferreterías. Lo primero que pasó por tu mente fue que te liquidarían, pero ocurrió todo lo contrario: fuiste ascendido a gerente por los nuevos dueños que no tenían idea de cómo manejar el negocio. Aunque recibías auditorias cada semana, la empresa estaba prácticamente a tus pies. Laureano, eras libre de comprar, vender, contratar, despedir, aumentar o reducir gastos. Todas tus decisiones eran respetadas por Grupo MBC.

En marzo de 1997, Sabina te anunció que estaba embarazada.

RENATA

Salí de la casa de Ariel poco después de las cinco de la tarde. Iba feliz. O, mejor dicho, en la pendeja. Tenía catorce años y aunque él no era el niño que tanto había deseado, resultó algo mejor, era real. Antes de eso mi autoestima era como un canario en el invierno. Quizá suene ridícula mi descripción, pero así me sentía: parada en la rama de un árbol y hecha bolita en medio de la nieve. Mientras la mayoría de mis compañeras de clases ya tenían una estatura promedio, senos, cinturas delgadas, caderas y nalgas amplias, yo tenía aspecto de niña.

Antes de ese primer beso creía que jamás iba a tener novio. Incluso llegué a imaginarme como nuestra vecina Sarita, una mujer insufrible de setenta y tres años, que jamás permitió que le llamaran *señora* o *doña*.

Señorita —decía—. *Aunque le cueste.*

Todo le molestaba. Siempre nos acusaba con mi madre por cualquier tontería. *Sabina, tus hijos volvieron a golpear mi puerta con su pelota. Tu niña dibujó en mi banqueta con un gis.*

Cuando tenía seis años, pensaba que el mal humor de Sarita se debía a que era mayor de edad, pero un día escuché que mi madre le decía a mi tía Fátima: *Si Sarita se hubiese casado no sería una vieja tan mamona.* También fue la primera vez que escuché esa palabra, pero entendí que *mamo-*

57

na significaba ser como Sarita. Y siempre que escuchaba que decían que alguien era mamón llegaba a mi mente el rostro de la vecina y pensaba: *No quiero ser como Sarita, no quiero ser como Sarita.*

El día que Ariel me besó, mientras caminaba de regreso a mi casa, pensé que ya no sería como Sarita ni tampoco como mi madre. Ahora que lo pienso bien, no entiendo por qué asocié aquel primer beso con la mamona de Sarita y la amargura de mi madre. No me iba a casar con Ariel. Tampoco estaba tan urgida.

El caso es que me fui a hacer pendeja al parque cerca de mi casa. Andaba en la baba y miraba el mundo con florecitas y corazoncitos. De pronto, me di cuenta de la hora que era. Estaba segura de que mi madre me recibiría en la puerta con su actitud de *Sarita* por llegar tarde y me arruinaría el día con sus sermones: *Qué bonitas horas de llegar, señorita. ¿Se puede saber dónde andabas? ¿Ya te mandas sola?*

Vivíamos en la Nueva Santa María, en la calle Clavelinas. En esa colonia había además de un mercado fijo, muchos comercios, automóviles y gente caminando y, por ende, todo se sabía. La Nueva Santa María tenía una sobrepoblación de viejas chismosas. Tarde o temprano irían a contarle a mi madre que me habían visto en el Parque Revolución, pero a esas alturas no me interesaba lo que ella pensara.

Ese día había en la calle más gente de lo normal. Los autos estaban estancados, algo que jamás ocurría. Todos miraban en la misma dirección. Supuse que se trataba de un accidente automovilístico, lo cual no me sorprendía.

—¡Renata! —gritó una voz de mujer.

Mi primera reacción fue hacerme la pendeja. Tenía dos años de haber arraigado ese estúpido hábito. Se volvió una salida fácil para eludir obligaciones o ignorar regaños. Cuando mi madre me llamaba, hacía como que no la había escuchado. A veces funcionaba. Otras no. Pero, de cualquier manera, me hacía pendeja. Eso sí, tenía que tomármelo muy en serio para que no me ganara la risa.

—¡Renata! —volví a escuchar, pero más cerca de mí. Al mirar hacia atrás vi a mi tía Fátima correr desesperada—. Qué bueno que te encontré. He estado buscándote —su voz se escuchaba estremecida.

A esas alturas mi madre ya no iba por mí a la escuela. Mis hermanos y yo íbamos a escuelas distintas. Yo me quedé en la misma, a mis hermanos los cambiaron a otra mucho más cerca de la casa, que también tenía secundaria. Nunca entendí la razón. Yo, a pesar de ir a una escuela más lejana, me regresaba caminando. En cambio, mis hermanos que iban a una escuela mucho más cercana tenían que esperar a que mi madre llegara por ellos. De cualquier manera, para mí era mucho mejor. No tenía que cuidar de ellos después de clases ni tenía que soportar las vergüenzas que provocan los hermanos menores.

—Fui a la casa de una amiga a hacer una tarea —tenía que convencer a mi tía Fátima para que abogara ante mi madre.

—¿Quieres ir a comer a la casa? —preguntó con tono de súplica.

La propuesta era inmejorable. Tenía la cuartada perfecta ante el interrogatorio de mi madre. Sabía que mi tía Fátima abogaría por mí, incluso mentiría. Nuestra relación era excelente. Ella es cinco años menor que mi madre y tiene dos hijas.

—¿Y qué le voy a decir a mi madre? —todavía me puse mis moños.

—Vamos —rogó con los ojos rojos—. No te va a regañar.

Supuse que se había peleado con Álvaro y que necesitaba platicar con alguien. En los últimos dos años habíamos hecho una buena amistad, a pesar de la diferencia de edades. Por lo mismo únicamente le decía *tía* en presencia de mi madre, que me regañó en varias ocasiones por llamarla Fátima. *No seas igualada*, me reprendió.

—¿Qué te sucede? —pregunté mientras caminábamos en dirección contraria a mi casa.

Fátima vive en la calle Castaña, a cuatro cuadras del parque. Su casa tiene varios años en construcción. La planta baja ya está terminada, pintada de rosa chillón, pero arriba sigue en obra negra. El ladrillo gris y los huecos de las ventanas sin cristales le dan un aspecto espantoso. A pesar de que en una ocasión se metieron a robar por esos huecos tapados con plásticos negros, no instalaron ni las ventanas ni algún tipo de protección. El patio de la entrada siempre está atiborrado de ladrillos, varillas, costales de arena, grava y cemento. Apenas entra uno a la sala se nota una considerable diferencia: relucen los azulejos y los gabinetes de madera recién barnizados. Al entrar a las recámaras se termina el encanto: parece la cueva de un cavernícola.

Cuando me atreví a preguntar por qué no terminaban la obra, Fátima me confesó que Álvaro era muy tacaño para pagarle a los albañiles y que por eso ellos, según palabras de Fátima, *se lo chingaban*: uno había hecho mal las trabes. El día que le pidieron que las derrumbara y las hiciera de nuevo, se enojó y se fue. Otro les robó todo el material en menos de media hora, en lo que Fátima fue a la escuela por las niñas. El último albañil que había trabajado para ellos les había cobrado más de la mitad como anticipo, fue dos días y jamás volvió.

—Ocurrió algo muy… —Fátima se frotó la frente sin detenerse.

—Espérame —dije y traté de alcanzar a Fátima que estaba caminando muy rápido.

—Discúlpame, Renata —se detuvo, agachó la cabeza y se llevó las manos al pecho, como si guardara algo en el puño.

—¿Qué te hizo Álvaro? —pregunté indignada.

Imaginé toda clase de groserías y chingaderas. No se podía esperar más de un macho, naco y terco como él.

—Él no me hizo nada —luego suspiró y siguió caminando sin decir una palabra.

—Mejor me voy a mi casa —dije.

No tenía ganas de aguantar sus dramas. Sabía que cuando se ponía así no había forma de calmarla. Lo peor de todo era que no me explicaba lo que le sucedía. A lo mucho me contaba que se había peleado con Álvaro y que él se había ido de la casa, lo cual se solucionaba en dos o tres días, sin mi ayuda.

—¡No! —exclamó Fátima casi con un grito y se volvió hacia mí—. Perdóname, Renata —colocó las manos en mis hombros—. No quise ser grosera, pero me siento muy triste —sus cejas se encogieron como acordeones—. ¿Puedes acompañarme?

Noté que ya estaba de su estatura, lo cual me sorprendió sobremanera. No sé por qué no me había percatado de eso. Quizá se debía a que las últimas tres veces que nos habíamos visto ella estaba en el coche. Fueron a la casa a dejarle algunas cosas a mi madre y ella había salido a recibirlas. Pero según yo, no había pasado tanto tiempo.

—Está bien —respondí sin ganas—, pero en cuanto llegue a tu casa tengo que llamarle a mi madre.

—Sí, sí —me abrazó y comenzó a sollozar.

Me di cuenta de que traía un champú nuevo. Siempre que iba a su casa y entraba al baño olfateaba sus cremas, desodorantes, perfumes, champús y acondicionadores. En varias ocasiones me regaló algunos, casi como en caridad, lo cual con el paso de los años comenzó a irritarme. En la infancia una recibe cualquier porquería con entusiasmo, pero después todo eso sabe a limosna.

Al llegar a su casa vi a Alan parado en las escaleras, sin hablar, como siempre. Me ignoró y se fue caminando al segundo piso. Fátima me invitó a sentarme en la sala. Ella entró directamente a la cocina, encendió la cafetera, tomó el teléfono, un aparato viejo con disco giratorio y un cable de tres metros, y cerró la puerta de la cocina, la cual tenía una ventanilla redonda en la parte superior. Al principio pensé que le estaba llamando a Álvaro, pero cuando escuché que dijo *Ya está aquí* me sentí inquieta y hasta cierto punto traicionada. Imaginé que mi madre le había pedido que me buscara. Cuando colgó el teléfono, preparó dos tazas de café.

—No me gusta el café —le dije cuando regresó.

—¡Es cierto! —respondió con una sonrisa tonta—. No sé en qué estaba pensando. Disculpa.

—¿Con quién hablabas? —la miré con enfado.

—Con Álvaro —le dio un sorbo al café y se sentó a mi lado. Traía una falda rosada que le llegaba arriba de las rodillas.

A Fátima no le gustaba usar minifaldas, pero se las ponía para agradar a su marido, que le pedía que se visitera coqueta para él.

—Escuché que dijiste *Ya está aquí.*

—Sí —se encogió de hombros y sonrió con dificultad—. Le dije que *ya estabas aquí* —bajó y subió la cabeza repetidas veces, al mismo tiempo que empujaba la barbilla hacia el frente, como periquito—. Viene en camino. Va a comer con nosotras.

Me tranquilicé por un instante y sonreí. No porque Álvaro fuese a comer con nosotras, sino porque Fátima no me había traicionado.

—Pensé que tú y él estaban... —hice un gesto de enojo con la nariz y los labios.

—¡No, no, no! —fingió una sonrisa y negó con la cabeza. Luego le dio un trago a su taza de café y me miró con tristeza.

—¿Y mis primas? —busqué con la mirada hacia la escalera.

—Se fueron con los papás de Álvaro... —se quedó en silencio, sonrió forzadamente, miró en varias direcciones y luego se dirigió a mí—: ¿Y cómo vas en la escuela?

—Bien —miré el piso con desinterés.

—¿Ya tienes novio? —sonrió con picardía mal actuada.

—No —tampoco estaba dispuesta a contarle de Ariel.

—¿Hay alguno que te guste? —se llevó la mano a la barbilla y movió la cabeza a la izquierda, como si coqueteara.

—No —di un manotazo en el aire.

Los próximos veinte minutos se tornaron aburridos. Fátima no sabía de qué hablar y hacía todo tipo de preguntas tontas. Yo no tenía deseos de platicar con ella ni con nadie. Estaba muy molesta.

—¡Ya llegó tu tío! —se levantó apurada del sillón, con la mirada en la ventana.

En cuanto él entró, ella se desvivió por atenderlo: le quitó el saco, lo colgó en un perchero que tenían en la entrada, luego corrió a la cocina.

—¿Cómo estás, Ren? —me dio un beso en la mejilla y se sentó.

Me encabronaba que me llamara *Ren*, como si las últimas tres letras tuvieran un cargo adicional. Lo cual es absurdo porque años atrás le agregaba dos: *Re-na-ti-ta*. Y cuando se quería hacer el gracioso me decía: *Renatita reranita*.

Fátima volvió con un vaso de agua con hielos y se sentó junto a su esposo.

—¿Cómo te va en la escuela? —preguntó Álvaro.

—Bien —respondí con indiferencia.

En realidad, era hartazgo, pero tuve que disimular. Detesto los interrogatorios. Más los del catálogo de los parientes sin tema de conversación: *¿Cómo te va en la escuela? ¿Ya tienes novio?*

—¿Qué tal las calificaciones? —recibió el vaso de agua.

—Bien —dije con fastidio.

Ambos se miraron e hicieron gestos de aprobación.

—Mija —suspiró Álvaro y después bebió un poco de agua—. Tengo que decirte algo muy doloroso.

Los ojos de Fátima se enrojecieron y su barbilla comenzó a tiritar sin control.

—Tu mami… —hizo una larga pausa.

Él se mantuvo sereno; en cambio, los ojos de Fátima se llenaron de lágrimas.

—Tu mami falleció esta tarde.

Fátima se desbordó en llanto. Álvaro dejó el vaso sobre la mesa de centro y abrazó a mi tía, quien se encorvó hasta llegar a su regazo. Permanecí en silencio, sin moverme. Observé a Fátima y a Álvaro, cuyos ojos también estaban rojos. En mi mente repetí varias veces *falleció esta tarde, falleció esta tarde, falleció…*, como si esas palabras fuesen nuevas en mi vocabulario e intentara descifrar su significado. De súbito llegó a mi mente la palabra *libertad*. No me pregunté cómo ni por qué había muerto. Tampoco sentí su ausencia ni el dolor que tenía a Fátima llorando a moco suelto en las piernas de Álvaro. Imaginé rápidamente mi vida con papá y mis hermanos: tendría que levantarme en las mañanas a prepararles el desayuno; luego, al salir, debería asegurarme de que papá se hiciera bien el nudo de la corbata. En la tarde volvería de la escuela para cocinar y limpiar la casa. Y en la noche le daría de cenar a papá.

—Llora, mija, llora —dijo Álvaro, quien se sentó a mi lado y me abrazó—. Está bien que llores.

Me percaté de que él seguía utilizando la misma loción pirata de siempre. Era un aroma punzante, que —por fortuna—ya se estaba disipando en ese momento. En otra ocasión, por ejemplo, en la mañana, instante en el que recién se acaba de fumigar, habría resultado insoportable. Me alejé de Álvaro, no por el aroma, sino porque aquella escena me estaba asfixiando.

—¿Cómo murió? —me puse de pie.

Ambos me miraron con terror. Supongo que tenían la certeza de que yo imaginaba una muerte menos tortuosa, pero hasta el momento no había pasado por mi mente ninguna hipótesis al respecto. Por supuesto que el suicidio es lo que la gente menos se imagina o, peor aún, lo que menos espera.

—Se quitó la vida.

Sentí mucho alivio. Llegaron a mi mente cada uno de los momentos en los que pretendía consolarla y ella me mandó al carajo. No merece ayuda quien no la desea.

—¿Cómo?

Sé que no fue fácil para ellos: Álvaro bajó la mirada y Fátima volvió a desbordarse en llanto. Ninguno respondió.

—¿Qué fue lo que ocurrió? —insistí en voz alta, como si estuviese regañándolos.

Álvaro se levantó del sillón.

—Se disparó con un revólver… —respondió con los ojos bien abiertos. Hizo una pausa y sin preámbulo precisó—: en la boca…

—¡Álvaro! —Fátima se paró y lo regañó, seguramente por ser tan directo.

—De cualquier manera, se va a enterar —noté el movimiento en su garganta cuando tragó saliva.

—Pero acuérdate de… —no era la primera vez que Fátima decía esa frase cuando Álvaro decía algo que ella no quería que yo supiera: *Pero acuérdate de…* y se callaba mientras miraba a su esposo con cara de *esto es un secreto que la niña no debe saber.*

—Eso fue diferente. Ocurrió hace tanto tiempo. Además, yo nunca estuve de acuerdo con que la forma en que abordaron aquella situación —respondió despreocupado.

—¿De qué están hablando? —pregunté.

—Nada, otra cosa… —dijo Álvaro.

—Unos amigos, a los que les sucedió algo parecido —intervino Fátima rápidamente.

No pude evitar imaginar la escena: mi madre sentada en su cama, llorando como Magdalena. El revólver sobre el buró. Las cortinas cerradas. La puerta entreabierta para que alguien se diera cuenta de que estaba llorando, como siempre. Luego un silencio.

Fátima se acercó, me abrazó y volvió a llorar desconsolada. Yo me preguntaba de dónde había sacado mi madre un revólver y por qué se había quitado la vida.

—Mija, entiendo que debes estar muy desconcertada —agregó Álvaro.

Me quité a Fátima de encima y le pregunté a Álvaro.

—¿Por qué?

—No... —Álvaro se encogió de hombros y se frotó las manos como si tuviera frío o miedo—. No lo sabemos.

—¿Cómo se enteraron? —pregunté—. ¿Quién la encontró? ¿Y mis hermanos?

Fátima y Álvaro se miraron confundidos.

—Irene... —Álvaro hizo una larga pausa—. Tu hermana estaba ahí. Ella... —apretó los labios y cerró los ojos—. Irene la vio.

No me esperaba eso. Traté de pensar en lo que Irene estaba haciendo cuando mi madre se mató. ¿Estaba en su cuarto jugando con sus muñecas o estaba en la cocina comiendo? No. Mi madre no la habría dejado sola para irse a dar un tiro en la boca. ¿O sí? Tal vez. De cualquier manera, ya pensaba quitarse la vida. ¿Y si en realidad no pensaba matarse? Quizá estaba haciendo uno más de sus variados melodramas y se le escapó el tiro.

—¡Irene lo vio todo! —exclamó Fátima tapándose la nariz con un pañuelo de papel.

—Ya, muñequita, ya no llores —la consoló y por primera vez en mi vida pensé que era un esposo cursi.

Agregué la presencia de Irene a las imágenes que había dibujado en mi mente. Por varios años me dediqué a espiar a mi madre detrás de la puerta. Entonces pensé que Irene había hecho justamente lo mismo. Luego recapacité. Eso no era posible. Jamás vi a Irene espiando a nadie. Hasta el momento, ella había sido una niña indiferente. Siempre en la recámara, con sus muñecas o viendo caricaturas.

—¿Qué estaba haciendo Irene? —pregunté.

—Estaba en la puerta cuando tu madre y tu padre discutían —explicó Fátima.

—¡Papá! —no pude contener mi asombro—. ¿Él estaba ahí?

—Sí, él también vio lo que ocurrió —contestó Álvaro.

—Ya no entiendo —respondí con inquietud.

—Nosotros tampoco —respondió Fátima.

—¿Qué estaba haciendo ahí? —comencé a sentir mucha desesperación—. ¿No debería estar trabajando?

—No sabemos bien —dijo Fátima—. También tenemos muchas dudas.

—¡Quiero ir a mi casa! —alcé la voz.

—Tenemos que esperar —sentenció Álvaro.

—¡Quiero ver a mi papá! —grité.

—No podemos —Álvaro se acercó a mí—. En este momento está… —inhaló profundo—. Ocupado con… —desvió la mirada como si buscara la respuesta en el piso—. No puede atendernos.

—¡¿Qué le pasa a papá?! —volví a gritar.

—Está en el Ministerio Público —Álvaro respondió con firmeza, cansado de darle vueltas al asunto—. Y eso va a tomar mucho tiempo.

—¿Por qué? —yo respiraba con desesperación.

—Así son estas cosas —infló el pecho, abrió un poco las piernas y se llevó las manos a la cintura, como si con ello tomara control de la situación.

Todo lo que me había imaginado cambió de forma vertiginosa. Surgieron tantas dudas. Papá tenía que estar trabajando. Él pocas veces llegaba antes de las nueve de la noche. ¿Qué había ocurrido? ¿Por qué estaba en la casa a esas horas?

¿Ella lo llamó? ¿Él se sentía enfermo y pidió el día? No. Él no hacía esas cosas. Siempre iba a trabajar, incluso cuando tenía tos o gripa.

—No me importa —dije—. Si tengo que esperarlo en la calle, lo haré.

—Tu papá está arrestado —dijo Álvaro con voz fuerte.

Me estremecí como si me hubieran dado una descarga eléctrica.

—¡¿Por qué?!

—Así son estas cosas —Álvaro seguía tranquilo.

—¡No! ¡No me digas eso! —apreté los puños y di unos pasos hacia él—. ¡Explícame por qué son así las cosas! ¿Él la mató? —pregunté e imaginé la escena.

—Se supone que no —hablaba con tranquilidad—, pero la policía quiere asegurarse de que la versión de tu padre sea la verdadera. O que concuerde con los hechos. Tienen que hacer pruebas.

—¡Papá no mató a mi madre! —volví a alzar la voz.

—Lo sé, mija —contestó Álvaro—, simplemente estamos informándote lo sucedido.

Comencé a llorar de rabia, desesperación, miedo e incertidumbre.

—¿Y mi hermana? —pregunté.

—Irene está con tu abuela Leticia —mintió, pero yo no me percaté de eso. Supe la verdad días después.

—Ya me quiero ir —dije furiosa.

—Renata, espera —dijo Fátima—. No puedes ir a ninguna parte. Tu casa está cerrada. Mejor vete a la recámara de tus primas. Descansa.

—¿Descansar? —grité—. ¿Cómo voy a hacerlo? ¡Llévenme con papá! ¡Quiero ver a papá! ¡Quiero ver a papá! ¡Quiero ver a papá! ¡Quiero ver a papá!

—¡Tranquila! —Álvaro se acercó y me abrazó—. ¡Tenemos que esperar!

—¡No! ¡No! ¡No! —comencé a llorar de forma desbordada.

Lloré por papá, lloré al imaginarlo en la cárcel, solo, sin nadie que pudiera abrazarlo o que estuviese ahí para escucharlo.

—Tengo que ir con él —lloré en brazos de Álvaro al mismo tiempo que le enterraba las uñas en la espalda—. Papá me necesita.

—Él está bien —aseguró.

—¡No! ¡No está bien! —me alejé de él y caminé a la salida.

—¿A dónde vas? —gritó Fátima.

—¡Voy a buscarlo!

Álvaro me interceptó y me prohibió abrir la puerta.

—No conseguirás nada. No te dejarán verlo. Tus abuelos ya están haciendo todo lo posible por liberarlo. Ya consiguieron un abogado. No nos queda más que esperar.

De nada sirvieron mis gritos, mis lágrimas y los golpes que le di en el pecho a Álvaro. Cuando me tranquilicé, ya había oscurecido. Y aunque Fátima insistió en que comiera no acepté ni un vaso de agua. No podía quitar de mi cabeza la imagen de papá derrumbado en el piso de una celda oscura y pestilente. A ratos imaginaba que lo estaban torturando. Lo pensé porque había visto algo así en una película.

Ésa fue la noche más larga de mi vida. Estuve en la recámara de mis primas, un lugar pequeño con una litera, buró, un armario que les robaba una tercera parte del espacio y un escritorio atiborrado de útiles escolares. En otras circunstancias, me habría pasado un largo rato esculcando sus cosas por el puro placer de saber qué tantas chunches guardaban. En cambio, estuve sentada en la cama de arriba de la litera, dando de golpes a un muñeco que pendía de un hilo amarrado a un tornillo en el techo. Principalmente porque Alan estaba en la cama de abajo, aunque sabía que él no diría nada, no me sentía bien haciendo ese tipo de cosas en su presencia.

—¿Hoy tampoco me vas a hablar? —le pregunté, pero no me respondió. Por eso mismo ya nadie le ponía atención. Tenía más de cinco años sin hacerle caso a nadie.

—¿Qué quieres? —respondió Alan.

—Que me digas dónde estabas cuando todo eso sucedió.

—Ahí, con Irene.

—¿Qué pasó?

—No te voy a decir.

—Pues no me digas.

Lo ignoré el resto de la noche. A ratos pensaba en salir por la ventana y buscar la manera de llegar a la cárcel donde tenían a papá, pero ignoraba la dirección y la forma de llegar. Además, jamás había ido sola y de noche a la calle. No pude dormir ni cinco minutos. No tenía intenciones de hacerlo. Temía que sucediera algo mientras dormía y que mis tíos salieran sin mí.

A las seis de la mañana salí de la recámara y toqué la puerta de Fátima y Álvaro. Ella salió en una horrorosa bata con rosas estampadas de la cual colgaban cuatro moños: uno en cada hombro y dos más de la parte delantera, justo a la altura de los pezones.

—¿Descansaste? —preguntó adormilada.

—Estuve despierta toda la noche —no me moví.

Fátima cerró los ojos, inhaló y exhaló suavemente.

—En un momento estamos contigo —cerró la puerta.

Esperé un rato muy largo en la sala, observando los muebles y la decoración, que es lo único bonito de ese lugar. Mejor dicho, fresco. *Bonito* no es la palabra correcta. Tienen gustos muy comunes: sillones de madera rústica, cojines coloridos, en los que predominaba el anaranjado. Y dije *fresco*, comparándolo con mi casa que es bastante anticuada.

Fátima bajó con un traje sastre negro, incluido un velo; y al verme con el uniforme de la escuela se quedó en la escalera como si la muerta fuese yo.

—Espérame —se fue a su recámara.

Volvió quince minutos más tarde. Se había quitado la falda, la blusa y el saco para dármelos a mí y se había puesto un vestido de noche negro que seguramente no la dejaba respirar. Pero ni modo de que yo me viera más elegante que ella, aunque la ropa que me había dado me quedara guanga.

—Discúlpame, Ren, pero no tengo mucha ropa negra —me dijo cuando entré a la cocina con el traje sastre—. Ay, creo que te queda un poco grande.

—Mucho —le dije bajándome un poco la falda—. Mira, sale sin que la desabroche.

—En un momento te doy un cinturón —se agachó para sacar comida del refrigerador y se le rompió el cierre del vestido, dejándole toda la espalda descubierta, con lo cual me di cuenta de que la muy naca traía brasier blanco—. ¡Ay, no! ¿Por qué me pasan estas cosas?

Me miró como si estuviese pidiendo limosna. Alan se rio y salió corriendo.

—Lo siento mucho, pero…

—Vamos a cambiarnos —respondí gustosa.

—De cualquier manera, te quedó muy grande la falda —se justificó con cara de estúpida.

—Y el saco y la blusa —continué.

—¿Qué pasó? —preguntó Álvaro en cuanto nos vio entrar a la habitación.

—Se me rompió el cierre del vestido. Tendremos que ir a comprarle un vestido a la niña —cuando Fátima estaba de malas yo era *niña*. No tengo idea por qué, pero sé que las palabras que usaba mostraban sus enojos.

—¿No se puede arreglar? —cuestionó Álvaro con una mueca.

—No, no se puede arreglar y no tenemos tiempo, amor-
cito —aunque estuviese enojada, Fátima siempre le hablaba a
Álvaro con palabras cursis.

—¡No importa! —grité desesperada—. Quiero ver a
papá. Puedo usar el uniforme o cualquier otra cosa.

—No te enojes, Ren… —Fátima comenzó a temblar—.
Creo que tengo algunas faldas de talla pequeña, de cuando
todavía no nacían tus primas, tú sabes… —sonrió avergonzada.

Caminó al ropero y del fondo sacó varias faldas y blusas. Tras colocarlas sobre la cama me dijo que eligiera. Todas
eran de los noventa y tan ridículas, pero no me interesaba
verme bien.

—¿Qué tal éste? —señaló un vestido voluptuoso de tela
brillante, con tonos negro, azul, verde y morado que se difu-
minaban entre sí, cuello cuadrado, con unas mangas globo
del tamaño de mi cabeza hasta los codos. Si me ponía eso iba
a parecer pordiosera bañada.

—No voy a salir así —dije con tono irrebatible.

—Está bien, vamos a comprarle ropa —dijo Álvaro en
cuanto me vio.

—¡No! —exclamé.

—Como tú digas —respondió Álvaro.

Me fui con el uniforme de la escuela. Había mucho tráfico. Él sintonizó el radio en una estación de deportes, pero
ella le pidió que lo apagara. En cuanto llegamos al Ministerio Público, vi a una mujer llorando por un lado y un hombre discutiendo con un burócrata. Imaginé que adentro la
situación sería peor. Estaba muy asustada. Nos encontramos
con mis abuelos materno, Martín, y paterno, Günther, quienes habían permanecido ahí toda la noche. Sin decir una palabra ambos me abrazaron, como si me hubieran esperado por
muchos años. Yo sin poder evitarlo lloré entre ellos. Ninguno se atrevió a hablar. Alan no se acercó. Supongo que como

ellos ya sabían que era insoportable no se preocuparon por abrazarlo. Ni siquiera le dirigieron la palabra.

—Suegro —dijo Álvaro al saludar a mi abuelo Martín y le dio un abrazo, lo cual me obligó a quitarme—. ¿Cómo están? —le extendió la mano a mi abuelo Günther con menos confianza.

—Ya sabes cómo es esto —mi abuelo Martín alzó los hombros ligeramente—. Todo lo complican.

—¿Eso qué significa, *abue*? —pregunté con los ojos llenos de lágrimas.

—Nada, mi vida —me acarició el cabello—. Pero la burocracia es así. Tu papá saldrá en cualquier momento.

—¿Verdad que él es inocente? —le pregunté en tono de plegaria.

—Sí, mi vida —me abrazó.

—Quiero ver a papá —dije llorando.

—Ya lo van a dejar libre —respondió con lágrimas—. Pronto, pronto, no te preocupes.

—¿Qué dijo el abogado? —preguntó Álvaro y mis abuelos se miraron entre sí.

La insinuación quedó clara y Fátima intervino:

—¿Alguno de ustedes quiere un café?

—Sí —respondieron casi con urgencia.

—Vamos, Ren —me dijo Fátima.

—Aquí me voy a quedar.

—Vamos —insistió con una sonrisa mal fingida—. Necesito que me ayudes a traer los vasos de café.

—No —mantuve la mirada en un pasillo que supuse daba a las celdas—. Aquí voy a esperar a papá.

—Todavía falta un poco, hija, no te preocupes —dijo mi abuelo Günther.

—No me importa —respondí.

—Yo te ayudo, hija —dijo mi abuelo Martín a Fátima—. Vamos.

—¿Qué dijo el abogado? —pregunté cuando Fátima y su papá se marcharon.

Mi abuelo Günther y Álvaro se miraron desconcertados. No querían hablar de eso conmigo. Seguían pensando que era una niña incapaz de comprender asuntos de adultos.

—Que necesitamos pagar mucho dinero —respondió mi abuelo con las cejas hacia arriba—. Así es esto, mija. Puro pinche dinero —se dio la vuelta con molestia.

Las horas siguientes fueron largas y tediosas. A cada rato entraba gente con desesperación mirando en todas direcciones buscando a alguien que les diera una respuesta, finalmente caminaban al mostrador y preguntaban por su familiar o conocido. A veces buscaban entre la gente al abogado encargado de sus casos. También se escucharon gritos con frecuencia: *¡Son unos hijos de la chingada! ¡Malditos rateros, corruptos!*

Poco después de la media noche, salió papá ojeroso y desaliñado. En cuanto lo vi, corrí hacia él y lo abracé, pero él ni siquiera me tocó. Alzó los brazos como si la policía lo estuviese amenazando. No me percaté de eso hasta que levanté la mirada y lo vi con los ojos cerrados, lamentando mi presencia.

—Compadre —dijo Álvaro para salvar la situación y le extendió la mano—. Lo siento mucho.

Mis abuelos y Fátima también se acercaron. Alan se quedó en una de las sillas al fondo. Papá quitó mis brazos de su cintura, caminó hacia ellos y lloró con su padre. Yo también lloré, de lejos, a solas, en silencio, mientras me preguntaba si ellos se habían percatado del desprecio de papá hacia mí. ¿Tenía motivos para hacerlo? ¡No! ¿Yo qué culpa tenía de la muerte de mi madre? ¿Si estaba enojado con el mundo por lo sucedido por qué no se mostró de igual manera ante mis tíos y abuelos? Luego pensé que no era el momento para reclamarle el desdeño. Al salir del Ministerio Público, papá no quiso que me fuera con él en el coche de mi abuelo Günther.

—Necesito hablar con mi padre a solas —dijo sin mirarme.

Fátima me jaló del brazo al notar mi renuencia. Papá ni siquiera se interesó en mi comportamiento: entró al auto y cerró la puerta. En ese momento vi que Alan estaba sentado en el asiento trasero, burlándose de mí con gestos, incluso, sacó la lengua y enseñó el dedo cuando el coche avanzó.

—Ren, entiende a tu padre —dijo Fátima en el interior del coche de Álvaro al mismo tiempo que me abrazaba—. Está pasando por un momento muy difícil y doloroso.

—¡¿Y yo qué?! —grité con las mejillas empapadas—. ¡¿Yo no estoy sufriendo?!

—Sí, sí —lloró conmigo—. Tu tío, tus abuelos y yo también. Todos, todos estamos muy dolidos por lo sucedido.

Llegamos a la casa de Fátima y Álvaro casi a las dos de la madrugada, pero papá y mis abuelos no llegaron. Me quedé mirando por la ventana. La respuesta de Álvaro y Fátima cuando les preguntaba sobre papá era siempre la misma: *No sabemos a dónde fue*. Mis tíos permanecieron sentados en la sala por una hora. Fátima se fue a la cocina, luego regresó y me ofreció un par de quesadillas, pero no las acepté. Álvaro se fue a su recámara, Fátima lo siguió con la misma actitud servil de siempre, lo cual para mí representaba un alivio. No tendría que lidiar con su presencia. Más tarde bajó, entró a la cocina y me llevó una dona de chocolate, sabiendo que eran mis favoritas, pero la rechacé sin decir una palabra.

—Tienes día y medio sin comer —insistió.

No respondí.

—Aquí te la dejo —la puso en la mesa de centro de la sala.

Poco antes del amanecer me sentí extremadamente cansada y hambrienta (tenía dos noches sin dormir), me senté en el sofá. Le di tres mordidas a la dona de chocolate como si se tratara de una hoja de lechuga y sin darme cuenta me quedé dormida, sentada.

Cuando desperté, estaba entre sentada y acostada en el sillón. Escuché ruidos en la cocina: Fátima estaba preparando el desayuno. Me paré desconcertada y caminé a la cocina.

—¿Qué hora es? —pregunté.

—Son las doce y media —respondió sin quitar la mirada del sartén.

Me sentí preocupada y frustrada como si por dormir hubiera abandonado a papá a su suerte.

—¿Y papá?

—Llamó hace rato, está con tu abuelo Günther —dijo Álvaro—. En la mañana fueron a ver a tu hermana.

—¿Mi hermana? —comencé a sentirme inquieta—. ¿Qué tiene mi hermana?

—Está en el hospital —suspiró.

—¿Por qué? —sentía mucha ansiedad.

—Tuvo una crisis nerviosa por lo de tu mami —Fátima se mordió los labios.

—Pero ya está bien —dije a tono de afirmación, pero con intenciones de preguntar. Esperaba que la respuesta fuese afirmativa, que me dijera que pronto regresaría a casa.

—No. Irene se encuentra muy mal —explicó Álvaro—. Dice tu papá que está despierta, con los ojos abiertos, pero que no se mueve ni responde a lo que le preguntan. De acuerdo con los médicos, entró en estado catatónico.

No pude responder a eso. De pronto mi familia se había desvanecido como un fantasma. Mi madre muerta. Mi hermana congelada como estatua. Mi hermano ni me pela. Y papá sin querer hablar conmigo. ¿Dónde estaba yo? Todos estaban preocupados por ellos, ¿y yo? Se habían olvidado de mí. Mis hermanos y mi madre no eran mis amigos, pero su ausencia me hizo sentir la soledad más que nunca.

De pronto, me sucedió algo que no recordaba haber experimentado antes: hice cosas que no creí que haría jamás. Cuando volví en mí, me encontraba lanzando la cafetera.

Había arremetido contra los trastes sobre la mesa del centro y los empujé a mi izquierda con la mano derecha, obligándolos a caer al piso. Luego tomé el tostador de pan y lo lancé al lavabo. El exprimidor de naranjas fue a dar a la estufa. El microondas rompió la ventana de la cocina y los vasos quedaron descuartizados en la puerta de la cocina.

—¡Yaaaa, por amor de Dios! —gritó Fátima.

Yo tenía la licuadora en mis manos por arriba de mi cabeza. La aventé hacia la alacena y Álvaro me envolvió en sus brazos con fuerza.

—¡Ya! ¡Ya! —gritó desesperado—. ¡Ya fue suficiente!

—¡Te pedí que no le dijeras nada, Álvaro! —reclamó Fátima.

—¡Sí, sí! ¡Perdón!

Me sentí como una fiera enjaulada entre los brazos de Álvaro. Le exigí con fuertes alaridos que me soltara. Segundos más tarde me sentí muy avergonzada. Le había destruido la cocina a mi tía que permanecía intimidada en una esquina con los brazos trenzados delante del pecho. No podía creer lo que había hecho. Suspiraba con agitación. Me sentía abatida y abandonada. La soledad nunca se había sentido tan demoledora. Ansiaba desesperadamente tener a alguien a quien llamar por teléfono.

Tuve que esperar hasta el día siguiente para poder ver a papá, quien llegó con un traje negro que nunca le había visto. Estaba segura de que no era suyo. Le quedaba grande. Además, yo conocía a la perfección cada uno de sus trajes: tenía cuatro negros, tres azules, dos cafés, dos grises, dos de rayas (todos de diferentes tonos) y uno blanco que usó únicamente para una boda en la que todos los invitados tenían que ir de blanco, excepto el novio.

Lo abracé con mucha fuerza, pero él no respondió. Ni siquiera me tocó. Me hizo sentir como un mosquito que quería quitarse de la cara. Yo no entendía su actitud. Él jamás había sido indiferente a mis muestras de cariño.

—En un momento te atiendo —dijo con frialdad—. Necesito hablar con tus tíos en privado.

¿Qué? ¿*Te atiendo*? ¿*En un momento*? Él nunca me había hablado de esa manera y mucho menos con esas palabras. ¿*En un momento te atiendo*? ¿Dónde estaba el mostrador?

—¿Por qué? —pregunté sin soltarlo.

—Porque son asuntos de adultos —quitó mis brazos de su cintura.

—Quiero saber qué ocurre —dije al verlo caminar a la cocina.

—Pues tendrás que esperar porque en este momento no tengo tiempo —me dio la espalda.

Me encontraba al borde de las lágrimas, pero me aguanté. No quería que me vieran correr por las escaleras como una niñita chillona. Permanecí de pie en la entrada, observando a aquel hombre al que ahora desconocía. Saludó a Fátima y Álvaro, luego se fueron a una de las habitaciones. Veinte minutos más tarde bajaron en silencio. Papá salió de la casa sin despedirse de mí. Fátima me abrazó antes de que yo pudiese seguir a papá.

—Discúlpalo, Ren —me apretó hacia su pecho—. Entiéndelo: está sufriendo.

—¿Y yo? —no pude contener el llanto.

No sé cuánto tiempo transcurrió, pero cuando me tranquilicé, Fátima me informó que ya teníamos que irnos. Nunca había ido a un funeral. Cuando algún familiar fallecía, mis hermanos y yo nos quedábamos en casa de alguna amiga de mi madre de o algún vecino. Y si el difunto era una amistad de mis padres, nos quedábamos en casa de Fátima o de mis abuelos. Al día siguiente, en el desayuno escuchábamos el relato censurado. Mi madre derramaba algunas lágrimas mientras hacía un comentario solemne. Pero jamás especificaba los motivos del deceso.

De ahí en fuera, lo único que sabía sobre los funerales era lo que había visto en una película norteamericana en la que los personajes hablaban en una capilla sobre el difunto e imaginé que yo tendría que pasar al frente para hablar de todos los bellos instantes que había vivido con mi madre. Pero no pude recordar algo agradable a su lado. Sé que habíamos tenido muchos momentos, pero no podía visualizarlos como tales, porque eran opacados por los malos instantes: regaños, miradas acusadoras, pellizcos o esos comentarios incómodos en público.

En la funeraria se encontraban familiares que no había visto en mucho tiempo y otros que ni conocía. La mayoría era gente adinerada. La sala estaba llena de costosos arreglos florales, pero sin féretro, por lo tanto, no tuve manera de imaginar que ahí sería el velorio. Seguía creyendo que entraríamos a una capilla, escucharíamos una misa y luego los sermones de todos nosotros. Hasta ese instante no había podido armar un discurso en mi mente. Concluí que llegado el momento de pasar al frente, sólo podría decir unas cuantas frases copiadas de lo que los otros dijeran.

Fátima y Álvaro se alejaron de mí en cuanto llegamos. Era como una fiesta, pero sin música. Todos platicaban con tranquilidad, casi sin preocupaciones. Busqué con la mirada a papá por todo el lugar, pero no lo encontré. Alan estaba jugando con mis primos, bien quitado de la pena. Me dispuse a caminar hacia él y regañarlo. Pensaba decirle que eso que estaba haciendo era una falta de respeto. Entonces alguien tocó mi hombro. Mi padrino estaba a mi espalda con mi madrina y sus hijos, mucho mayores que yo. Me abrazaron, lloraron y dijeron: *Dios sabe por qué hace las cosas. Que Dios la tenga en su santa gloria.* Minutos más tarde una señora se acercó a nosotros:

—No me digas que ella es la hija de Sabina —se llevó las manos a los cachetes para demostrar admiración.

—Sí, es la mayor —respondió mi madrina.

—Mi cielo, pero qué grande estás. Te cargué cuando acababas de nacer. Ay, me siento tan vieja —de pronto desvió la mirada y dijo en voz alta hacia el interior de la sala—. ¿Ya viste quién está aquí, Mauricio? Es Irene, la hija de Sabina.

—Soy Renata —respondí molesta.

—Oh, lo siento —rio de manera estúpida—. Sí, sí, por supuesto, eres Renata. Me confundí. Pero qué bonita estás —me acarició las mejillas con sus dedos llenos de anillos ostentosos y uñas larguísimas.

—Oh, Renata —dijo otra mujer de aproximadamente cincuenta años al caminar hacia mí—. Imagino lo triste que debes estar —me abrazó—. Yo perdí a mi madre el año pasado. Es un golpe muy duro. Pero no pierdas la esperanza. Dios tiene reservado para ti un futuro colmado de alegrías.

Cuando busqué a mi padrino, él ya se encontraba en la otra esquina de la sala platicando con otros amigos. Mi madrina estaba con otras señoras y sus hijos desaparecieron.

—Escuché que la niña menor está en un psiquiátrico —dijo una de las mujeres.

—Sí, pobre familia. ¿Te enteraste de lo que le pasó al niño?

—No...

En ese instante otra le hizo señas con la cara para que disimulara y me señaló con las pupilas.

—Oh, cuánto lo siento —arrugó las cejas y los labios como si hiciera un puchero—. Pobrecita, mírala.

Tuve deseos de salir corriendo, pero no sabía ni dónde estábamos. De la casa de Fátima a la funeraria habíamos hecho poco más de hora y media. Estábamos en el sur de la ciudad. Tampoco tenía deseos de llorar. Los funerales me habían decepcionado. Decidí que llegado el momento de dar mi testimonio me quedaría callada. Sentía que hablar ante esas viejas farsantes sería participar en el mismo teatrillo.

En uno de los sillones vi a Fátima sentada con mi abuela Catalina. Opté por irme con ellas para alejarme de las primas y amigas de mi madre. Mi abuela me abrazó y me sentó en sus piernas mientras hablaba con Fátima. Minutos más tarde me arrepentí.

—Doña Catalina, no sabe cuánto lo siento —una mujer que recién había llegado a la funeraria con su esposo e hijos le extendió la mano a mi abuela para darle el pésame.

—Gracias —mi abuela sonrió sin ganas.

—No se acuerda de mí, ¿verdad? —se tocó una mejilla.

—No… —mi abuela se secó unas lágrimas con un pañuelo de tela.

—Sabina y yo éramos mejores amigas en la universidad. Me llamo Martha.

—Gracias por venir… —mi abuela no le dio importancia al comentario.

—¿Qué fue lo que sucedió? —preguntó con exagerada preocupación.

—Disculpe, pero no me siento bien para hablar del tema —respondió mi abuela con los ojos llorosos—. Estoy con mi nieta y mi hija…

—¿Ella es Renata? —preguntó Martha.

—Así es —mi abuela suspiró con desánimo.

—Está enorme. Qué rápido crecen los niños hoy en día. La última vez que la vi fue en su bautizo, tenía un año de nacida, creo.

La misma escena se repitió tantas veces que perdí la cuenta.

—¿A qué hora va a comenzar el funeral? —pregunté cuando nos quedamos solas.

—Mañana a mediodía.

—¿Y esto qué es?

—El velorio. En cualquier momento traerán a tu mami.

—¿Y después? —me recargué en su hombro.

—La velaremos toda la noche, aquí mismo —se acarició los dedos.

—¿Qué más hacen? —tomé su mano para ver por qué se acariciaba los dedos.

—Rezamos, hacemos guardia y esperamos hasta que amanezca, luego vamos a misa y la llevamos al cementerio —extendió los dedos para que yo los viera bien.

—¿Hacen discursos en la misa? —acaricié sus manos arrugadas y contemplé sus anillos.

—¿Discursos? —acomodó un anillo con algo que parecía un diamante.

—Sí. Como en las películas —desacomodé el anillo.

—No —trató de esconder una sonrisa, pero no pudo—. Eso sólo ocurre en otros países. Aquí, rezamos por el alma del difunto y lo velamos. A veces les llevan música.

—¿Qué clase de música? —regresé el anillo con la piedra al centro.

—Depende de la región. Aquí traen mariachis, en el norte les cantan corridos —quitó su mano.

Una hora más tarde se cumplió lo que mi abuela Catalina había dicho. Trajeron el féretro y mucha gente comenzó a llorar como si hubiesen guardado todas sus lágrimas para ese instante. Muchos acudieron a abrazar a papá, quien respondió con solemnidad evitando conversar demasiado.

Más tarde, papá, Álvaro, mis abuelos y dos hermanos de papá se formaron alrededor del ataúd, como soldados y se mantuvieron en silencio por un largo rato. Los sollozos se escuchaban por todas partes. Mi abuela Catalina y Fátima lloraban sin cesar.

De pronto, mi tío Hugo entró enfurecido, él tenía varios años viviendo en Estados Unidos.

—¡Hijo de la chingada! —gritó, dirigiéndose con largos pasos al féretro.

Mi abuela Catalina se levantó del sillón con gran apuro para interceptarlo. Mi abuelo Martín salió de la formación.

—¡Cálmate! —rogó mi abuela en voz alta—. Estás borracho.

—¡Quítate, mamá! —fingió que forcejeaba con ella—. ¡Le voy a partir su madre a ese cabrón!

—Me prometiste que no volverías a beber —recriminó mi abuela Catalina.

—¡Él no tiene nada qué ver con lo que hizo tu hermana! —exclamó mi abuelo Martín.

—Vamos afuera —dijo papá al caminar hacia ellos—. Allá podrás hacer lo que quieras. Pero te pido que respetes el velorio de Sabina.

Muchos intentaron salir con ellos, pero Álvaro les impidió el paso:

—Por favor, dejen que ellos hablen. Hugo está un poco pasado de copas.

Yo tampoco pude salir, pero Fátima me contó más tarde que mis abuelos le explicaron a mi tío Hugo sobre el estado de depresión de mi madre y que, aunque estuvo tomando terapia, no hubo forma de evitar la tragedia.

Mientras tanto mis abuelas y mis tías comenzaron con el rosario. Papá y mis abuelos regresaron una hora después, sin mi tío Hugo. No hice el intento por acercarme a papá. Me sentía muy ofendida por su indiferencia. Pensaba que él debía acercarse a mí y pedirme perdón, pero eso no ocurrió. Sin darme cuenta me quedé dormida a un lado de mi abuela Catalina, quien me abrazó todo el tiempo.

Al amanecer me despertó la música de un mariachi. Mi tío Hugo había regresado más ebrio. En cuanto entró a la sala abrazó el féretro desbordado en llanto.

—¡Hermanita, perdóname! —decía casi a gritos—. ¡Debí estar aquí, contigo! ¡Perdóname, Sabina!

Cuando el mariachi terminó, entraron unas mujeres con comida para todos los que seguíamos ahí. Muchos ya se habían marchado.

—Come —dijo Fátima al llevarme un sándwich.

—No tengo hambre —le respondí.

Papá se encontraba a unos cuantos metros, hablando con alguien. Dirigió la mirada hacia mí. No era indiferencia ni preocupación ni dolor, era desprecio. Un desprecio que yo no entendía.

SABINA

En otra vida Sabina se independiza apenas consigue su primer empleo como maestra de filosofía. Como siempre soñó. Alquila un departamento. A pesar de que su padre insiste en que se quede en su casa en el Pedregal hasta que se case. Como debe ser. Una mujer decente únicamente abandona el seno familiar legalmente matrimoniada y con la bendición de Dios. Eso jamás, piensa Sabina. Prefiere un domicilio vacío y austero a la lujosa vivienda que provee el heteropatriarcado. Ella quiere libertad. Soledad. Autonomía. Silencio. Espacio. Crecimiento. Libros. Un vino tinto. Jazz. Quiere caminar descalza, en calzones y sin brasier por el departamento vacío. Ir a la cocina. Preparar un pan con mermelada. Regresar a la sala sin muebles. Sentarse en el piso. Contemplar las paredes sin decoraciones. Abrir su libro. Leer hasta la madrugada sin que nadie la moleste… En otra vida, Sabina. En ésta, no.

Vine a terapia porque necesito hablar sobre mí…

Antes de que lleguemos a eso, hábleme sobre su matrimonio. ¿Cómo fue antes de tener hijos?

Maravilloso. Divertido. Espontáneo. Bello. Laureano y yo nos amábamos. Éramos muy felices. Compatibles. Cómplices. Nos entendíamos. Nos respetábamos. No nos celábamos. Teníamos muchos ideales. Queríamos triunfar. La única diferencia era que él quería tener hijos. Yo no.

Sabina jamás ha sentido el deseo de cambiar pañales. O llevar niños a la escuela. Nunca se ha imaginado con una panza enorme. Las mujeres embarazadas que conoce le provocan cierta incomodidad. Sus conversaciones le parecen tontas. Repetitivas. Absurdas. Con frecuencia ha sentido el deseo de callarlas. Decirles que sólo es un embarazo. ¡Un embarazo! ¡Nada más!

Tiene tres hermanos mayores y una menor. Sus padres al ver que Sabina se entretenía con carritos y pelotas se inquietaron. En la familia Viteri Cerdán no había lugar para una niña así. Aunque jamás especificaron qué o cómo era una niña así. ¿Así? ¿Cómo? Juega con las muñecas que te compramos, exigía Martín Viteri. Los carritos son para los niños. Las muñecas para las niñas.

Cuando Fátima, cinco años menor que Sabina, comenzó a jugar con muñecas a la mayor le parecía tonto y aburrido. Quería participar en las conversaciones de los mayores y en todo lo que hacían sus hermanos.

Martín Viteri y Catalina Cerdán comenzaron a preocuparse. No querían tener una hija así. ¿Qué pensarían los familiares y sus amistades?

También era preocupante ver a su hija estudiando a todas horas. En fines de semana. En reuniones familiares. Obsesionada con leer. Qué bien que le gusten los libros. Pero ¿tanto? Eso no es normal. No debe ser normal. Debería tener amigas. Usar vestidos bonitos. Femeninos. Coquetear con los muchachos.

Si eso es lo que quiere, dijo Martín, me la llevaré a trabajar conmigo. Que aprenda a administrar la empresa.

Tenía muchas aspiraciones. Quería ser exitosa. Terminé la preparatoria con el promedio más alto. Estudié dos carreras al mismo tiempo. Economía y Derecho. Pero no terminé ninguna de las dos. Primero por la crisis económica del 95. Luego por el matrimonio. ¿Y ahora quieres que la posponga por el embarazo? Se suponía que no debía embarazarme, Laureano. Lo habíamos acordado.

¿Dejaste de tomar los anticonceptivos?

¡No!

¿Entonces qué sucedió?

El ginecólogo me dijo que son los mejores del mercado, con un noventa y nueve por ciento de eficacia.

¿Qué quieres hacer?

Abortar.

¿Sabes que es ilegal?

¿Entonces para qué me preguntas?

Está bien. ¿Sabes dónde puedes hacerte un aborto seguro?

Hay muchas clínicas de prestigio en el país y en el extranjero.

Martín Viteri nunca permitiría que su hija Sabina viviera sola. Por eso se negó a darle un sueldo mientras trabajó en la fábrica de cartón. El dinero hace independientes a las mujeres. La independencia las hace libertinas, aseguraba. El libertinaje las hace mujerzuelas. Ninguna de mis hijas será jamás una cualquiera.

Sabina quería ser independiente. Necesitaba liberarse de su familia. Ansiaba dejar atrás los ominosos hábitos de sus padres. Tenía que separarse de ellos lo más pronto posible. Alejarse para no convertirse en ellos. Para no ser igual que su madre. Obsesionada con la limpieza de la casa. Abrumada por el orden. Preocupada por las buenas costumbres. Y el qué dirán.

¿Qué pensarán de Sabina cuando sepan que no quiere tener novio? ¿Creerán que es una de esas mujeres así?

¿Así cómo, mamá? Sabina por fin confrontó a su madre una mañana en el comedor.

Pues así. De ésas que no… qué difícil para Catalina pronunciar esas palabras: Que no les gustan los hombres. Pero lo hizo. Lo dijo con dolor. Con vergüenza.

Sí. Sí me gustan los hombres, mamá. No soy lesbiana. Sólo que no quiero tener novio en este momento.

Pero estás en la edad. Quiero conocer a mis nietos.

No. Yo no voy a tener hijos. No quiero ese tipo de responsabilidades.

Catalina se sintió aliviada al escuchar que a su hija le gustaban los hombres. Con eso tenía suficiente para confiar en que un día su hija se casaría y tendría hijos.

Por varias semanas pensé en realizarme un aborto sin avisarle a Laureano. Se me ocurrió que podría simular un viaje a California con mi madre. Luego llegué a la conclusión de que mi madre no me apoyaría. Terminé contándole todo a Laureano. Le dije que pensaba abortar y él no respondió. Se fue a la recámara, encendió la televisión y se quedó en silencio. Él deseaba la paternidad, pero había respetado mi decisión. Me sentí como la villana de la historia. Le pedí que me diera unos días para tomar una decisión. No se mostró muy convencido, pero me dijo que no quería obligarme y que me seguiría amando igual.

En otra vida, Sabina trabaja doce horas al día. A veces da media noche y ella sigue en la computadora. Los fines de semana organiza cenas con amigos en su departamento. Todos solteros. O en unión libre. Sin hijos. Algunos con mascotas. Sabina se niega a adoptar un gato o un perro. No quiere ese tipo de responsabilidades. En la mesa abundan las botellas de vino, whisky, vodka, ginebra, ron y tequila. Debaten sobre sustitución de hijos por perros. La conversación se extiende al estado del bienestar. Heteropatriarcado. Feminismo. Condicionamiento. Mentalidad de escasez. Pensamiento reductivo. Pensamiento mágico. Meritocracia. La escalera social. Privilegios y detrimentos estructurales. Humanismo. Individualismo. Egoísmo racional. Determinismo. Monismo. Dualismo. Colectivismo. Excepcionalísimo humano. El hombre universal. La legitimización de la desigualdad. Materialismo histórico. Libre mercado. Capitalismo. Avaricia o supervivencia. Ciencia versus economía. Conservadurismo. Fascismo. Imperialismo. Centralización del poder. Izquierda y derecha. Comunismo y socialismo. Anarquismo y totalitarismo. Justicia versus privilegio. Orden y progreso. Política económica internacional. Movimiento liberal versus neoliberal. Privatización. Expropiación. Populismo. Nepotismo. Gobiernos propagandistas. Monumentalismo. Calentamiento global. Sustentabilidad del planeta. Posverdad. Utopías. Distopías.

De pronto, suena el teléfono de Sabina. Al reconocer el número de su madre en el identificador de llamadas, ella decide no responder. Hace mucho que la evade. Ya sabe de memoria el sermón: ¿Cuándo vas a sentar cabeza? Ya es momento de que formes una familia. Quiero conocer a mis nietos. Será en otra vida, madre. En otra vida. En ésta, no.

Han transcurrido cinco días. Todo un martirio. Aunque prometieron no pelear por ese asunto, ambos han aprovechado cada instante para hacerse la vida imposible. Cualquier excusa es suficiente: Lava tus platos. Apúrate que no tengo tu tiempo. No gastes tanta agua. Estoy ocupado. No me molestes.

Jálale al baño. Regresa las toallas a su lugar. No dejes ropa por toda la casa. Bájale el volumen a la tele. ¿No me estás escuchando? ¡Nunca me pones atención!

El principal miedo de Sabina es no terminar la carrera. Laureano lo sabe. Al sexto día llegan a un acuerdo: él promete que conseguirán una niñera y una sirvienta, para que ella pueda asistir a la universidad.

En esta vida, Sabina siempre se ha tomado las cosas muy en serio. Todo lo que hace, lo hace bien. Y si no puede hacerlo bien, entonces no lo hace. Nada a medias. No lo soporta. Su madre es igual. En el fondo son dos gotas de agua y a su vez dos gotas de aceite. Sabina siempre supo que no quería ser como su madre. Al final se convirtió en su madre.

Desde el momento en el que Sabina decidió continuar con el embarazo, se planteó dos cosas: no pensar cosas negativas sobre la maternidad y prepararse para ser una madre ejemplar. Comenzó por leer libros sobre cómo sobrellevar el primer trimestre: los vómitos, las náuseas, el sueño, los cambios de humor. Está acudiendo a una clínica de atención prenatal, con una nutrióloga, clases de preparación del parto y con una dermatóloga para prevenir las estrías y el paño en la cara.

Disfruta el embarazo. Le inquieta saber que un nuevo ser está creciendo dentro de ella. De aquellas ideas antiembarazo nada queda. Se desconoce. Incluso su familia ha hecho todo tipo de preguntas y bromas al respecto. Se ha convertido en el centro de atención: tías y primas que nunca la buscaban van a su casa y le llaman con frecuencia. Algunas de ellas han llegado a comentarle, ya en confianza, que creían que era lesbiana.

Sabe que sus primas son envidiosas, criticonas, metiches, imprudentes, habladoras. No les exhibe molestia. Tiene perfectamente claro que al hacerlo únicamente les dará gusto.

¿Te importa lo que la gente piense de ti?

Sí. Pero jamás se los hago saber. Quisiera que no me importara. Siempre he deseado ser lo opuesto a mi madre. Desde hace mucho he intentado ser indiferente. He leído y estudiado mucho para cambiar eso en mí. Pero no puedo. Es como una espina infectada con un virus que no puedo sacarme.

¿Entonces decidiste continuar con el embarazo por el qué dirán?

No lo sé. A veces creo que sí. A veces creo que no. Al principio sí me preocupaba lo que pensaran de mí si abortaba. Me imaginé a mi familia enojada conmigo. Las reuniones familiares. La gente murmurando a mi espalda. En este momento, creo que no aborté por amor a mi marido y a mi hija.

¿Qué dijo tu familia cuando te embarazaste por primera vez?

Mis primas me recibieron con entusiasmo. Ignorantes. Amas de casa sin oficio. Mantenidas. Con cuatro o cinco hijos. Me estaba uniendo al club. Sin darme cuenta. Por supuesto. De haberlo sabido habría abortado. No quería eso para mí. Ése no era mi destino… Pero estaba emocionada con el embarazo y lo olvidé en esos nueve meses. Me olvidé de quién era yo y de lo que quería ser. Me dejé llevar por la falacia de la maternidad.

Desde que Laureano y Sabina se casaron, ninguno de los dos se ha tomado tiempo para decorar la casa. Tienen muy pocos muebles. Refrigerador y estufa. Tres sillones. Un comedor pequeño. Un colchón. Sin cabecera. Sin mesas de noche. Sin tocador. Sus días libres los ocupan para descansar o visitar familiares y amistades.

Un día Sabina se encuentra sola en el comedor. Mastica una manzana que partió en trozos pequeños. Observa su entorno. Dejar de trabajar le ha hecho comprender la importancia del hogar. Y el suyo está en total abandono. Parece un lugar inhabitado. Paredes vacías. Tal cual lo imaginó en su otra vida. Sin hijos. Pero esa otra vida ya se desvaneció. Nunca más será posible. Fin a los hubiera. Basta de pensar en esa otra vida.

Los siguientes meses los ocupa en recorrer tiendas de muebles y decoraciones. Le resulta divertido. Mucho más de lo que esperaba. Ya no se siente estresada. Como cuando iba a la universidad. O trabajaba en la fábrica de cartón. Decide pintar la casa ella misma. Coloca molduras y cenefas en las paredes. Laureano le ayuda cuando llega de la oficina y los fines de semana.

Sabina se asegura de que todos los muebles sean seguros. Que la niña no se caiga. Que no se vaya a golpear con las esquinas de las mesas. Le pone seguros a la estufa y a las puertas. Tapones a los enchufes eléctricos. Manda hacer una reja para la escalera. Le pone candado. Le pide a Laureano que instale una tina para poderla bañar de manera más segura. Él bromea. ¿Dónde quieres que la compremos?

En la mesa hay pañuelos.

No puedo continuar…

Inhala profundo. Exhala. Recuerda que debes evitar ese ruido con los nudillos.

Sí, pero no lo puedo evitar. Es como mi respiración. Si no lo hago podría volverme loca. No es que esté loca, pero, usted sabe, el duelo…

Los últimos tres meses del embarazo Sabina los ha pasado prácticamente encerrada. No aguanta la espalda. Laureano ha sido muy complaciente. A veces demasiado. Tanto que el simple hecho de verlo llegar con flores, chocolates o algún regalo le incomoda a Sabina. Le resulta empalagoso. Pero no es su culpa. Son las hormonas, piensa Sabina. Son las hormonas, son las hormonas.

Todo es mejor los sábados cuando visitan a sus papás o a sus suegros. O ellos van a la casa. Sabina es el centro de atención. Sus hermanos, primas, papás, suegros y amistades la consienten. Le soban la barriga. Los domingos se quedan en casa. Ven películas en la recámara. Comen hamburguesas. Hot dogs. Pizza. Palomitas. Tacos. Quesadillas. Gorditas. Pozole. Barbacoa. O cualquier cosa. A veces intentan dormir toda la tarde.

Después de que Renata nació, las visitas y llamadas telefónicas de los familiares se incrementaron al triple. Casi todos los días iba alguien a la casa. Mamá. Mi hermana. Mi suegra. Mis primas. Siempre había alguien interesado en la recién nacida. Renata. Yo... pasé a segundo plano.

Era la mamá. Era la que hablaba de la bebé. Era la que contaba las anécdotas. Pero era Renata la que se llevaba toda la atención.

A veces lloraba el día entero sin saber por qué. No quería saber de nadie. Pero no me hacían caso. Ahí estaban. Más insistentes que nunca. Mi madre me decía que eso era muy común y que se me pasaría.

Se le llama depresión postparto, me explicó.

¡Por supuesto que sé cómo se llama, no soy estúpida!, le grité.

Se ofendió, tomó su bolso y se marchó. No me llamó en dos semanas y a mí no me interesó buscarla ni pedirle perdón. Hizo justo lo que yo quería. Estaba segura de que lo que tenía era mucho más que una simple depresión postparto. Para mí el mundo ya no tenía sentido. Mi mundo. Mi universo. Yo era un fracaso. Una vergüenza. Tenía un mal presentimiento. Por más que traté de convencerme de que tan sólo era una etapa, más atrapada me sentía en la maternidad. En esa vida que yo no quería. Laureano me decía constantemente que muy pronto regresaría a la universidad y que cuando menos me diera cuenta ya estaría graduándome y trabajando en lo que quisiera.

Eres muy joven aún.

Sí, lo sé, pero ahora no tengo fuerzas para estudiar. No puedo concentrarme en nada. Me duele estar viva. Me atormenta ver sus cosas, su recuerdo…

Renata es una bebé hermosa. Como una joya. Como una flor extravagante. Llama la atención en la calle. Elevadores. Restaurantes. Supermercados. Tiendas. Iglesias. Sabina recibe todo tipo de halagos y recomendaciones. Le cuesta entender esa obsesión de la gente por los bebés. Para ella, son sólo seres pequeños. Recién nacidos. Ama a su hija. Es feliz con ella. Aun así, no se detiene en las calles a saludar bebés ajenos. Ni a hacerles caras. Ni sonidos absurdos. A gugugú. Y mucho menos les da consejos no solicitados a las madres. En algunas ocasiones ha estado a punto de responderle a la gente que de pronto le suelta una cátedra de cuidados: ¿Y a usted qué chingados le importa que pinche crema le pongo en el culo a mi hija? Pero nunca se ha atrevido. Siempre sonríe y agradece el comentario.

Laureano llega del trabajo mucho más temprano que antes. Están de buen humor. Él carga a la niña mientras platica con Sabina sobre su día en la oficina. Ella le cuenta que Renata come a sus horas. Está tranquila la mayor parte del día. Duerme bastante. Sabina quiere aprovechar ese tiempo para leer a esos filósofos que tanto quiso conocer antes de que su padre la obligara a estudiar Economía en lugar de Filosofía. Georg Hegel. Friedrich Engels. Gueorgui Plejánov. Karl Marx. René Descartes. Immanuel Kant. Friedrich Nietzsche. Arthur Schopenhauer. Jean-Paul Sartre. Noam Chomsky. Simone de Beauvoir. Philippa Foot. Edith Stein. María Zambrano. Ayn Ran.

No te creo, le dice Beatriz Herrasti Pimentel. Amiga de Sabina y Laureano.

Duerme toda la noche, presume Sabina. Tengo la hija perfecta. No hace berrinches. No llora. Ni siquiera hace pucheros. Está tranquila en su cuna todo el día.

Me parece inverosímil, insiste Beatriz con asombro. Todos se quejan de sus hijos y de lo berrinchudos que son. ¿Piensan tener más hijos?

Laureano y Sabina sonríen con dificultad para no dar más información. Para no revelar el aprieto en el que se encuentran. Él sí quiere tener más hijos. Ella, no. Con esta hija tiene más que suficiente.

Pues espérense al siguiente, pronostica Beatriz. Si ésta les salió calladita, el otro será todo lo contrario. Es el karma de la maternidad.

No debí leer a Schopenhauer.

Poco antes de cumplir los dos años, Renata se estrena en el arte de los berrinches. Una mañana, apenas entran al supermercado, la niña pide una muñeca que ve en la sección de juguetes. Sabina se la niega. "No, mamita, ya tienes muchas en casa". Laureano le ha comprado más de cuarenta. Renata llora por un buen rato. Sabina le pide que calle. La niña no hace caso.

Con los regaños tampoco obtiene respuesta favorable. La gente mira a la madre con indignación. Pobre niña, piensan.

A partir de entonces, Renata adopta el hábito de expulsar alaridos sin razón alguna. Cierra sus manitas con mucha presión. La piel de su rostro se torna roja. No hay nada que logre calmarla. Ni por las buenas ni por las malas. La hora de la comida es ahora un martirio para Sabina. Aunque le habla con cariño. Le ruega que coma. Renata escupe las verduras. La sopa. La carne. Todo. Si se le regaña, la niña tira el plato al piso. Pero no como un accidente. Lo toma con las manos y lo lanza. Sabina opta por encerrarla en su recámara: Cuando te calmes, me avisas. Renata explota. Chilla. Aporrea la puerta con los juguetes. Tira y avienta todo a su paso. El episodio puede durar hasta tres horas. Generalmente, hasta quedarse dormida. Cuando Laureano llega del trabajo, Renata se vuelve juguetona. Obediente. Amorosa. Dócil.

No la cargues, ordena Sabina. Se portó muy mal. No quiso comer e hizo berrinche toda la tarde, Sabina se siente agotada.

Renata abraza a su padre.

¿Es cierto, mi niña?, pregunta Laureano y la niña niega con una sonrisa.

¿No me crees?

Sí. Sólo te pido que le tengas paciencia. Es una niña.

¿Tú, precisamente tú, que estás ausente diez horas al día pretendes enseñarme cómo educar a mi hija?

Menos Nietzsche. No era el momento. Debí leer a Beauvoir y Ran.

La primera travesura de Renata consiste en vaciar todas las botellas de champú en la taza del baño. Sabina lo toma con calma. Laureano se ríe a carcajadas cuando su esposa se lo cuenta. En otra ocasión, la niña saca las toallas sanitarias, les quita el protector del lado adhesivo y las pega en la pared. Otra gracia para que Laureano la festeje.

Sí, parece gracioso, especialmente cuando tú no tienes que limpiar.

Semanas más tarde esparce aceite en todos los muebles de la sala. Sabina le da cuatro nalgadas y la castiga en su recámara. Renata no derrama una sola lágrima. Permanece en silencio absoluto toda la tarde. En la noche, en cuanto Laureano cruza la puerta, Renata corre hacia él, le abraza la pierna y llora.

¿Qué le hiciste a la niña?, pregunta el padre que por primera vez en casi tres años ve llorar a su hija.

No la consueles. Está castigada.

¿Qué te hicieron, mi cielo?, le pregunta al mismo tiempo que la carga y le seca las mejillas.

Renata llora por tres horas en brazos de su padre. Él se niega a escuchar a Sabina. Se encierra en la habitación de la niña.

Sabina intenta leer de noche mientras Laureano y Renata duermen. Quiere leer por lo menos una hora. De un tiempo para acá se ha vuelto imposible tomar un libro durante el día.

Enciende la lámpara sobre su buró. Toma su libro, titulado *La rebelión de Atlas*.

Renata se despierta. Comienza a llorar. Sabina cierra los ojos. Arruga los ojos. Deja caer su libro sobre la cama. Carga a su hija para que Laureano pueda seguir durmiendo.

Buenos días, Renata.

[…]

Te preparé hot cakes con cajeta, como a ti gustan.

[…]

Perdóname por haberte dado nalgadas ayer, pero quiero que entiendas que lo que hiciste estuvo mal.

Quiero huevo.

Mi vida, ruega Laureano, come tus hot cakes.

No.

Sabina se dispone a prepararle lo que pide.

¿Lo quieres con jamón o salchicha?

No, interviene Laureano. Ya no le des salchichas a la niña. Provocan cáncer cerebral.

Es cierto. Una amiga me contó que su hija se enfermó por comer salchichas, Sabina finge estar muy asustada. Se siente apoyada por primera vez. Piensa que Laureano lo hace para obligar a la niña a comer los hot cakes.

Estoy hablando en serio, Laureano se pone de pie, toma el paquete de salchichas y lo tira al bote de basura. Ayer estaba leyendo en una revista que diversos estudios han comprobado que las salchichas provocan cáncer. Hazle nada más un huevo.

Sí, agrega Renata con alegría. Huevo solo.

Sabina organiza una venta de garaje.

Reinvéntate, Sabina, le dice Laureano. No te deshagas de tus libros.

Es demasiado tarde. No puedo. No tengo tiempo para leer.

Renata tenía tres años, ¿correcto?

¡Sí! Pero se comportaba como una adulta en el cuerpo de una niña. Su mirada, sus gestos, su forma de reaccionar. Ella no era normal. No era lo que había esperado. No era la niña inocente que jugaba con cualquier cosa.

Bien…

No me cree, ¿verdad? Usted es como todos. Piensa que estoy loca.

Sabina, confía en mí.

Un día rayó con crayolas toda la pared del pasillo. No la regañé, a pesar de que estaba muy enojada. Incluso le comenté que sus dibujos estaban hermosos. Me fui a la cocina y cuando volví ella ya había rayoneado todos mis documentos. Pasaporte. Estados de cuenta. Documentos de Hacienda. Estados médicos. Estuve al borde de las lágrimas. Pero me aguanté. La tomé del brazo. La obligué a levantarse del suelo y le di varias nalgadas. Le dije que eso no se hacía y le expliqué que eran documentos muy importantes. Ella se quedó callada y serena. Tenía plena consciencia de lo que había hecho.

¿Entendiste que lo que hiciste está mal?, pregunté y ella asintió con la cabeza.

No supe qué más decir. Ella me estaba demostrando que había entendido y, pues… Sólo los imbéciles continúan con una discusión aun cuando saben que todo ha sido aclarado. No quería ser esa imbécil. Los niños saben, y más de lo que uno cree.

En la noche, cuando llegó Laureano, Renata corrió hacia él. Le abrazó una pierna. Lloró y le dijo que yo le había pegado. Mi esposo preguntó qué había ocurrido y cuando le expliqué él me dio la razón y la regañó, pero con un tono suave.

Nena, eso que hiciste no está bien. Esos documentos son muy importantes. ¿Lo entiendes? Renata asintió y abrazó a su papá.

Él le respondió cariñoso y la llevó a su cama.

Esa noche discutimos sobre la educación de la niña. Le reclamé su comportamiento. Él me acusó de ser incapaz de comprender a una niña de tres años.

La verdad es que él no quería discutir. Especialmente esa noche, pues habían sido las elecciones presidenciales y por primera vez había ganado un partido de la oposición. Vicente Fox estaba celebrando su triunfo ante miles de seguidores y Laureano no quitaba los ojos del televisor. Usted sabe cuánta esperanza puso el pueblo mexicano en ese candidato. Laureano creía en ese hombre. Yo no. Lo dejé ahí, viendo las noticias y me fui a dormir a la habitación de huéspedes.

A la mañana siguiente, las cosas no cambiaron. Laureano no le dio importancia a que me fuera a dormir a otra habitación y me saludó como si nada en la cocina. Mientras tanto yo, como si fuera su criada, preparaba el desayuno. Me preguntó si estaba enojada. No le respondí. Me ignoró. Encendió el televisor. Estuve a punto de preguntarle qué más quería ver si ya sabía que el ranchero ese había ganado las elecciones. Pero no dije nada. Como muchas otras veces me aguanté mi enojo. Se fue a trabajar sin despedirse de mí.

Cuando Renata despertó, preguntó por su papá. La miré seriamente y le pregunté por qué había hecho aquel drama la noche anterior. Me miró seriamente y se sonrió. Insistí. Tú sabes que lo que hiciste estuvo mal. Ya no estoy hablando de los documentos, sino del drama que hiciste anoche. Te aprovechas del cariño de tu papá. Lo utilizas. Eso está muy mal.

De pronto, se carcajeó, como si le estuviese haciendo cosquillas.

No me hagas esto, le dije con lágrimas.

Al llegar del trabajo, papá saluda a mamá y se transforma en un oso grande que ruge y persigue a la niña que vive en casa. Ella corre eufórica de un lugar a otro y se esconde. Y si el oso no la encuentra, ella grita: ¡Aquí estoy!, y se deja atrapar para terminar acostada en el sofá regocijándose a carcajadas mientras el oso le devora un brazo o una pierna.

Quiero tener otro hijo.
¿Estás hablando en serio, Laureano?
Sí. Renata necesita un hermano.

No puedo imaginarme cuidando a dos niños igual de berrinchudos.

Mi tía Ema me contó que Walter, su primogénito, era más berrinchudo que Renata, pero cuando nació Omar todo cambió. Maduró de pronto, dijo. En cuanto supo que era el hermano mayor, dejó de pensar y actuar como bebé. Incluso decía que él ya no era bebé. Omar era el bebé. La mayoría de nuestros amigos y familiares coinciden en que el segundo hijo equilibra la situación. Le sirve de compañía al hijo mayor, se enseñan y se entretienen mutuamente. Dicen que es falso que se incrementen los riesgos o el trabajo.

¿Y yo?

¿Tú qué?

Entre más pasa el tiempo, más lejana veo mi vida como profesionista. La maternidad nos roba a las mujeres la mitad de nuestras vidas.

No digas eso, Sabina. Si no quieres tener más hijos, respetaré tu decisión. Vamos a inscribirte a la universidad al inicio del siguiente ciclo escolar.

Sabina se dedica a observar a Renata en las siguientes semanas. No la regaña, incluso finge no darse cuenta. La niña rompe un espejo. Tira cuatro rollos de papel en la taza del baño. Vomita sobre la cama. Sabina se traga su rabia. Si no la regaña, no hay razones para que Renata llore cuando Laureano llega del trabajo. Concluye que más allá de las maldades y los berrinches, Renata es una niña común, cuyo único inconveniente es estar sola. Sin un hermano. Y que el problema es ella (Sabina), que no ha encontrado la forma correcta de lidiar con su hija. De educarla. De comprenderla.

Acepta posponer sus estudios una vez más y embarazarse por segunda ocasión. A Laureano se le ve feliz en todo momento. Sabina está aterrada. Frustrada.

La atención de la familia, diluida con el paso del tiempo, renace con la noticia. A Sabina le queda claro que, para las mujeres, los hijos ajenos dejan de tener gracia cuando pasan de los dos años. De ahí en adelante son tan sólo niños. Sí, son cariñosos con los niños de siete o diez años, pero no se desviven por ellos como cuando son recién nacidos.

¿Cómo le informaron a Renata que iba a tener un hermano?

Hablamos con ella, le preguntamos si le gustaría tener un hermanito. No respondió. Luego, insistimos con la misma pregunta y respondió con un "sí" impasible. Finalmente, le contamos lo que sucedería en los siguientes meses.

¿Cómo lo tomó?

Sin interés.

¿Y qué hizo cuando tu embarazo se volvió evidente?

No le dio importancia. En varias ocasiones, la invité a que me tocara el vientre, pero no se mostraba interesada. Sólo aceptó como tres o cuatro veces.

¿Cómo fue tu segundo embarazo?

Mejor que el primero. Muchos decían que se debía a que ya tenía experiencia. Pero estoy segura de que no tenía nada qué ver. No tuve mareos. Ni náuseas. Ni vómito. Ni antojos. Ni cambios de humor. Hubo semanas en las que se me olvidaba que estaba embarazada. Laureano me preguntó un día con mucha seriedad si había tenido un aborto accidental en el baño. O algo así. Tenía casi cuatro meses y no se me notaba la panza. Le respondí con una sonrisa de ternura y lo abracé. Le aseguré que todo estaba bien. Pero insistió y me prometió que no se enojaría si le decía la verdad. Eso sí me hizo enojar.

El parto fue muy sencillo. No tuve tantas contracciones como en el primer embarazo. Alan fue desde el principio muy noble. No me hizo sufrir. Casi no lloraba y dormía a sus horas. Nuestras amistades y familiares estaban muy sorprendidos de que nuestros dos hijos fueran tan callados de recién nacidos. Aseguraban que por lo regular era lo opuesto.

¿Qué ocurre, Sabina?

Estoy preocupada.

¿Por qué?

Tengo miedo de que Alan sea igual de berrinchudo que Renata cuando crezca.

No te anticipes. Sé feliz con el presente.

Soy feliz, sólo que…

Son las tres de la mañana, mi amor, duérmete.

Alan le ha dado un giro a la vida de Sabina. Es ahora el centro de su universo. Ella está segura de que entre él y ella hay una conexión más fuerte. A Alan no le gusta que nadie más que su madre lo cargue. Y a ella tampoco.

Renata no entiende de dónde ha llegado ese bebé. A veces lo observa con atención. Otras ni se asoma. Mientras papá esté con ella, lo demás no importa. Pero cuando Laureano carga a Alan, Renata se enoja y grita: ¡No! ¡No! ¡No!, y le jala la ropa para que deje al bebé. Laureano por fin toma una actitud firme ante la niña.

No hagas berrinches, Renata. No voy a dejar a tu hermano nada más porque te molesta. También tiene derecho a que lo cargue.

Renata se marcha enojada a su cuarto. Rompe varios juguetes y cuadernos para colorear. Laureano la ignora. Ella llora por casi tres horas, sola en su cuarto, hasta que se queda dormida. Hace el mismo berrinche cuatro veces más. Por la misma razón. Laureano la ignora. Renata se cansa. No vuelve a mostrar celos.

Sabina, tengo algunos libros de autoayuda que te ayudarían muchísimo. Si gustas te los puedo prestar.

¿Qué?

Ha comenzado la etapa de las pesadillas. Renata grita a medianoche. Su padre acude a su recámara. La encuentra llorando. Entonces, la llevaba a la habitación de huéspedes y se duerme con ella.

El mismo ritual se repite tres o cuatro noches por semana en los siguientes ocho meses.

Son las seis de la tarde. Alan duerme en la cuna. Sabina se encuentra en la cocina. Renata se acerca al bebé. Lo destapa. Le quita el chupón y corre a su habitación. Nadie la descubre.

Un día pregunta por qué acuestan a su hermano de lado y Laureano le responde que es para que no se ahogue con su propio vómito.

Días después, Sabina acuesta a Alan de lado en la cama y luego entra al baño sin cerrar la puerta. Desde ahí ve a Renata, que entra sigilosa, acuesta al bebé bocarriba y se marcha escurridiza.

Al ver eso, Sabina no tiene idea de cómo reaccionar. Siente deseos de llorar de rabia. Miedo. Preocupación. Son segundos muy largos. Está sentada en el retrete. Se apura a hacer del baño. Se lava las manos. Sale a la recámara. Carga a su bebé y llora. Decide no regañar a Renata ni contarle nada a Laureano.

A partir de entonces, se asegura de que Alan nunca se quede solo. Si tiene que alejarse del bebé, le ordena a la sirvienta que no se despegue del niño ni un segundo.

RENATA

Tras el funeral permanecí cuatro meses en casa de mis abuelos paternos, por lo cual perdí el año escolar. Supuestamente me quedaría con ellos unos días, en lo que papá regresaba por mí, pero él no dio rastros de vida. Nadie supo dónde estaba. O, por lo menos, eso fue lo que me dijeron. Dos semanas después, propusieron que el chofer me llevara a la escuela en las mañanas, a lo que me negué, argumentando que aún no me sentía con ánimos. Mis abuelos accedieron. No me informaron nada sobre Alan. Y tampoco pregunté: me daba igual si se estaba quedando con alguno de mis tíos o con mis abuelos maternos. Lo único que me quitaba el sueño era papá.

Mi abuela Leticia fue la más dulce en esos días, muy distinta a la mujer severa que jamás permitió desobediencia y berrinches en su casa. La mujer que me recibió fue alguien a quien no conocía. Luego volvió a ser ella misma, aunque no tan inflexible. Mi abuelo Günther no cambió: era cariñoso por instantes, indiferente cuando volvía a sus actividades y estricto cuando había que imponer su autoridad.

Fueron los días más aburridos de mi vida: me despertaban a las ocho de la mañana (para ellos demasiado tarde) y luego de bañarme y arreglarme como si tuviese que ir a la escuela, desayunábamos. Al terminar, mi abuela limpiaba la cocina a solas mientras mi abuelo leía el periódico en el comedor, a un lado de la ventana, para alumbrarse con la luz del sol. Había pasado los últimos años en quimioterapia para curarse un cáncer pulmonar, por lo tanto, ya no podía trabajar.

Los primeros días me quedaba con ellos en el comedor por costumbre familiar. Mi abuela Leticia se sentaba junto a mí y separaba frijoles o pelaba papás o bordaba. Siempre estaba haciendo algo. Una mañana me preguntó si ya tenía novio.

—¿Cómo se te ocurre hacer esas preguntas? Es una niña —intervino mi abuelo.

—Herr Günther, las niñas de hoy en día están muy —se defendió mi abuela Leticia.

—Ya no sigas, mujer —la regañó mi abuelo—. Lo único que vas a lograr es meterle malas ideas a Renata.

Mis abuelos tenían una televisión en la sala, un único horario para verla y un único canal: el dos. Un día se me ocurrió encenderla sin su permiso y mi abuelo gritó desde el comedor:

—¡Niña! ¡¿Qué no ves que estoy leyendo el periódico?!

Mi abuela Leticia salió rápidamente de la cocina con las manos llenas de jabón de trastes y me pidió con dulzura que la apagara.

—Ya habrá tiempo en la tarde —prometió mientras se secaba las manos con un trapo de la cocina.

La mitad del día la pasaba en la habitación de huéspedes, que se suponía era de uno de mis tíos años atrás. No había nada qué hacer. No tenían internet ni computadoras. Y de los libros que tenían ninguno me interesó. La mayoría estaban en alemán. Así que opté por escuchar el radio y platicar con Yadira, Sonia y Lulú por mensajes de texto. Era como estar en una prisión, sólo que yo era la única reclusa. El teléfono casi nunca sonaba. Los únicos que llamaban eran mis tíos para saludar a mis abuelos. Llamadas de dos a cuatro minutos, máximo. Comíamos puntualmente a las dos.

Los primeros días me ofrecí a lavar los platos. Y un día que no tuve ganas, me paré de la mesa, agradecí por la comida, como estaba estipulado, y me dispuse a retirarme; entonces mi abuelo intervino:

—¿A dónde vas, niña?

—A mi recámara —me detuve antes de salir del comedor.

—¿A dónde? —me lanzó una mirada autoritaria.

—A la habitación de huéspedes —hice un gesto que no le gustó al abuelo.

—No me refiero a eso. Te faltaron los trastes —alzó las cejas como mostrando una obviedad.

Los trastes se convirtieron en mi obligación a partir de entonces. Al finalizar me iba a la habitación de huéspedes y me encerraba, algo que comenzó a molestar a mi abuelo Günter. Por las tardes mi abuela Leticia tocaba la puerta y sin esperar a que respondiera, abría y preguntaba si quería ver la telenovela, algo que para ella era como el momento más interesante de su día. Siempre que la protagonista lloriqueaba, ella sufría.

Cada día se volvió más aburrido que el anterior. Por lo tanto, comencé a hacer cosas que me divirtieran. Mi abuelo tenía una subscripción en *El Universal*. Un día me desperté a las cinco, salí al patio de la casa, recogí el periódico que todas las mañanas aparecía en el césped y lo escondí entre mi ropa. El abuelo estuvo enojado toda la mañana. Incluso llamó al periódico para reclamar que no le habían entregado su diario. A la mañana siguiente, escondí el abrelatas y cambié algunos utensilios en la cocina. Luego de buscar incansablemente, mi abuela preguntó si habíamos entrado a su cocina.

No podía hacer lo mismo dos veces, así que cada día me las ingenié para elaborar una nueva fechoría: apagué el calentador del agua, desconecté el cable del teléfono, le robé la caja de puros a mi abuelo y los escondí en el cuarto de las cosas viejas ubicado en la azotea, incluso intenté fumar uno, pero lo único que conseguí fue una tos que no se me quitó en una semana. Aun así, seguí con mis maldades estúpidas que únicamente servían para demostrarme lo inútil que se estaba convirtiendo mi vida.

En mis momentos de soledad, los cuales eran muchos, extrañaba a papá. Mi madre y mis hermanos eran como familiares que se habían mudado de ciudad, principalmente porque mis abuelos mantuvieron un hermetismo absoluto. Si se me ocurría preguntar por ellos, la respuesta era: *Cuando vuelva tu papá, podrás preguntarle lo que quieras.* No sé si se hacían pendejos o ignoraban que la relación entre papá y yo se había desvanecido con la muerte de mi madre. Con frecuencia llegué a pensar que papá jamás regresaría por mí y que había aprovechado las circunstancias para abandonarme.

Una de las tantas veces que acompañé a mis abuelos al supermercado, vi a un hombre con gabardina, sombrero y una barba tupida y tuve la certeza de que se trataba de papá. Era la versión indigente, la peor de todas. Lo seguí por los pasillos y lo intercepté. El hombre me sonrió como quien saluda a un perrito callejero. No era él. Deseaba tanto encontrarlo que comencé a llorar ahí mismo. Me fui corriendo. Tardé un rato en encontrar a mis abuelos, quienes se pasaban horas en el supermercado. Siempre por culpa de mi abuela que se detenía para comparar precios y calidad. Tenían una docena de malestares que les impedían consumir azúcar, sal, grasas saturadas, y quién sabe qué tantas cosas.

—¿Dónde estabas, niña? —reclamó mi abuelo cuando nos encontramos en las cajas.

—Estaba viendo los juguetes —respondí con tono imbécil. No se me ocurrió otra cosa en ese momento.

Años atrás, ése era el motivo por el que me extraviaba en el supermercado y mis padres lo adoptaron como una guardería mientras recorrían la tienda. Al final iban por mí y si mi madre estaba de buenas me compraban algo.

—Te dije que la niña necesitaba juguetes —dijo mi abuelo a tono de reprimenda.

Yo tenía más de seis años de haber abandonado los juguetes.

—¿Quieres que te compre alguno en especial? —preguntó mi abuela Leticia sin ganas. Ella sabía que yo había mentido, pero como siempre, respondía lo que mi abuelo quería escuchar.

—No, no. Estaba pensando en mis hermanos y por eso me detuve a ver los juguetes —argumenté con tranquilidad.

—Ay, mi niña —susurró mi abuela Leticia con un gesto empalagoso.

Mis abuelos tenían un chofer que únicamente acudía a sus servicios cuando lo solicitaban. Era un taxista que iba por ellos, estacionaba su taxi y los llevaba en el coche de mi abuelo, quien había dejado de manejar por órdenes del médico. Mi abuela Leticia jamás aprendió a manejar.

Jacobo tenía entre treinta y cuarenta años, y siempre me miraba con lujuria. Al subirnos al auto, mis abuelos se iban en los asientos traseros. Al llegar a su destino, Jacobo bajaba y les abría la puerta, como si sirviera a un par de aristócratas. La primera vez me subí en el asiento delantero y mi abuelo me regañó. Mi abuela Leticia argumentó que no había ningún problema. Pero la verdad es que a ella no le gustaba ir apretada y mucho menos que mi abuelo se fuera en el asiento de enfrente. Tenía un apego enfermizo hacia mi abuelo. Era incapaz de sentirse tranquila si él no estaba a su lado. Cuando él desaparecía de su vista en la casa, ella preguntaba en voz alta dónde estaba, como si se hubiese escapado por la ventana. Entonces él respondía con molestia disimulada la obvia localización.

En ocasiones, mis abuelos citaban al taxista y lo hacían esperar más de una hora, por culpa de mi abuela Leticia. Yo era la primera en estar en la puerta del auto, como lo había hecho cuando papá nos llevaba a la escuela. Jacobo me contemplaba con disimulo y sin palabras. Sentía sus miradas. Aunque el tipo me parecía demasiado corriente, me entusiasmaba saberme deseada. Estoy segura de que se debía a mi encierro.

Cuando le conté a Yadira por mensaje de texto sobre el chofer, la muy zorra me respondió: *Cógetelo*. Luego les conté a Sonia y Lulú, ambas me dijeron que no fuera una naca. "*¿Cómo con un chofer?*", me escribió Lulú. "*Qué malos gustos, amiga*", terció Sonia. "*A falta de pan...*", finalizó Yadira.

Las primeras veces me paraba frente al auto sin nada en las manos, lo cual me impedía fingir distracción. Luego opté por cargar un libro y simular que leía. Caminaba de un lado a otro mientras ondeaba mi falda tableada con una mano. Un día él estaba fumando, con el trasero recargado en el cofre del coche.

—¿A qué saben los cigarros? —pregunté.

—A tabaco —se pasó la lengua por el labio superior.

—Ya lo sé —sonreí y moví las caderas sin dejar de verlo—. ¿Cuál es la diferencia entre un puro y un cigarro?

El taxista se quedó pensativo por un momento.

—El sabor y los químicos. Se supone que el puro no tiene y el cigarro como quinientos. Qué sé yo. Es humo a final de cuentas. De algo nos tenemos que morir.

—¿Eso es todo?

Otra vez se quedó pensando.

—El humo del puro se queda en la boca y el de los cigarros se lleva hasta los pulmones, así —inhaló profundo.

—Ya entendí. Déjame probar.

—No —puso la mano sobre el cofre.

Se lo quité de los dedos y le di una fumada como me lo había explicado.

—¿Así? —pregunté al mismo tiempo que exhalaba el humo.

—Más o menos —sonrió como niño travieso.

—Entonces seguiré practicando —me fui con el cigarro a la esquina de la calle.

Otro día se me ocurrió salir en shorts. Caminé de un lado a otro para que él me viera las nalgas y las piernas. Mi abuela Leticia me regañó por salir con *ropas impúdicas*.

—¡Ya vámonos, mujer, que se hace tarde! —ordenó mi abuelo.

—¡No! ¡Que se cambie de ropa! —exigió mi abuela.

Mi abuelo se negó. En el transcurso, Jacobo desviaba su mirada hacia mis piernas. A la mitad del recorrido, les dijo a mis abuelos que un camión se había ido directo contra la panadería que estaba en la esquina. Mis abuelos dirigieron la mirada hacia la ventana y Jacobo fingió un descuido al hacer los cambios en la palanca de velocidades para poner su mano en mi pierna izquierda. Giré la cabeza para ver a mis abuelos y los vi mirando hacia la calle. Sonreí y observé a Jacobo, quien se mordió el labio inferior y luego llevó su mano a la palanca de velocidades.

—Pues no veo nada —dijo mi abuela.

—No, doña —dijo Jacobo—. Eso lo arreglaron esa misma noche. Imagínese si cerraran esa panadería. Perderían muchísimo dinero.

Una semana más tarde, mis abuelos me avisaron que irían a visitar a unas amistades. Eran ancianos cuyas conversaciones me aburrían mucho. Les dije que no quería ir. Nunca me dejaban sola en casa y solicitarles algo así era casi imposible. Pero utilicé un método infalible para una mujer: la menstruación. Aproveché un momento íntimo para susurrarle a mi abuela Leticia las razones por las que me sentía fatal y apenas me escuchó decir *menstruación* cambió de parecer y convenció a mi abuelo para que no me obligara a acompañarlos.

—No le abras a nadie —ordenó mi abuelo antes de salir.

Quince minutos después alguien tocó el timbre. Me asomé tras las cortinas y vi a mi hermano en la puerta. Bajé a abrirle rápidamente. Se veía chiquito, como siempre. En los últimos años llegué a la conclusión de que tenía algún problema físico. No crecía. Lo que llamaba mi atención era que no se veía regordete como suelen verse los enanos. También pensé que podría deberse a problemas de alimentación, como yo, que apenas si comía y por eso estaba tan chaparra. Pero una mujer chaparra no se ve tan mal como un hombre, creo. ¿O no? Por lo menos a mí no me gustan los hombres chaparros.

—¿Qué estás haciendo aquí? —lo dejé entrar hasta la sala.

—Me escapé de la casa de mis abuelos —hablaba en voz baja.

Hasta ese momento comprendí que Alan se estaba quedando en casa de mis abuelos Catalina y Martín. No le había dado importancia.

—¿Por qué? —pregunté.

—Ya me aburrí de vivir ahí —hizo un gesto de repulsión.

Se veía sucio y despeinado. Traía puesto su atuendo favorito: una sudadera azul con cierre y gorro, una camiseta de rayas moradas y blancas, de forma horizontal, unos pantalones de mezclilla y tenis blancos, muy sucios.

—¿Y crees que aquí está más divertido? —señalé el interior de la casa.

—No vine a quedarme aquí —se sentó en el sofá—. Ni que me cayeras tan bien.

—¿Entonces? —me paré delante de él.

—Vine a que me dieras algo de dinero —rascó el sofá con las uñas sucias.

—No tengo dinero —me senté en el otro sillón—. ¿Dónde te estás quedando?

—En la calle —se cruzó de brazos.

—¿Qué? —me levanté del sillón—. ¡Alan tienes diez años! No puedes...

—Sí puedo —se puso de pie y caminó a la cocina—. Además, nadie me hace caso.

—¿Y yo qué? —lo seguí.

—Tú, porque estás obligada —abrió el refrigerador.

—Estás muy equivocado. Ni que fuera tu mamá.

—¡Sí! —gritó—. ¡No olvides que perdiste la apuesta!

—Pues, a ver cómo le haces. No tengo dinero —me fui a mi recámara.

Caminó detrás de mí.

—¡Renata!

—¡Estoy harta de ti! —grité—. ¡Si quieres dinero pídeselo a mis abuelos! —cerré la puerta y me acosté bocabajo.

No sé cuánto tiempo transcurrió, pero cuando abrí los ojos, Alan ya se había ido. Lo busqué por toda la casa, pero no lo encontré. Dejó la puerta de la calle abierta. Me quedé pensando. No sabía si decirles a mis abuelos lo que había sucedido. Supuse que tarde o temprano mis abuelos maternos llamarían para preguntar por Alan.

Una hora más tarde volvió a sonar el timbre. Pensé que era Alan. Me asomé tras la cortina y vi a Jacobo en la puerta. Corrí a mi recámara, me puse una falda y una blusa de tirantes, me cepillé el cabello y me maquillé un poco. Salí con cara de cansancio. Abrí la reja sin preguntar el motivo por el cual había regresado. Lo invité a pasar a la sala y me senté como si me estuviese muriendo.

—Tus abuelos me pidieron que viniera a ver si te sentías mejor.

Lo miré con una expresión sufrida.

—Me duele aquí —me llevé la mano al vientre.

—¿Quieres que llame a un doctor?

—No —lo miré discretamente—. Mejor sóbame.

Jacobo se quedó boquiabierto por un instante; luego se lamió los labios con discreción.

—Aquí —insistí con los ojos aparentemente cerrados.

De pronto, sentí su presencia en el sillón. Su mano se acercó suavemente. Cerré los ojos mientras me acariciaba. Transcurrieron varios minutos. Entonces estiré el brazo, lo tomé del cuello y lo besé. Jacobo se apresuró a manosearme y quitarme la blusa. Me besó por encima del brasier; luego me lo quitó. Chupó mis pezones.

—Me encantan las chichis así, pequeñitas —susurró.

Luego me quitó las pantaletas, se las llevó a la nariz, inhaló profundo, sonrió con placer, las guardó en la bolsa de su pantalón y me acostó sobre el sofá. Sentí algo duro en mi muslo. Ni siquiera me había dado cuenta del momento en que se desvistió. Intentó penetrarme, pero no lo dejé. Quería conocer lo que me iba a meter. Jamás había visto una verga de verdad. El internet no se compara con la realidad. Bajé mi mano derecha con disimulo para poder tocarla. Sentía vergüenza de que notara mis intenciones. Seguía besándome el cuello, los hombros y el pecho. Cuando se dio cuenta de que mi mano estaba a unos centímetros de su verga, se detuvo, sonrió y preguntó si quería tocarla, a lo que únicamente pude responder con un gesto afirmativo. Tomó mi mano y la colocó sobre esa cosa tan dura y tan gruesa.

—¿Te gustaría chuparla?

Sentí miedo. Me lo quité de encima y me vestí lo más rápido que pude. Insistió en que le tuviera confianza, que no me dolería, que me iba a gustar, que no diría nada, que todo sería muy bonito; incluso prometió ayudarme con mis abuelos y que estaría para mí cuando lo necesitara. De pronto, tenía un esclavo a mis pies. *¿Así son todos los hombres?*, me pregunté con algo de asco y pena ajena. *¿En verdad tienen esta necesidad de mendigar el sexo?*

Silencio.

—Déjame sola —dije con la mano en la chapa de la puerta.

—No les dirás nada a tus abuelos, ¿verdad?

—No… —desvié la mirada—. Si cumples con todas las promesas que me hiciste… —logré esconder una sonrisa que me estaba comiendo por dentro.

Me sentí poderosa ante ese hombre y no pude borrar ese sentimiento por muchos días. Mis coqueteos no fueron necesarios en el futuro. Cuando Jacobo llegaba, ni siquiera salía como antes. Hacía lo mismo que mi hermana: salía hasta el último segundo, lo cual generaba en mis abuelos mucha molestia. Me divertía verlo tan serio ante mis abuelos que constantemente le preguntaban si se encontraba bien. *Problemas económicos*, dijo la primera vez. Mi abuelo preguntó la cantidad y al saber que no era demasiado le ofreció un préstamo. La segunda vez, Jacobo dijo que sus problemas eran familiares a lo cual mis abuelos no pudieron indagar más. La tercera vez que preguntaron, él respondió que tenía *un problema del corazón*.

—No sabía que tenías novia —dijo mi abuela Leticia y mi abuelo Günter la regañó por ser tan impertinente.

—Pues… —respondió Jacobo con una melancolía muy parecida a las ridículas actuaciones de las telenovelas que mi abuela adoraba—. Me enamoré. Me enamoré como nunca.

—¿Y ella te corresponde? —preguntó mi abuela Leticia.

Jacobo se pasó el semáforo rojo.

—¡Cuidado! —alarmó mi abuelo Günter.

—Disculpe.

—Entiéndelo, está enamorado —agregó mi abuela con tono cursi.

Mi abuelo evitó discutir y dirigió la mirada la calle.

—Jacobo, no me has dicho si ella te corresponde.

—Creo que sí. La última vez que hablamos ella parecía muy entusiasmada, sólo que de pronto cambió de opinión.

—No te preocupes —respondió mi abuela Leticia—. Así somos las mujeres. Decimos una cosa y minutos después queremos todo lo contrario. Tú insiste.

—¿Usted cree? —me miró por el rabillo del ojo.

—¡Por supuesto! No confíes en la primera reacción de una mujer.

—Pero ¿y si ya dijo que no?

—Si sigue sonriendo, aún hay esperanzas.

En ese momento elaboré la más dulce de mis sonrisas. Jacobo me miró de reojo y sonrió como un idiota.

Esa noche al volver a casa sonó el teléfono, algo que pocas veces ocurría a esas horas.

—¡Ren! —gritó mi abuela Leticia—. ¡Tu papá quiere hablar contigo!

Corrí a la recámara de mis abuelos y le arrebaté el auricular a mi abuela.

—¡Papá! —se me fue la respiración y comencé a llorar de forma incontenible.

—¿Cómo estás? —preguntó casi sin interés.

—Bien. Te extraño, papito. Quiero verte.

No respondió. Esperé a que dijera algo más, pero no escuché ni un suspiro.

—¿Cuándo vas a venir por mí?

No contestó.

—Papi...

—No puedo hablar. Perdóname.

Se cortó la llamada. Aventé el teléfono y salí corriendo. Lloré bocabajo, sobre la cama como pinche Magdalena hasta quedarme dormida.

Al amanecer, me rehusé a salir por más que mi abuela Leticia tocó y tocó a la puerta.

—Ren, tu abuelo y yo tenemos que salir —dijo poco después de mediodía—. Te dejé el desayuno en la cocina.

No respondí. Esperé a que salieran. Luego me dirigí a la cocina y comí tres cucharadas de lo que había en un plato. Ni siquiera lo calenté en el microondas. Al terminar caminé por la casa como una fiera enjaulada. Entré a la recámara de mis abuelos y comencé a revisar sus cajones. Esculqué todo, sin misericordia. No buscaba nada en particular. Sólo obedecí el impulso que siempre me cegaba cuando estaba sola en casas ajenas. Entonces apareció una joya: cartas de amor para mi abuela escondidas en un rincón, debajo de cajas y bultos de ropa. Un tal Fausto se había pasado toda una vida escribiéndole: *Cada aliento por ti se desvanece con la brisa*, escribió en una carta de 1962. *Quiero la luz de tus ojos para no tener que rogarle jamás a la luna*, escribió en otra de 1967. *Sólo contigo tuve un mar sin fin*, 1974. Y así se seguía en decenas de cartas. La última estaba fechada en marzo 20 de 1988. Quizá se debe al estado en el que me encontraba, pero al leer todas estas cursilerías me sentí tremendamente conmovida. Como si todas esas pendejadas hubiesen sido escritas para afligirme.

De pronto, alguien tocó a la puerta. Guardé todo lo más rápido que pude y corrí a la ventana para ver quién llamaba. Era Jacobo, lo cual me llenó de tranquilidad. Eso significaba que mis abuelos estaban en su pinche cita y que yo no tenía por qué preocuparme. Me dirigí a mi recámara y me cambié de ropa: un vestido corto. Bajé y abrí la puerta como si no supiera quién llamaba.

—¿Y mis abuelos?

—En Tlalpan —dijo Jacobo con una sonrisa lujuriosa, luego dirigió la mirada en varias direcciones. Creo que quería asegurarse de que ninguno de los vecinos lo viera, como si su pinche taxi y el coche de mi abuelo no fueran evidencias suficientes.

—Ah… —fingí indiferencia al abrir la reja. Giré la cara hacia el interior de la casa y caminé a la entrada sin cerrar la puerta.

—Ren… —dijo Jacobo con un tono cursi.

—No me llames así —seguí caminando.

—Así te dice tu abuela.

—Pero tú no eres mi abuela —respondí sin mirarlo.

—Te necesito —dijo con tono empalagoso. Nada más faltó que se hincara.

Me giré y sonreí con coquetería.

—Deja de bromear.

—Eres mi obsesión.

Y yo pensé *¿Así o más humillado?*

Me di media vuelta, caminé hacia él, me le colgué del cuello y lo besé en la boca. El cerdo traía aliento a tacos de tripas con cebolla.

—Sácame de aquí —froté la punta de mi nariz con la suya.

—Vamos a donde quieras —sus ojos se iluminaron de alegría.

Corrí al interior de la casa para sacar las llaves y un suéter. Sí, me preocupé por llevar un suéter. Y me di cuenta hasta que estaba en el coche. Me repetí varias veces que estaba actuando como niña obediente: *Llévate un suéter.* Pendejadas que se le quedan a una.

—¿A qué hora tienes que ir por mis abuelos? —pregunté sentada en el coche.

—Hasta las nueve de la noche —eran las tres de la tarde.

—Quiero un cigarro —dije sin mirarlo.

No preguntó ni me quiso dar sermones. Sacó de su bolsillo una cajetilla de Camel.

—Llévame a bailar —dije tras encender mi cigarro.

Esperaba que fuéramos a una discoteca, pero el muy naco me llevó a una cantina cerca de su barrio. Ni siquiera me pidieron identificación para entrar. En la rocola un grupo que yo desconocía cantaba: *Soy yo. Quiero ser tu amante desde ahora...*

—Vámonos —dije decepcionada antes entrar por completo al congal ese.

—¿Qué pasa?

—¿Ya viste la ropa de las que están ahí adentro? —cuestioné con desdén.

—¿Qué tiene? —alzó los hombros.

—Vengo con ropa de niña de secundaria.

—Eso no importa.

—¿No?

Luego de discutir un rato accedí a entrar, de muy mala gana. Tomamos una mesa y el mesero se acercó para preguntar qué íbamos a tomar.

—A mí una cerveza y a ella un refresco.

—No —intervine—. También tráigame una cerveza —era la primera vez que bebía.

El mesero se quedó callado, con la mirada en los ojos de Jacobo.

—Tráigale una cerveza —dijo con una sonrisa que no pudo esconder.

—¿Bailamos? —preguntó Jacobo.

—Más tarde —miré alrededor.

—Está chido el lugar, ¿no? —dijo cuando nos sirvieron las cervezas. Se veía orgulloso de haberme llevado ahí.

—Las cumbias me parecen de nacos —dije muy mamona.

Media hora después, estaba meneándome en mi silla. Luego sonó una canción muy melancólica:

Arráncame la vida de una vez, no me hagas más intensa la agonía.

Jacobo me jaló del brazo y me llevó hasta la pista de baile.

Porque yo, feliz me moriré en tus brazos...

Me pegó fuertemente hacia su cuerpo; luego bajó sus manos hasta mis nalgas.

—Me tienes loco —dijo y me besó.

Dispara de una vez, directo al corazón, dispara de una vez.

—Vámonos —dije asqueada.

—Espera...

Salí sin esperarlo. Me persiguió hasta el coche. Por más que me pidió que regresara me negué. En el camino, le di instrucciones para que me llevara a mi casa, sin decirle a dónde íbamos. Bastó con decirle que me llevara a La Nueva Santa María. Como buen taxista, supo de inmediato cómo llegar. Yo sola no habría podido acercarme ni cinco kilómetros. Dentro de la colonia tuve el dominio de la ruta. Ahí sí conocía perfectamente cada una de las calles. Le indiqué a Jacobo: *Sigue derecho por la calle Begonias. Da vuelta a la derecha en la calle Membrillo. No. Es sentido contrario. Sigue hasta la calle Nueces. Vuelta a la izquierda en Clavelinas.* Por un instante, se me ocurrió pasar frente a la lavandería de mi tía Ali, pero no quise que me viera. Seguramente iría con el chisme con mis abuelos. Al llegar vi el auto de papá en la cochera. La casa tenía rejas y, por lo tanto, se podía ver al interior.

—Detente… —contemplé la casa con dolor—. Papá ha estado aquí todo el tiempo.

—¿Aquí es tu casa?

—Sí —respondí con molestia—. Vamos a casa de mis abuelos.

—Pero…

—Obedece —ordené.

Jacobo manejó en silencio y con una jeta que no le había visto jamás. Apenas eran las cinco y media. Todavía le quedaban por lo menos dos horas de diversión y yo se las había arruinado. Iba muy enojada. Papá estaba en casa y no me lo dijo cuando llamó por teléfono.

Al llegar, Jacobo estacionó el coche, y sin apagarlo, se dirigió a mí con un tono agresivo:

—Bájale dos rayitas.

—¡¿Y si no qué?!

Se enderezó en su asiento, puso las manos en el volante y suspiró:

—Ahí nos vemos, pinche morra mamona.

Ni siquiera me despedí cuando me bajé del auto. Al cerrar la puerta de la casa comencé a destrozar lo que había a mi paso: floreros, retratos, botellas, objetos de cerámica y todo lo de la vitrina. Terminé berreando en el piso. No sé cuánto tiempo pasé ahí. Cuando entraron mis abuelos a la casa, corrieron hacia mí.

—¡Qué hiciste! —exclamó mi abuelo Günter con lamento y enojo.

—Mi niña —mi abuela al borde de las lágrimas se arrodilló junto a mí y puso mi cabeza sobre su pierna.

—Me quiero morir —dije llorando.

—No digas eso jamás —mi abuela me abrazó. Mi abuelo se mantuvo distante.

No pude dormir esa noche. Estuve pensando en papá. Lo imaginé abrazando pertenencias de mi madre y llorando largas horas. No tenía idea de cuánto la amaba. Ni siquiera sabía si la amaba. Lo que vi eran pleitos, muecas, indiferencia. Las pocas veces que se besaron delante de mí fue en eventos públicos y casi por obligación, como en las fiestas de Navidad, Año Nuevo, aniversarios. *Sí, mi vida, gracias por estar conmigo, gracias por todos estos años de (in)felicidad.* Nunca presencié una escena romántica. Muchas veces me cuestioné si los padres de mis amigas vivían la misma historia. Cuando fui a sus casas, no encontré diferencia. En todas había regaños, jetas y ficción.

—¿Dónde está papá? —pregunté a la mañana siguiente mientras desayunábamos.

Había en un rincón de la cocina dos enormes bolsas negras de plástico en las que mis abuelos habían echado todo lo que yo había destrozado la noche anterior.

—Si lo supiéramos te lo diríamos —respondió mi abuela.

—Quiero ir a mi casa.

—Pues te aguantas hasta que venga tu padre —respondió mi abuelo Günter con molestia.

—No le hables así a la niña —intervino mi abuela Leticia.

—¡Le hablo como se merece! —dirigió su mirada hacia mí—. Ya fue suficiente. Todos estamos sufriendo y no por eso rompemos lo que se nos pone en frente. Es momento de madurar. Eres una señorita.

—¡Me hice señorita por la fuerza! —grité.

—A mi padre lo mataron en la Segunda Guerra Mundial y mi madre, siendo una jovencita de diecinueve años, tuvo que arreglárselas sola con tres hijos. Por si no lo sabías tuvo su primer hijo a tu edad.

—¿También la violaron?

Hubo un silencio largo. Mi abuela me miró y luego a mi abuelo. Él no me quitó los ojos de encima. Comencé a llorar.

—¿De qué estás hablando? —puso las manos en la mesa.

Me fui corriendo y me encerré en mi recámara.

—Renata, abre la puerta —ordenó mi abuelo.

No respondí. Hubo un silencio. Supuse que mis abuelos se habían dado por vencidos, pero de pronto escuché un juego de llaves. Abrieron y entraron como policías.

—Renata —dijo mi abuela Leticia con tono dramático mientras se sentaba a mi lado—. Necesitamos que nos expliques lo que dijiste en el comedor.

—No fue nada —me tapé el rostro con la almohada.

—Queremos ayudarte —puso su mano en mi hombro.

Mi abuelo Günter permaneció de pie frente a la cama.

—No quiero hablar de eso...

—¿Qué te pasó, Ren?

Sollocé con la almohada en la cara.

—¡Déjenme sola! —grité, pero mi alarido no se escuchó tan fuerte debido a la almohada sobre mi rostro.

—Sólo queremos tu bien —mi abuela comenzó a llorar.

—¡No!

Entonces mi abuela Leticia le pidió en voz baja a mi abuelo que se saliera. Él accedió.

—¿Qué te hicieron, mi niña? —me puso una mano en la pierna.

Lloré como si no quisiera llorar, como si quisiera ocultar mis lágrimas, mi dolor, mi vergüenza, de tal modo que no quedara duda de lo que decía.

—No te puedo decir, porque le van a contar a papá.

—Te prometo que no le diremos nada —mi abuela tenía las mejillas empapadas en llanto.

—No te creo —sollocé—. Papá ya está sufriendo demasiado y no puedo darle más preocupaciones —me llevé las manos a la entrepierna como si tuviese un dolor muy fuerte.

—Te juro que no le diré nada, mi niña.

—Jacobo… —la miré a los ojos—. Regresó un día que me quedé en la casa, tocó la puerta y dijo que ustedes lo habían enviado para que me cuidara y que se quedaría en la sala hasta que ustedes lo llamaran. Lo dejé entrar y me vine a la recámara. Diez minutos más tarde, mientras leía acostada bocabajo sobre la cama, lo vi parado detrás de la puerta entreabierta. Caminó hacia mí, cerró con seguro, se desabrochó el pantalón.

Mi abuela se tapó la boca con los dedos temblorosos.

—No digas más —me abrazó.

Quise llorar con ella, pero su perfume con aroma de viejita me desagradaba tanto que me impedía concentrarme. De pronto, como si hubiese recordado que había dejado los frijoles en la estufa, la abuela se puso de pie.

—Abuelita, prometiste que…

—No le diré nada a tu papá, te lo juro —salió de la habitación.

Intenté escuchar lo que le decía a mi abuelo, pero cerraron la puerta de su habitación y hablaron en voz baja. Estuve tentada a poner la oreja en la puerta, pero corría el riesgo de que me descubrieran. De pronto, escuché que preguntó enojado: *¿Cómo esperas que?* Rápidamente bajó la voz. Luego, gritó: *¡Esto no se va a quedar así!*

Volvió el silencio.

—¡Espera! —exclamó mi abuela. Por la calidad del sonido supe que habían abierto la puerta y que estaban en el pasillo.

—¡No! ¡Ese desgraciado tiene que pagar por lo que hizo! —gritó mi abuelo.

—¡Günther, no vayas a hacer algo de lo que te puedas arrepentir! —suplicó mi abuela Leticia.

—¡Él es el que se va a arrepentir! —respondió mi abuelo.

Escuché que abrió y cerró la puerta de la calle.

—¡Espérate! —gritó mi abuela con tono chillón.

Salí de la habitación y me quedé en el pasillo en silencio. Cuando mi abuela notó mi presencia, se llevó las manos temblorosas a la boca y se le salieron las lágrimas.

—Es mi culpa —dije con tono de mártir.

—No digas eso, mi cielo —me abrazó.

—Por eso no quería decirles nada. Ahora le van a contar a papá. No quiero que sufra más.

—No, mi niña, tu abuelo fue a ver a tus tíos.

—¿Lo van a matar?

—¡Ni lo mande Dios! —se persignó.

Se quedó pensativa por un instante y luego caminó a su habitación. Permanecí con la mirada hacia la ventana.

—Tengo que salir —tenía su bolso y las llaves en las manos—. No le abras a nadie.

En cuanto salió, corrí a la azotea y vigilé sus pasos hasta la esquina, donde abordó un taxi. Esperé un rato. No ocurrió nada. Entonces caminé al cuarto de las cosas viejas, saqué uno de los puros que le había robado a mi abuelo, le arranqué la punta, desdoblé un catre viejo que tenían arrumbado, lo saqué a la azotea, me acosté, encendí el puro, inhalé el humo con suavidad y exhalé lentamente mientras observaba unas nubes grises que amenazaban con opacar el sol.

Sentí una gran tranquilidad. Como si me hubiese liberado de una carga muy pesada. Sólo me quedaba esperar a que papá llegara a rescatarme.

Al terminar de fumar, me metí a la regadera para quitarme el olor del puro. Comí y vi la televisión hasta que mis abuelos regresaron, poco después de la media noche. Apagué el televisor rápidamente apenas oí que abrieron la reja de la calle y corrí a la puerta para recibirlos.

—Abuelo, perdóname —me mostré deshonrada.

—Ya todo está bien, Renata. Ese cerdo no volverá a molestarte.

Mi abuela Leticia abrazaba su bolso con un semblante de enojo y vergüenza.

—No quería que te metieras en problemas por mi culpa —dije.

—No me metí en problemas —respondió Günter—; él es el que está en problemas.

—¿Qué le hicieron? —estuve a punto de sonreír.

—Está en la cárcel —respondió orgulloso.

—¡Me mentiste! —miré a la abuela Leticia con rabia fingida—. ¡Ahora papá se va a enterar!

—No te preocupes —intervino mi abuelo—. El abogado ya se ocupó de todo. Tu papá jamás se enterará.

—Cuando se entere de que ese malvado está en la cárcel, preguntará por qué —me di la vuelta y fingí que me iba a mi recámara.

—Le diremos que nos robó dinero y las joyas de tu abuela.

Observé a mi abuelo con admiración. Jamás imaginé que haría algo así. Aunque en realidad no es lo que esperaba.

—¿Y si te robó? —pregunté con ironía.

—No —frunció el ceño.

—¿Cómo lo comprobarás?

—El abogado le dijo a ese tipejo que si no admitía que nos había robado lo acusaríamos de abuso sexual, lo cual implica más años de cárcel. Y ahí fue cuando admitió lo que te hizo, aunque el muy cabrón se atrevió a asegurar que tú lo habías seducido. Por supuesto que no le creímos una sola palabra. El abogado nos advirtió antes de ir a ver a ese desgraciado, que lo primero que haría, y que es lo que hacen todos los de su calaña, es decir que la mujer lo provocó. Pero el abogado le indicó que tenía las evidencias suficientes para meterlo en la cárcel por el resto de su vida.

—¿Y así, cuánto tiempo estará en la cárcel? —pregunté un poco nerviosa.

—No sabemos aún, probablemente, entre dos y cinco años. Sé que lo que te hizo no se paga con tan poco tiempo, pero es la única manera que se me ocurrió para hacerle pagar su delito, alejarlo de ti y evitarle más penas a tu papá.

Apreté los dientes y comencé a tallarlos con tanta fuerza que el sonido dentro de mi cabeza silenció lo de afuera, en mi entorno, en ese espantoso lugar que cada día daba mayores señas de que mi estancia sería perpetua.

—Ya pasó, mi cielo —dijo mi abuela Leticia al mismo tiempo que me abrazaba.

—Quiero ver a papá.

—Te prometo que lo verás pronto.

Los días siguientes me consintieron como nunca. No volvieron a regañarme por despertar hasta mediodía o por permanecer toda la tarde encerrada en mi habitación. Dos o tres veces por semana abandonaban sus actividades para llevarme a comer a restaurantes de mi elección, al cine o comprar ropa.

Uno de esos días, me llevaron al centro. Aunque no teníamos nada qué hacer ahí, mi abuelo insistió en ir, principalmente porque a él le gustaba mucho un restaurante que tenía más de cien años y donde lo había atendido la misma familia desde entonces.

—No estaba tan moderno como ahora —explicó mi abuelo Günter—. Entonces conservaba su estilo francés, como eran todas las construcciones en el porfiriato.

Me aburría mucho cuando el viejo se ponía a hablar de historia y de cómo eran las cosas cuando él era joven, así que lo interrumpí.

—Voy al tocador —dije y me paré.

El baño era grande y elegante. Había cuatro retretes. Me detuve un instante frente al espejo y me miré.

—*Psss, psss* —escuché de pronto.

Creía haber estado segura de que no había nadie en el baño. Observé por el espejo y el lugar estaba vacío.

—Aquí.

Me di media vuelta y caminé a los retretes. Abrí la puerta del centro y lo hallé vacío. Abrí la de la izquierda y tampoco encontré a nadie.

—Al fondo —reconocí aquella voz infantil.

Caminé hacia la derecha y me detuve frente a la puerta. Por un momento dudé. Creí que lo estaba imaginando. Al abrir me encontré con mi hermano Alan parado sobre la tapa del retrete. Llevaba puesta la misma sudadera azul con cierre y gorro, camiseta de rayas moradas y blancas, pantalones de mezclilla y tenis blancos, muy sucios.

—¿Dónde has estado todo este tiempo? —reclamé.

—Baja la voz —se llevó el dedo índice a los labios de forma vertical—. *Shhh.* Métete y cierra la puerta.

—¿Por qué te fuiste de la casa de mis abuelos?

—Ya lo sabes —su rostro denunció algo obvio.

—No. No lo sé.

—Sí. Sí sabes, pero no lo quieres admitir.

—Vamos —ordené—, mis abuelos están allá afuera.

—No.

—Voy a gritar.

—Hazlo. No me encontrarán.

—¿Qué pasó el día que murió mamá? —pregunté.

—Ya lo sabes… —Alan respondió con arrogancia.

—¿Lo viste todo? —insistí.

—Sí —se cruzó de brazos.

—¿Qué sucedió?

—¡Ren! —dijo mi abuela al entrar al baño. Escuchamos sus pasos—. ¿Estás bien?

—¡Sí! ¡Ya voy!

—Cariño —vi sus pies por debajo de la puerta—. Estamos muy preocupados por ti.

—Sí, abuela, lo sé. Ya voy. No me tardo.

—Aquí te espero.

Alan se sentó sobre el contenedor de agua del retrete y recargó la espalda en la pared. Lo miré con enojo y le hice señas de que saliera. Pero negó con la cabeza. Le jalé al agua y salí con disimulo.

—Abue…

—Dime, cariño.

—Alan…

Su rostro reveló una gran tristeza.

—Ya no te atormentes, mi niña —me abrazó.

—Espera —me quité sus brazos y di un paso hacia atrás.

—Tenemos que salir ya. Tu abuelo nos está esperando —me rodeó con su brazo derecho y me llevó a la salida.

Cruzamos la puerta y dimos algunos pasos.

—Alan está allá adentro —informé.

—¿Qué? —mi abuela Leticia puso cara de pánico.

—Sí, acabo de hablar con él.

—Eso no es posible.

—Te estoy diciendo que hablé con él.

Ella se rehusó a creerme.

—Vamos, para que lo veas —la tomé de la mano.

—No me hagas esto… —se llevó sus manos temblorosas a las mejillas.

—No te estoy mintiendo —me di la vuelta y caminé al interior del baño.

Mi abuela Leticia me siguió. Me dirigí al retrete donde lo había visto, pero ya no lo encontré. La ventana estaba abierta. Mi abuela se quedó llorando a mi espalda.

—Vámonos —tenía los ojos rojos.

—Aquí estaba —aseguré—. No estoy mintiendo.

—Renata…

Al regresar a la mesa mi abuelo nos recibió con un reclamo. Mi abuela le pidió que nos disculpara y argumentó que se sentía indispuesta.

—Mujeres, mujeres —dijo con desdeño, se quitó los anteojos y se frotó los ojos con los dedos.

—Acabo de ver a Alan en el baño —dije y mi abuela me miró como si hubiese dicho una majadería.

—¿Y qué te dijo? —preguntó mi abuelo Günter con tranquilidad.

A diferencia de mi abuela Leticia, él se mostró interesado por saber más. Una curiosidad que me hizo dudar y cuestionarme si quería escucharme porque me creía o porque no me creía. Como la psicóloga con la que mis papás nos llevaban a mis hermanos y a mí.

—Me dijo que él estuvo presente el día que mi madre se quitó la vida —me sentí incómoda al hablar de eso. Sentí que me trataba como si estuviera loca.

—¿Qué más? —alzó las cejas.

—Nada más —me sentí intimidada—. En ese momento mi abuela entró al baño y ya no hablamos más.

Mi abuelo frunció el entrecejo. El mesero apareció con tres platos. Mi abuelo había ordenado por nosotras. Lo mismo para los tres: pescado a la veracruzana. Bajé la mirada y piqué el pescado con el tenedor. Luego, hice a un lado las aceitunas, los chiles y el pimiento morrón.

—¿Qué ocurre? —preguntó mi abuela.

—No me gustan las aceitunas ni el pimiento morrón ni…

—Ya has comido esto antes.

—Sí, pero no me gusta.

—¿Qué tan frecuentemente ves a tu hermano? —intervino mi abuelo, mostrando un evidente desinterés por lo que mi abuela estaba discutiendo.

—Desde que murió mi madre es la segunda vez.

—Desde que murió tu mamá… —se enderezó y suspiró.

La abuela Leticia seguía con los ojos rojos. No había probado su comida.

—¿Y antes de que muriera tu mamá? ¿Lo veías? Perdón, quiero decir: ¿Hablaban?

—Sí. Todos los días.

LAUREANO

Qui s'enfuit déjà. Oublier le temps,
des malentendus et le temps perdu.

Estabas ciego, Laureano. Ciego de amor. ¿Qué padre no se enamora de sus hijos? Los amabas a los tres por igual, pero tu esposa alegaba que eras diferente con Renata. Tal vez un poco más cariñoso porque ella era así contigo; además, fue con la que más tiempo compartiste. Cuando Alan e Irene nacieron, tú ya no podías estar tantas horas con ellos por cuestiones laborales. Pero con Renata fue muy distinto. Fue único. Jamás esperaste algo así. Renata era el mejor regalo que la vida te había dado: era tan ocurrente y alegre.

En una ocasión Sabina fue de viaje con sus papás. Me quedé con Renata, de cinco años. Era la primera vez que la tenía que cuidar yo solo. Jugamos con sus muñecas, a las escondidillas, coloreamos, fuimos al parque, regresamos, le leí un cuento, luego otro y otro. "Ya vamos a comer". No quiso el guisado que Sabina nos había dejado en el refrigerador. A comprar hamburguesas. Otra vez a colorear y a jugar con unas tarjetas.

"Ya me cansé, Renata", dijiste en la cama y ella pidió jugar al oso que perseguía a la niña por la casa. Al día siguiente, la llevaste a Tower Records y le compraste cuatro películas infantiles. ¿Cuántas veces le recriminaste a Sabina por no dedicarle tiempo a Renata? "No podemos dejar que la televisión la eduque", sermoneabas.

Un día la viste subir a la azotea, servir agua en una cubeta pequeña, ponerla sobre la barda y esperar. De pronto, gritó: "¡No hay nadie!", y dejó caer el agua. Sus víctimas fueron un par de misioneros mormones que iban predicando de casa en casa. No respondiste al timbre para no tener que ofrecer disculpas. Te divertía espiar a Renata mientras hacía travesuras. En otra ocasión, la viste intercambiar los contenedores del azúcar y la sal. "Esta sopa sabe dulce", dijo Sabina esa tarde. Te aguantaste la risa.

Alan, en cambio, era muy apegado a su madre y tú nunca sentiste celos. Quizá porque tú siempre sentiste más amor por tu madre que por tu padre, no sabes por qué, pero lo entendiste cuando nacieron tus hijos. Irene era callada e indiferente. No le gustaba que la besaran o la abrazaran. No estaba interesada en el cariño y tú lo comprendiste. Tu hermano menor era igual y creció sin problemas. Tu cuñada se quejó muchas veces de que él no era cariñoso, pero todos en casa le dijeron que así había sido desde niño.

Eran muy felices. O eso creías. *À savoir comment. Oublier ces heures. Qui tuaient parfois à coups de pourquoi le cœur du bonheur.*

Nunca le diste importancia a lo que Sabina te decía todas las noches: "Renata rompió los vasos por andar corriendo en la casa. Renata encerró a Alan en el baño. Me hablaron de la escuela para avisarme que Renata le dio de golpes a una compañera. Renata quemó toda mi ropa interior en la azotea. Renata esto. Renata lo otro".

Para ti eran simples travesuras. Tú mismo fuiste un niño muy travieso y veías en tu mujer a tu madre. Sabes que así debió haber sufrido contigo. "Es una niña", le dijiste tantas veces a Sabina. "Tenle paciencia". "Sí, como tú no tienes que lidiar con ella doce horas al día". No es que no quisieras, Laureano, no podías. Tu trabajo te había absorbido por completo. Eras el gerente y tenías que estar ahí desde las ocho o nueve de la mañana hasta las once, a veces doce. La empresa tenía pocos años de haberse recuperado de la crisis del 95 y de haber cambiado de dueños. Además, estaban entrando al mercado empresas norteamericanas que arrasaban con todo.

El licenciado Ricardo Azcona, uno de sus mayores vendedores de materia prima, te dio el pitazo de que los dueños de Grupo MBC pretendían vender Baños, cocinas y ferretería Viteri a The Home Depot, la cual ya había adquirido la cadena Total Home del grupo regiomontano ALFA, con tres tiendas en Nuevo León y una en la Ciudad de México; La cadena comercial Del Norte, con presencia en el estado de Chihuahua; y la cadena mexicana Home Mart, ubicadas principalmente en las zonas centro y sur del país.

Ustedes solos no eran competencia para ninguna de las mencionadas, pero treinta empresas de su tamaño sí lo eran y el objetivo de esa transnacional era devorarlas a todas.

"A Dávila lo liquidaron así nomás", te contó Azcona. "Ni siquiera le ofrecieron un puesto. Fue una buena liquidación, pero tú sabes que a los sesenta y cuatro años está cabrón que te contraten como gerente. Su argumento es que quieren gente fresca. Ya sabes, pendejos baratos que se empinen ante las órdenes de Gringolandia". "¿Y a ti te han hecho alguna oferta?". "Ni madres. Esos cabrones no quieren materia prima. Quieren el territorio y los clientes y a chingar a su madre los proveedores. ¿Sabes por qué? A huevo, para asfixiarlos y obligarlos a que les vendan tarde o temprano con sus condiciones. Pinche Carlos Salinas de Gortari nos vino a partir la madre a todos los empresarios mexicanos con su TLC. Tengo años tratando de exportar materia prima a Estados Unidos y ¿sabes cuál ha sido la respuesta de los gringos? Huevos. Huevos, pinche mexicanito. A ti nada más te queremos para que compres nuestros productos".

Después de esa plática, te quedaste muy preocupado por tu futuro laboral. Con tres hijos no sería fácil. Por un momento te arrepentiste de haberte apresurado con el matrimonio y la paternidad. Todavía eras muy joven. Sabina sin la carrera terminada no podría conseguir un buen empleo. Luego pensaste que estabas desperdiciando tu tiempo en renegar. Tus hijos eran todo para ti, Laureano.

Hablaste con el contador, Alfonso Leal, quien también estaba preocupado por la situación y luego de varios meses llegaron a un acuerdo: crearían su propia empresa. Contratarían a los mismos proveedores, los mismos fabricantes y los mismos distribuidores. Así cuando se vendiera Baños, cocinas y ferretería Viteri ustedes ya estarían preparados para continuar, pero como dueños.

En cuanto le platicaste a tu padre sobre tus planes, se alegró como no lo había hecho desde el 93, cuando comenzó la construcción de sus edificios. Te dijo que se sentía muy orgulloso de ti y que estaba dispuesto a volverse socio inversionista. "Podríamos invitar a varios amigos a invertir", te dijo muy fervoroso. "Llámales, papá", le respondiste. Era la primera vez en más de una década que tu padre se entusiasmaba con un negocio. Después de la devaluación, él había caído en una depresión tan atroz que no quiso invertir un peso más.

Dos meses más tarde, Felipe Calderón ganó las elecciones más reñidas de la historia. Andrés Manuel López Obrador lo acusó de fraude electoral y bloqueó la avenida Reforma. Varios economistas y actuarios vaticinaron una nueva devaluación, decían que ésta vendría de Europa y Estados Unidos. Casi todos tus socios se echaron para atrás con el nuevo proyecto. Tuvieron que posponer el inicio de la empresa un año hasta conseguir nuevos socios.

Mientras tanto en Baños, cocinas y ferretería Viteri todo seguía igual. No había pronósticos de compras ni de despidos. Alfonso Leal y tú se mantuvieron en un perfil bajo. Finalmente, no habría riesgo hasta que se llevara a cabo la venta de la empresa. Tenían trabajo y eso ya era bastante.

Ese cabrón y tú eran muy buenos amigos. Solían irse a comer y a cenar con los clientes todos los días, a lugares excesivamente caros, que finalmente le facturaban a la empresa, lo cual incluía borracheras y, con frecuencia, visitas a prostíbulos de alto nivel. No conoces un solo gerente que no haga lo mismo en este país. Aun así, eso no se compara con lo que facturan los políticos. Esos hijos de la chingada sí se saben dar la gran vida: viajes a Europa, Asia, Australia; hoteles cinco estrellas, jets privados, limosinas, yates, helicópteros, botellas de vino de quince mil pesos y putas de treinta mil pesos. No se andan con mamaditas, como ustedes, directivos de segunda. Lo sabes perfectamente porque tenías las cuentas de cuatro delegaciones en el D.F. y de tres municipios del Estado de México. Les pedían que remplazaran sus baños cada año, lo cual no era necesario. Y no sólo eso: facturaban mucho más de lo que cotizaban. Ahí está el ejemplo de las toallas de Fox, que por supuesto ustedes no facturaron. Aunque no pudieron darse tantos lujos, nunca les faltaron mujeres hermosas. Para ti el sexo ocasional jamás ha tenido valor. Es como una costosa copa de vino, un buen postre. Nada como el platillo principal, el cual estaba en casa, con tu esposa, con tus hijos. Esas mujeres únicamente te servían para liberarte del estrés, frustraciones y enojos. Por eso llegabas tranquilo a casa, sin deseos de discutir.

La única vez que tuve una amante fue poco después de que naciera mi tercera hija. La situación en casa se había vuelto insoportable. Sabina se había empantanado en la neurosis. Se quejaba de todo y lo que hiciera la irritaba. Nada de lo que intentara solucionaba la situación. No pretendía tener una amante, ni la había buscado. Todo se dio de pronto. Una noche de inventario, Tania, tu secretaria, se quedó contigo hasta el final. Les dieron las dos de la mañana, la llevaste a cenar. El lugar estaba vacío. Bebieron dos botellas de vino y terminaron en un hotel.

A la mañana siguiente, Sabina te contó que Renata había reprobado en conducta y te exigió que hablaras con ella. No le diste importancia, te subiste al coche y manejaste rumbo a la escuela. Renata, como siempre, habló sobre sus amigas en la escuela y tú la escuchaste con atención. Te gustaba que te contara sobre sus cosas. Tú casi no hablabas.

Regresaste a casa y dormiste tres horas más. Al despertar, Sabina te recriminó por haber llegado en la madrugada. Le explicaste que habían tenido inventario. Luego te fuiste a la oficina. Al llegar, Tania y tú se cruzaron en uno de los pasillos y se miraron detenidamente. Sentías culpa. Era muy tarde, por cierto. Llegaron como a mediodía, lo cual no era raro: muchas veces tenías reuniones en restaurantes en la mañana y ella te acompañaba.

Cuando la viste, no supiste qué decir. Te sentías avergonzado. No era como haber conquistado a una compañera de la escuela. Ella era tu empleada más leal, arruinaste algo muy valioso. Entraste a tu oficina y evitaste llamarla. Sabías que eso ocurriría en cualquier momento, pero hiciste tu mayor esfuerzo. Finalmente, la tuviste que llamar a las cuatro de la tarde. Ni siquiera saliste a comer con tal de no verla.

"Dígame", licenciado, se mostró indiferente. Le pediste que buscara unos archivos y que te los llevara lo más pronto posible. Te los llevó en cinco minutos y se quedó ahí, de pie, mirándote. Le preguntaste si necesitaba algo más y te respondió que estaba esperando que le dieras otra orden.

Te quedaste sin palabras. Ella era siempre así, pero en esa ocasión lo sentiste como una indirecta. La miraste en silencio. No había en sus ojos un deseo apasionado. No era lo que esperabas. Te gustaba mucho, mucho. Era una joven muy hermosa de ojos grandes, color miel, cabello ondulado, esbelta, inteligente, alegre. Muy diferente a la mujer malhumorada que vivía en tu casa.

Era una comparación muy cruel. Tu secretaria era una jovencita de veinticuatro años y tu esposa era una mujer que había parido tres hijos, y estaba sufriendo la maternidad y el abandono de sus sueños profesionales.

Tania fue discreta. No hablaron sobre lo ocurrido por más de una semana. No te atrevías. Te quedaba claro que debías hacerlo, pero te preocupaba que ella exigiera un compromiso o que intentara extorsionarte. Sabía dónde vivías, conocía a tu esposa y tenía todos los medios para arruinarte con los dueños de la empresa.

Una tarde, al salir de la oficina, le pediste que te acompañara, sin explicarle a dónde. No era la primera vez que le pedías algo así. Si tenías alguna reunión importante o una comida con proveedores o clientes, ella estaba ahí para tomar notas, dar informes, responder con datos concretos. Amabas su eficacia.

Detuviste el coche diez cuadras adelante y te dirigiste a ella con seriedad. Le dijiste que te sentías apenado por lo sucedido la noche del inventario, que no querías que se sintiera acosada y le prometiste que no volvería a ocurrir. "No sé de qué me está hablando, licenciado", respondió seria. "Esa noche estuve en casa". Encendí el auto y manejé en silencio, directo a un hotel. Ella no se inmutó. Apenas cruzamos la puerta de la habitación cambió por completo: me besó ardientemente, me quitó la corbata y me desabotonó la camisa. El sexo con Tania me gustaba más que con prostitutas. Con ella era personalizado, íntimo, peligroso. Era como coger sobre una cama llena de dinamita.

Su relación en la oficina no cambió en absoluto. Jamás despertaron sospechas. En el trabajo, Tania era eficiente, puntual, proactiva, analítica, intuitiva; en la cama era pasional, creativa, impredecible, a veces ruda, pero jamás romántica. Tampoco preguntaba sobre tu familia o tu vida sexual con tu esposa. Era la amante que todo hombre busca.

En muchas ocasiones tuve el deseo de preguntarle por qué era así conmigo, o si era así con todos sus amantes, pero no me atreví, pues estaba consciente de que, al hacerlo, me comprometía a responder a sus preguntas. A pesar de que nunca lo pusimos sobre la mesa, llegamos al acuerdo de no invadir nuestras vidas fuera de la oficina y la cama. Ignoraba si tenía novio o si vivía en unión libre. No sabía cuántos hermanos tenía. Desconocía sus gustos musicales, deportivos, artísticos o de moda. Siempre la vi con faldas, blusas, sacos formales y tacones. Me resultaba difícil imaginarla en ropa deportiva o una camiseta barata y jeans. De lo poco que sabía de ella era que estaba por terminar la carrera de administración de empresas. Los miércoles y sábados eran sus días intocables.

Un día, en un hotel, le preguntaste cuándo terminaría la carrera y te respondió que sólo le faltaban tres materias. "¿Y qué piensas hacer después?". "Tomaré una maestría y luego un doctorado". "Eres imparable". "Por eso no tengo novio ni hijos", dijo orgullosa. Hasta ese momento comprendiste porque que te sentías atraído hacia ella. Era igual a Sabina diez años atrás. "No te cases", dijiste sin pensarlo. "No lo haré", apretó los labios con orgullo al mismo tiempo que negaba con la cabeza. "Ahora entiendo por qué eres así conmigo". Sin responder, Tania se levantó, recogió su ropa del piso y se vistió. Te quedaste en la cama, contemplando su esbelto cuerpo desnudo, sin estrías ni celulitis ni lonjas. Te sentiste terriblemente mal por Sabina. Mientras tú andabas de cabrón, ella estaba viviendo una vida que no había buscado. Te culpaste por haberla condenado a la maternidad. Pensaste entonces que todavía estabas a tiempo de construir un mejor futuro. "Está será nuestra última vez", le dijiste a Tania. "Como tú quieras", respondió como si le hubieses preguntado si quería comer hamburguesas o *pizza*.

Al llegar a casa, hablaste con Sabina. Le pediste perdón sin darle explicaciones. Ella se mostró preocupada.

Preguntó qué te había ocurrido. Respondiste que sentías remordimientos por haberle impedido alcanzar sus objetivos profesionales. "Pero tenemos esto", señaló a los niños que veían televisión en la sala. "Tú querías ", dije y me interrumpió: "Uno siempre desea cosas, pero eso no significa que deba querer lo mismo toda su vida. Si no estás dispuesto a cambiar tus convicciones jamás, no estás preparado para la evolución. Se aprende con el tiempo". Entonces agregué: "Tienes razón, sólo que te escucho todas las noches y me da la impresión de que no eres feliz". "Soy feliz", sonrió Sabina y me acarició el rostro. "Educar a nuestros hijos no ha sido tarea sencilla. Especialmente con la más traviesa, pero tú lo has dicho muchas veces: son niños y algún día crecerán y extrañaremos sus travesuras". "Te he abandonado", dije. "Es parte de la paternidad", respondió con dulzura. "Quiero que regreses a la universidad", insistí. "No puedo", respondió tajante. "Sí puedes. Pagaremos una guardería o una niñera. Hay nuevos planes de estudio en los que puedes estudiar dos días a la semana. Me comprometo a llegar a las cinco de la tarde todos los días para que vayas a la escuela en la noche". "No vas a llegar. Tú sabes que el trabajo no te lo permitirá". "Contratamos dos niñeras. Para que el día que no pueda llegar una, venga la otra". "No es sólo el tiempo de clases. Sabes que también necesito tiempo para las tareas". "¿No quieres?". "Sí, pero no es tan sencillo. Si ya esperé tantos años, puedo esperar dos o tres más a que Alan e Irene entren al kínder. Entonces ya podré aprovechar el tiempo en la mañana". "Hay muy buenas guarderías". "Sí, pero cuestan dinero". "Nos alcanza". "No, porque cuando comiences con la nueva empresa vamos a tener que reducir los gastos. Bien sabes que cuando se inicia un negocio se debe ahorrar al máximo los primeros años".

No lograste convencerla. Pero a partir de esa noche su matrimonio recuperó su brío. Cuando querían tener sexo, llevaban a los niños con tu cuñada Fátima, con tus suegros o con tus papás y se iban a bailar, a cenar o al cine y luego a un hotel. Nunca en la casa para que ella no pensara en los niños.

En una de esas ocasiones, Fátima llamó para avisarles que Alan se había caído de las escaleras y se había roto una ceja. Sabina perdió el deseo sexual y tuvieron que salir del hotel, en el cual apenas llevaban veinte minutos, a pesar de que tu cuñada les había asegurado que el niño ya estaba bien.

Al llegar a casa de Fátima, Sabina se apresuró a revisar a Alan. Lo abrazó y lo besó. "Pobre de mi niño", dijo. "Renata lo empujó", dijo Irene. Sabina soltó a Alan y se fue contra Renata: la zangoloteó y le reclamó por lo que había hecho. Todo fue tan rápido que cuando reaccionaste, Sabina ya le había dado tres cachetadas. Lograste detenerla antes de que le diera otra. "¡Tiene siete años!", le gritaste sosteniéndola del antebrazo. "Son niños. Juegan, corren, se empujan". "¡Ya no la soporto!".

Renata se fue corriendo escaleras arriba. Fuiste tras ella y Sabina te gritó que no la consolaras. Entraste a una de las recámaras y la encontraste escondida debajo de la cama. "Dime la verdad. ¿Empujaste a tu hermano?", dijiste arrodillado para verla. "Fue un accidente". "¿Lo empujaste?". "Sí, pero fue un accidente. Bajamos corriendo, él me estaba molestando y lo empujé para que no me pellizcara".

Bajaste a la sala y le explicaste a Sabina lo sucedido, pero ella respondió que Irene, Alan y tus dos sobrinas le habían contado que bajaron corriendo, pero que no iban jugando ni discutiendo, que Renata lo empujó de pronto. No supiste qué decir. Eran cuatro testimonios contra uno.

De regreso a casa, Sabina no habló para nada. Se fue en el asiento de atrás con Alan e Irene. Renata iba adelante. "Tengo hambre", dijo Renata, pues debido al incidente no habían cenado. "Pues te aguantas", respondió Sabina muy enojada. Renata comía muy poco, casi nada, y que dijera que tenía hambre era significativo. "Tengo sed", dijo Alan minutos después. "¿Te puedes parar en una tienda para comprar algo de beber?", dijo Sabina. "No. Que se aguante", dijiste molesto por aquella injusticia. "¡Párate en una tienda, con un carajo!". "¡Ya dije que no!".

Al día siguiente, los niños jugaban en la sala como si nada hubiese ocurrido. Sabina y yo permanecimos enojados por más de dos semanas. Nos dirigíamos la palabra únicamente cuando era estrictamente necesario. Dejamos que el tiempo transcurriera hasta que todo volvió a la normalidad.

Una tarde en medio de una junta con proveedores, Tania te interrumpió para informarte que tenías una llamada urgente. "Te dije que no me pasaras llamadas". "Es su esposa, licenciado", Tania se veía perturbada. "Dice que es extremadamente urgente". Te disculpaste con los proveedores y saliste enojado. Lo primero que pasó por tu cabeza fue: "Ahora con qué pendejada me va a salir Sabina".

Mientras caminabas entre los cubículos notaste a Tania muy tensa. "¿Qué te dijo mi esposa?", la miraste sin detenerte. "Yo…". Viste sus ojos rojos. "No le puedo decir, licenciado… Es…".

Entraste a tu oficina y levantaste el auricular: "¿Qué pasó, Sabina?". "¡Alan está muerto!", lloraba exasperada. Apenas si se le entendía. Enmudeciste por varios segundos, con el teléfono en la mano a la altura de tu pecho. Sentiste un nudo en la garganta, mucho escalofrío y un enorme vacío. Como si de pronto se te hubiese ido toda la sangre a los pies. Comenzaste a temblar. Cuando te diste cuenta, tus ojos ya estaban llenos de lágrimas. Tania estaba a tu lado, observándote, ella igual, con llanto en las mejillas. "¿Qué pasó?", pregunté tratando de mantener la cordura. "¡Mi bebé está muerto!", gritó y escuché el golpe del aparato caer al piso. Le pedí a Tania que enviara una ambulancia a mi casa.

Había mucho tráfico. Marcaste a casa mientras manejabas, pero Sabina no respondía; entonces, llamaste a la oficina y le preguntaste a Tania si ya había llegado la ambulancia. Te respondió que estaban en camino. "¡Llama a mi casa! Mi esposa no me responde. Mantente en contacto conmigo cada dos minutos. Y a los provee…". "Ya les dije que usted tuvo que salir de emergencia". "Gracias". "Licenciado…". "Dime". "Lo siento mucho", dijo con la voz quebrada.

Circuito estaba un poco más fluido de lo común. Te bajaste en calzada De los gallos y cortaste por calzada Camarones. Tania estuvo en contacto. "¿Ya llegó la ambulancia?". "No". "Llamé a la Cruz Roja y al ERUM, pero me dicen que no tienen ambulancias disponibles". "¡Habla al hospital privado más cercano a mi casa y a la policía!".

Minutos después Tania te volvió a llamar. "Me avisaron de la Cruz Roja que ya llegaron, pero que nadie les abre la puerta". "Diles que me esperen, estoy a tres cuadras".

Cuando llegaste, los paramédicos (dos hombres y una mujer) estaban esperando en la banqueta con su equipo de rescate, camilla y tanque de oxígeno. Entraron y gritaste el nombre de Sabina varias veces. Subieron al segundo piso y encontraron a tu mujer llorando desconsolada, sentada en la tina del baño, con el agua hasta el tope y con Alan desnudo en brazos. Irene, también desnuda, lloraba asustada, en la entrada.

Aún no lograbas entender qué había ocurrido. Los paramédicos intervinieron: sacaron al niño, lo acostaron sobre la tabla y lo llevaron a la recámara. Le revisaron pulso y vías respiratorias. La mujer envolvió a Irene en unas sábanas y la sentó en la cama. "¡Alan!, ¡Alan! ¡Responde!", gritaste. "Señor, necesitamos que se mantenga en calma", dijo la mujer. "¡¿Por qué no le dan respiración de boca a boca?!", reclamaste. "Están haciendo su trabajo", te respondió la paramédico.

Sabina apareció empapada en la puerta de la recámara. Los rescatistas se pusieron de pie sin haber realizado una sola maniobra. "¿Qué ocurre?", preguntaste. "¿Por qué no hacen algo?". "Lo lamento", señor, dijo uno de los paramédicos al mismo tiempo que se quitaba los guantes de látex. "Ya no hay nada qué hacer". "¡¿Cómo que no pueden hacer nada?!", grité. "¡Nada más lo acostaron en esa tabla! ¡Hagan algo, cabrones!", lloré desesperado. "¡Pónganle oxígeno! ¡Resucítenlo! ¡Denle descargas eléctricas!". Oh, cuánto duele recordar, Laureano. "Señor, lo lamento mucho. Las maniobras de reanimación ya no van a servir de nada. Su hijo lleva mucho tiempo sin signos vitales. Está muerto, pero nosotros no podemos declarar la defunción legalmente. Tenemos que llamar al Servicio Médico Forense".

Ne me quitte pas… Ne me quitte pas… Ne me quitte pas… Ne me quitte pas… Moi je t'offrirai. Des perles de pluie venues de pays où il ne pleut pas. Je creuserai la terre jusqu'après ma mort.

Hasta ese momento observaste con un poco de sosiego el rostro de Alan: gris, como cenizo, sus labios morados y sus ojos hinchados. "Hágalo", le respondiste al paramédico. "Lamento mucho su pérdida", dijo el hombre y luego llevó la mano derecha a la extensión del radio que llevaba prendida a la charretera de la camisola, sobre su hombro izquierdo y habló en claves: "Cuarenta y cinco a Central". "Adelante, cuarenta y cinco", respondió una voz en el radio. "Catorce en la diecinueve. Envíe una RP. Dieciocho". Nunca pudiste olvidar esas claves, Laureano. Las repetiste todo ese día, toda esa noche y toda esa semana: "Cuarenta y cinco a Central. Catorce en la diecinueve. Envíe una RP. Dieciocho. Catorce. Catorce. Catorce. Catorce".

Sabina se acostó junto a tu hijo y tú te arrodillaste ante ella. Pronto llegaron policías, peritos y la SEMEFO. Los interrogaron. En cuanto les dijiste que habías estado en la oficina en el momento del accidente, se enfocaron en Sabina. "Los estaba bañando cuando sonó el teléfono. Le pedí a mi hija mayor que los cuidara, pero no me escuchó porque tenía puestos esos malditos audífonos. Cuando regresé a la recámara, encontré a mi hijo ahogado en la tina". "¿Dónde está su hija?". "¿Cuál de las dos?". "La mayor".

Hasta ese momento se dieron cuenta de que Renata no estaba. La buscaste por la casa y la encontraste debajo de su cama. Te pusiste de rodillas y le hablaste, pero no respondió. Estaba abrazando una muñeca. La jalaste del brazo y la sacaste. No reaccionó. Renata. Háblame.

Los paramédicos entraron y la examinaron. "Esta niña tiene una crisis nerviosa. Todos reaccionamos de forma distinta. Hay gente que durante una crisis llora, grita, hiperventila, pero otras personas responden de la forma contraria, como este caso". "¿Qué es lo que debemos hacer?", preguntaste con desaliento. "Tenemos que llevarla a un hospital para que un médico determine si necesita atención psicológica o psiquiátrica".

Uno de los policías se acercó y te informó que tendrían que llevarse detenida a tu esposa. "¡Fue un accidente!", exclamaste estremecido. "Así es el protocolo, dijo el oficial. Sólo que tenga otro". "Deme un minuto, voy a llamarle al delegado de Azcapotzalco, somos amigos". Baños, cocinas y ferretería Viteri tenía la cuenta de Azcapotzalco, por lo tanto, el delegado no se negó a brindarte su apoyo en cuanto le contaste sobre la tragedia. "Usted no se preocupe, licenciado Hoffman. Imagino por lo que debe estar pasando. Lo que menos necesita es lidiar con la burocracia. Usted deje todo en mis manos. Yo me encargo de que se les dé un trato justo y respetuoso. Deme unos minutos para hacer unas llamadas. No se mueva de ahí".

Minutos más tarde el policía te informó que no se llevarían detenida a Sabina, pero que era indispensable acudir al Ministerio Público para hacer una declaración. Entonces llamaste a tu abogado, a tus padres, a tus suegros y a tu cuñada. A Irene se la llevaron Fátima y Álvaro, y a Renata tus padres la internaron en un hospital.

Los siguientes días dormiste muy poco debido a todos los trámites legales, el funeral, visitas al hospital y a la casa de tus cuñados para ver a tus hijas y a Sabina destrozada. Los dueños de la empresa te dieron un mes de descanso, pagado, con lo cual te sentiste una mierda por intentar robarles proveedores y clientes en cuanto crearas tu empresa. Así que hablaste con tus socios y les dijiste que no podrías continuar con el proyecto. Tu argumento principal fue que con la muerte de tu hijo no te sentías en condiciones para emprender un nuevo negocio. Ellos decidieron seguir sin ti.

Sepultaron a Alan cuatro días después. Al séptimo fuiste al hospital a ver a Renata. La encontraste parada frente a la ventana, mirando hacia el estacionamiento. Su habitación estaba en el sexto piso. Te acercaste a ella y dijiste su nombre. No respondió. Jalaste el sillón ubicado en la esquina y te sentaste junto a ella. "Renata", dijiste con tono suave. "Tengo que decirte algo…". Giró la cabeza y te miró sin hablar. "Alan…", no pudiste continuar. Sentiste deseos de llorar. "Alan no quiere hablar", dijo Renata.

Un escalofrío recorrió todo tu cuerpo. Era la primera vez que Renata hablaba desde la tragedia. Miraste al doctor de pie junto a la cama. Te hizo señas de que continuaras con la conversación. "¿Por qué?", preguntaste. "No sé. Lleva varios días sentado ahí, sin hablar", señaló el sillón en el otro extremo de la habitación. "¿Y qué ha comido?", preguntó el doctor. "Mi comida. Se la doy cuando las enfermeras se van". "¿Y tú por qué no querías hablar?", continuó el doctor.

Permaneciste en silencio.

"Alan y yo hicimos una apuesta para ver quién aguantaba más tiempo sin hablar, pero yo perdí". "¿Por qué?", el médico se mantuvo tranquilo. "Me aburrí. No quiero estar en este lugar. Toda la gente llora y se queja". "¿Quieres ir a casa?", preguntaste con lágrimas. "Sí". "¿Y qué dice Alan?", cuestionó el doctor. Renata miró hacia el sillón y permaneció en silencio. Luego se dirigió al doctor. "Está callado, sonriendo. Se está burlando de mí". "¿Por qué crees que se está burlando de ti?". "No sé". "Siempre se burla de mí. Creo que en este momento se está burlando porque perdí la apuesta". "¿Y qué apostaron?". "Que el que perdiera iba a obedecer al otro todo el tiempo". "¿Quién dijo eso?". "Los dos". "No. Tuvo que ser idea de uno", insistió el médico. "Fui yo". "Propongo que cumplas con tu parte del trato y que demos por terminado este juego. Así Alan hablará con nosotros y ustedes podrán volver a casa". "¿Ya escuchaste, Alan?". "Creo que no quiere hablar con ustedes. Sólo conmigo". "Me parece perfecto. Ya pueden irse a casa y mañana nos vemos aquí para seguir con otro juego". "¿Cuál juego?". "El juego del niño invisible". "¿Y quién será el niño invisible?". "¡Alan!". "¿Por qué él?". "Porque él ganó el juego anterior".

Te sentiste sumamente consternado, Laureano.

"Dice Alan que sí quiere jugar", dijo Renata. "Perfecto", respondió el médico. "Le diré a una enfermera que te traiga tu ropa para que te cambies. Mientras tanto iré por unos dulces para ti y para tu hermano".

Salimos de la habitación y caminamos al consultorio. "Doctor, no creo que sea buena idea que me lleve a Renata en estas condiciones", dije en el pasillo. "Su hija está en un estado de negación. Es muy probable que ella haya presenciado la muerte de su hermano. Tal vez no. No lo sabemos aún. Quizá lo que le impactó fue ver a su madre llorando en la tina del baño con el cuerpo de su hermano. Debemos averiguar qué fue lo que detonó esta psicosis en su hija o si únicamente está fingiendo". "¿Fingiendo?, pregunté con incredulidad. ¿Usted cree que esté fingiendo?". "No lo sé. Debemos averiguarlo. Pero tampoco podemos decirle así, de golpe, que su hermano murió ahogado. Podría provocar algo peor, ¿me entiende? Creo que sería mejor que ella confronte la realidad, poco a poco. Que llegue a casa y vea que su hermano no está". "¿Y si no se da cuenta de eso?". "Por eso quiero que la traigan mañana. Desafortunadamente, este tipo de casos toman mucho tiempo. No es tan sencillo curar a pacientes como ella". "¿Cuánto tiempo nos tomaría?". "Podrían ser años". "Necesito informarle a mi mujer sobre esto". "Ahí está el teléfono". "¿Cree que sea buena idea hacerlo por teléfono?". "Su mujer lo entenderá. Estoy seguro de que lo que más quiere en este momento es tener a sus dos hijas con ella". "No sé", titubeé. "La relación entre ambas no ha sido muy, ¿cómo le explico…? Renata es una niña muy traviesa y…". "Estoy seguro de que todo eso ha quedado atrás. Su esposa necesita a sus dos hijas. Tener a Renata en casa le ayudará a recuperarse del deceso de su hijo".

Al informarle por teléfono a Sabina sobre lo ocurrido, ella no respondió. "¿Estás ahí?", insististe. "Sí", respondió con indiferencia. "Vamos para allá", finalizaste la llamada.

En el camino Renata habló mucho, como si nada hubiese ocurrido. Se veía alegre. Cuando le preguntabas por Alan, ella decía que él no quería responder. Supuestamente él iba en el asiento trasero. Al llegar a casa, Sabina no los recibió. Hubo absoluto silencio en casa. Renata se fue a su recámara como si hubiese regresado de la escuela. Fuiste a tu habitación y encontraste a Sabina acostada con Irene. Te acostaste junto a ella y le hablaste. No respondió. Así había estado desde la muerte de Alan. "Renata está en su cuarto", susurraste para no despertar a Irene. "No me importa", respondió.

Te fuiste a la cocina e hiciste de comer una sopa instantánea y bistecks asados. En la comida, Sabina estuvo callada. Renata por su parte habló más de lo común. Habló de la escuela, sus amigas y lo que supuestamente ella y Alan hacían en el hospital cuando estaban solos en la habitación: "Entonces Alan y yo nos escondimos debajo de la cama", se rio. "La enfermera nos buscó en el baño y…".

Sabina se puso de pie y le lanzó el plato de comida: "¡Ya cállate, con un carajo!". Le sangró la frente. Evitaste discutir. Sabías que no era el momento adecuado. Sabina cargó a Irene y se fue a la recámara. Renata lloró. Te apresuraste a taparle la herida con una servilleta y a llevarla a la cocina para limpiarla y curarla. Luego la llevaste a su recámara y te acostaste junto a ella hasta que se quedó dormida.

Más tarde fuiste a tu habitación. Sabina estaba acostada abrazando a Irene. "¿Podemos hablar?", pregunté. "No", respondió tajante. Me salí y me fui a la sala. Abrí una botella de coñac y me serví en un vaso. Bebí hasta quedarme dormido.

A la mañana siguiente, Renata te despertó. "Tengo hambre", dijo. Le preparaste un huevo y un vaso de leche con pan dulce. Se comió la mitad del huevo, la mitad del pan y tomó la mitad del vaso de leche. Como siempre, se tardó más de hora y media. Tenía años comiendo así. Casi todo le daba asco. Al terminar fuiste a la recámara y encontraste a Sabina hablando con Irene. En cuanto te vio preguntó si Renata ya había terminado de comer. Apenas le dijiste que sí y que ya estaba en su recámara, ella se puso de pie y se fue a la cocina con Irene en brazos.

"¿Me puedes explicar qué es lo que te está ocurriendo?", cuestionaste molesto. "No quiero hablar del tema", caminó sin mirarte. "Tenemos que hablar", la seguiste. "No en este momento". "¿Por qué?". "Porque no quiero".

Le avisaste a Renata que era tiempo de ir con el doctor. "¡Alan!", gritó Renata de pronto. "¡Ya puedes salir! ¡Vámonos!". Verla actuar de esa manera era un tormento, Laureano.

"Renata, quiero que entiendas a tu mamá", le dijiste mientras ibas manejando rumbo al hospital. Para ella es muy difícil todo esto. "¿Qué?", preguntó sin preocupación. "Lo que está sucediendo con Alan". "¿Ya oíste, Alan?", se asomó entre los dos asientos delanteros para *ver* a su hermano.

En la sala de espera del hospital, Renata impidió que una mujer se sentara argumentando que el lugar estaba ocupado por su hermano. El psiquiatra los recibió en una sala acondicionada para niños. "Renata, quiero que tú y Alan escojan el juguete que más les guste y lo traigan aquí", dijo el doctor. "Alan no quiere jugar con juguetes", respondió Renata. "¿Por qué?". "Dice que usted prometió que hoy jugaríamos al niño invisible, y que si toma un juguete usted podrá ver dónde está, porque el juguete no se hará invisible". "¡Ya me descubrieron!", respondió el doctor como si estuviese bromeando. "Dice Alan que sabía que el juego ya había comenzado". "Alan es muy astuto", agregó el médico. "Más de lo que todos creen", Renata frunce el ceño. "¿Cómo les fue ayer al volver a casa? ¿Mamá se puso contenta?". "No. Estaba muy enojada. Hasta me lanzó un plato de comida en la frente".

"Fue una situación difícil para mi esposa, interviniste. Ella…". "No se preocupe, entiendo", respondió el médico y siguió hablando con Renata. "¿Sabes por qué estaba enojada tu mamá?". "Porque Alan no le quiere hablar". "Tiene razón. ¿No crees que como juego ya fue suficiente? Eso mismo le he dicho a Alan desde ayer, pero no me hace caso. Está enojado. Dice que ya no quiere hablar con nadie". "¿Te ha dicho por qué está enojado?". "No".

Al terminar la sesión hablaste en privado con el psiquiatra, quien te dijo que había dos formas de tratar a Renata: internándola o llevándola a terapia dos o tres veces por semana. "Cualquier decisión que tomen es importante que la platiquen con calma", dijo el médico. "Porque de eso dependerá el futuro de su hija".

Saliste con la sensación de que llevabas contigo a una loca incurable. Quisiste detenerte, llorar, abrazarla y prometerle que todo iba a estar bien, pero no sabías ni cómo empezar. Ella parecía no estar consciente de lo que le estaba sucediendo. Por un instante pensaste en decirle ahí mismo que su hermano estaba muerto y que lo que ella estaba viendo eran tan sólo alucinaciones suyas. Concluiste que, si ya estaban en el hospital, los doctores la podrían atender en caso extremo. Pero no ibas a hacer nada de eso, Laureano, sólo eran ideas que comenzaron a circular por tu mente desesperada.

"Te voy a pedir un favor", Renata, dijiste cuando ibas manejando de regreso a casa. "Quiero que en estos días seas muy, muy respetuosa con tu mamá. Estoy hablando en serio. Si te llama la atención, no le respondas. Si te pide que hagas algo, obedece, hazlo rápido. Te lo suplico". "¿Y por qué nada más me lo dices a mí?", reclamó. "Díselo también a Alan".

¿Qué fue más doloroso para ti, Laureano: que te recordara a Alan cada cinco minutos o saber que tu hija estuviera perdiendo la cordura? Te preocupaste por Sabina. No te quedaba duda de que ella, definitivamente, no aguantaría mucho.

"Les voy a pedir que cuando lleguemos, se vayan directo a sus cuartos y no hagan ruido. ¿Me escucharon?". Oh, Laureano, qué martirio tener que hablar así.

Al llegar a casa, Renata entró directo a su recámara, tal cual se lo pediste. Sabina salió de la casa y te pidió que la siguieras. Caminó apurada hasta la banqueta, se detuvo súbitamente y se dirigió a ti con desesperación. "¡No la quiero aquí!", espetó en tono brusco. Había odio en sus ojos. "¡¿Qué?!", miraste en varias direcciones. "Ya te lo dije: ¡No la quiero en mi casa!". "¡¿Por qué?!". "Porque ella mató a mi bebé", su rostro se comprimió y de sus ojos brotaron dos abundantes hilos de llanto. No habías pensado en esa posibilidad, Laureano. Lo primero que llegó a tu mente fue que Sabina la estaba culpando injustamente. "¿Cómo se te ocurre eso?". "¡Me lo acaba de decir Irene!", exclamó. Sentiste que se te desgarraban los músculos de las piernas. "Irene me acaba de decir hace veinte minutos que Renata le metió la cabeza a Alan en el agua. Así con esas palabras: ¡Renata le metió la cabeza a Alan en el agua!".

RENATA

Papá apareció en casa de los abuelos al día siguiente. Tenía ojeras, barba, el cabello largo y una gabardina vieja. Antes de la muerte de mi madre nunca lo había visto así. Lo abracé fuertemente. Me sentí más alta. Caminó a la sala y yo junto a él, amarrada a su cintura. Nos sentamos. Traía aliento alcohólico y un concentrado olor a tabaco, por lo cual mi abuelo lo regañó como si le estuviese hablando a un adolescente. Papá se mantuvo en silencio. Hubo un instante en el que se dedicó a quitarse las lagañas con el dedo índice.

—¿Me estás escuchando? —preguntó mi abuelo con molestia.

—*Ja, Herr Günter* —se llevó las manos a la boca como quien se dispone a rezar, al mismo tiempo que levantó el rostro hacia el cielo y cerró los ojos.

—¿Quieres que te prepare algo de desayunar? —preguntó mi abuela con tono cariñoso.

—Son las dos de la tarde, mujer —la regañó mi abuelo.

—¿Crees que no lo sé? —contestó mi abuela con abatimiento—. Pero por el aspecto que trae tu hijo, te puedo asegurar que no ha probado bocado en todo el día. Es más, creo que se acaba de despertar.

—Ya dejen de pelear —mi papá se puso de pie—. Renata, ve por tus cosas que ya nos vamos.

Ése fue uno de los momentos más felices de mi vida. Corrí a la recámara, mientras repetía en mi cabeza: *Sí, sí, sí, ya me voy de aquí*. Saqué mi ropa del armario y sin doblarla la guardé en la pequeña maleta que me habían llevado mis tíos días después del funeral. Ni siquiera revisé en los cajones si estaba dejando algo. Antes de bajar las escaleras escuché que mi abuela le preguntaba a papá a dónde me llevaría, a lo que respondió: *Mientras tanto, al departamento que renté*, lo cual me causó preocupación. Deduje que no estaba viviendo en nuestra casa, pero eso de *mientras tanto* me generó muchas dudas. Tuve miedo de que pretendiera enviarme a un internado.

—Ya estoy lista, papi —dije en la entrada de la cocina, con mi maleta en la mano.

—Dales las gracias a tus abuelos y despídete —mi papá seguía con la misma actitud distante conmigo.

Obedecí y mi abuela Leticia me abrazó y lloró. Mi abuelo Günter se mantuvo distante. Sólo hasta que me acerqué se mostró un poco cariñoso. Al llegar a la calle, noté la presencia de un *vocho* amarillo que tenía en la puerta un rótulo de *taxi* desvanecido detrás de una espantosa mancha de pintura embarrada con brocha gorda.

—¿Y el coche, papá? —busqué con la mirada el auto familiar.

—Es ése —caminó sin mirarme.

—¿Esa chatarra? —pregunté al ver el Volkswagen.

—Si no te gusta, puedes quedarte —continuó avanzando.

Lo seguí en silencio.

—¡Llámame cuando lleguen! —gritó mi abuela desde la puerta.

Los primeros diez minutos no supe qué decir. Me sentía preocupada por lo que había escuchado antes de bajar las escaleras. Papá no decía una palabra.

—¿Cómo estás? —pregunté cuando nos quedamos estancados en el tráfico.

—Muy triste —bajó la cabeza.

Estuve al borde de las lágrimas al ver su rostro demacrado.

—¿Dónde está Irene?

—Internada en un hospital psiquiátrico —respiró profundo y lento.

—¿Por qué?

Papá me observó con enojo y luego dirigió su mirada al frente. El tránsito circulaba con lentitud.

—Ella vio cuando tu mamá se disparó —apretó los labios.

Imaginé la escena.

—¿Y tú? —pregunté intrigada.

—¿Yo qué? —hizo una mueca.

—¿Qué estabas haciendo en la casa a esa hora? ¿Por qué no estabas en el trabajo?

—Tu mamá me llamó para decirme que se iba a matar.

—¿Por qué?

Papá no respondió. El tránsito avanzó lentamente.

—¿Por qué, papá?

—No quiero hablar de eso ahora —apretó el volante con ambas manos, como si quisiera arrancarlo.

—¿Entonces cuándo? Nadie me quiere decir qué fue lo que sucedió. Ya estoy harta.

—Iremos con la terapeuta y ahí hablaremos.

—No quiero volver con ella.

—No te estoy preguntando —movió la palanca de los cambios y la transmisión tronó como matraca.

—Me aburre escuchar las mismas preguntas de siempre —me giré hacia la ventana de mi puerta para no verlo.

—Cuestiona lo mismo porque te niegas a responder con honestidad.

—Siempre digo la verdad —volteé a verlo.

—Ella cree que no.

—No voy a ir.

—Entonces te llevaré de regreso a casa de tus abuelos —detuvo el coche y se preparó para dar vuelta.

Me quedé callada y enojada.

—Está bien —dije segundos después.

—Más te vale que cumplas lo que me estás diciendo —siguió manejando en la misma dirección.

—¿Y Alan?

Papá bajó la mirada sin soltar el volante.

—Alan está muerto.

—No es cierto. Ayer lo vi.

—Renata, no sigas con esto. ¡Basta! —frenó el auto y me miró muy enojado—. ¡Ya deja de torturarme!

Los conductores de los coches de atrás tocaron sus cláxones. Papá aceleró lentamente sin decir más. Me consternó que papá creyera que Alan estaba muerto. ¿Por qué? ¿Qué había ocurrido? ¿O es que tan sólo lo daba por muerto? Una hora después llegamos al departamento que papá había rentado: era una extensión en una casa donde vivía una familia de dos hombres y cuatro mujeres. Mi padre me presentó.

—Estás muy flaquita —dijo la dueña de la casa. Una mujer excesivamente obesa.

—Saluda —me ordenó papá.

Observé detenidamente las gruesas lonjas de la mujer y saludé desviando la mirada. Jamás he podido entender cómo alguien puede comer tanto. Yo ni siquiera me acabo lo que se supone debo comer. No importa que sea poco, siempre dejo algo.

Papá y la señora se despidieron y caminamos por la cochera al departamento ubicado en la parte trasera, un lugar muchísimo más pequeño que nuestra casa. Olía mucho a cigarro. En la sala había un par de sillones viejos y una mesa de centro, a un lado un comedor diminuto con cuatro sillas corrientes, y al fondo una cocina compacta: estufa de cuatro parillas, refrigerador enano, un fregadero horroroso y sin alacena. No había cuadros en las paredes ni flores en las mesas. Entre la cocina y la sala había un pasillo que daba a las dos recámaras y un baño pequeño al fondo. En las habitaciones, muy pequeñas, por cierto, únicamente se encontraban las camas y los roperos.

—¿Por qué compraste estos muebles tan feos? —observé con repugnancia.

—Es un departamento amueblado —respondió papá indiferente, al mismo tiempo que se sentó en el sofá.

—¿Desde cuándo vives aquí? —me tapé la nariz con discreción, pues el lugar apestaba.

—Desde que murió tu madre —adoptó una actitud extraña.

Parecía como si quisiera permanecer en ese sillón por el resto del día. Me lastimaba su mirada indiferente.

—Un día pasé por la casa y vi tu coche estacionado afuera —confesé para ver qué reacción tenía, pues se suponía que yo debía estar con los abuelos, muy lejos de ahí, pero no le dio importancia.

—Seguramente fue el día que fui por los papeles del coche para venderlo.

—¿Qué piensas hacer con la casa?

—No lo sé. No me interesa pensar en eso —se puso de pie, caminó a la cocina, sacó una botella de Bacardí, lo cual llamó mi atención pues él siempre bebía whisky, coñac, vodka o tequila; sirvió en un vaso de plástico y volvió al sillón.

—¿Qué has hecho todos estos días? —pregunté.

Le dio un trago a su vaso y me miró con desaliento: *Esto*, y se llevó el vaso a los labios.

Me senté en el otro sillón, me incliné, recargué los codos sobre mi regazo y lo miré con dolor. Encendió un cigarro y exhaló el humo hacia el techo. Había una ventana con una delgada cortina cerrada por la cual entraba poca luz y nada de aire.

—¿Y tu trabajo?

—Me despidieron —respondió con el cigarro entre los labios.

—¿Por qué?

—Para mantener la buena imagen de la empresa —echó las cenizas en el cenicero—. No querían un gerente con mi historial.

—No eres culpable de la muerte de mamá —sentencié como si fuera su abogada y su psicóloga.

—A los empresarios eso no les importa. Si existe la duda es suficiente —se talló los ojos.

—¿Qué piensas hacer?

—No me interesa trabajar por el momento —exhaló el humo de su cigarrillo—. Pero no te preocupes, viviremos con lo que tenía ahorrado y la indemnización que me dieron. Ya pagué dos años de renta.

—¡Dos años! ¿Piensas vivir aquí dos...? —me callé al ver la cara de molestia de papá.

—Cuando falte el dinero, venderé la casa y luego la de Cuernavaca o la de Puebla —de pronto sonrió con sarcasmo—. Jamás imaginé que se podía vivir con tan poco. Lo que he gastado en estos meses, nosotros lo derrochábamos en dos semanas. Toda esa ropa cara, tanta comida que desperdiciábamos, juguetes que ustedes utilizaban unas cuantas semanas y olvidaban para siempre en cuanto llegaba el nuevo regalo. Éramos una familia hueca. No éramos ricos, pero actuábamos como ricos. Tu madre siempre quiso mostrarles a los vecinos que vivíamos mejor que ellos, que éramos mejor que ellos. Y yo me adherí ciegamente, adopté su plan de vida... porque la amaba.

—¿La amabas? —pregunté incrédula y molesta.

—Sí. La amé siempre, a pesar de sus defectos, a pesar de todo. Y la extraño. Mucho —cerró los ojos y dos lágrimas escurrieron por sus mejillas—. Mucho, mucho.

—Necesito ir al baño —me paré del sillón.

Me hizo enojar su actitud mediocre. Eso se lo podía decir a cualquiera menos a mí que viví los pleitos de todas las mañanas. No la amaba, estoy segura: no la amaba, no la amaba, no la amaba, no la amaba.

¿Por qué me miente?, me pregunté frente al espejo del baño, con las manos apretando las orillas del lavabo. *Está borracho. Siente culpa. Cree que lo voy a responsabilizar por la muerte de esa loca. Es por eso.*

Me tranquilicé y salí del baño. Al llegar a la sala ya no encontré a papá. Salí al patio y a la banqueta, pero no lo vi. La dueña de la casa se encontraba lavando el piso con una escoba y una manguera, que dejaba abierta mientras tallaba.

—¿Estás buscando a tu papá? —me preguntó.

—No —me regresé molesta al cuchitril que mi padre llamaba departamento.

Me senté en la sala y me quedé ahí, inmóvil, pensativa, tragándome mi coraje y mi dolor, hasta las tres de la mañana, cuando llegó papá, completamente borracho. Le pregunté dónde había estado, pero no me respondió. Entonces le reclamé por haberme dejado sola. Caminó en silencio a su recámara y se acostó. Me quedé frente a la cama por un largo rato, observándolo.

A la mañana siguiente, limpié el departamento. Salí a tirar la basura y en el bote encontré más de treinta cajetillas de cigarros y una docena de botellas de Bacardí. El refrigerador estaba vacío. Pensé que papá se despertaría con hambre así que saqué dinero de su cartera y salí en busca de una tienda. Tres cuadras adelante encontré muchos negocios pequeños: panadería, verdulería, carnicería, tortillería, taquería, zapatería, hasta una tienda de disfraces.

A papá siempre le encantaron los molletes. Así que compré bolillos, frijoles, queso Oaxaca, jitomate, aguacate, cebolla, una lata de chiles chipotle, leche, café, azúcar y pan dulce.

De regreso vi, de espaldas, a un niño en la esquina de la calle donde nos habíamos mudado. Era Alan que estaba vigilando la casa, escondiéndose detrás de un árbol, al cual abrazaba con su brazo izquierdo. Su mano derecha estaba colocada a la altura de su rostro. Se veía muy despeinado. Llevaba puesta la misma sudadera azul con gorro y sus pantalones de mezclilla. Comprobé que seguía viviendo en la calle. Caminé hacia él sin hacer ruido. Puse mi mano sobre su hombro y él se estremeció. Pero antes de que saliera corriendo lo atrapé del gorro de la sudadera.

—¡Suéltame! —exigió tratando de quitar mi mano de su ropa.

—¡No! Te voy a llevar con papá —lo jalé con fuerza.

—¡No quiero! —logró soltarse.

—¡Pues aunque no quieras! —lo volví a atrapar y lo envolví en mis brazos—. ¡Estás haciéndome quedar como loca!

—¿Papá cree que estás loca? —sonrió.

—No exactamente —lo solté—. Pero cuando le dije que te había visto me dijo que estabas muerto.

—Para él, yo he estado muerto desde hace varios años. ¿Te acuerdas de cuándo fue la última vez que jugó conmigo? Ni siquiera me hablaba —noté una enorme tristeza en su rostro.

—No digas eso —sentí un deseo irreprimible por llorar.

—¡Sabes que es cierto! —se mostró rencoroso—. Y no pienso regresar a vivir con él.

—¿Entonces qué estás haciendo aquí?

—Vine a verte —puso los puños en las caderas—. Solamente me importa verte a ti, aunque me hayas hecho muchas maldades.

—¿Vas a reprocharme lo mismo toda la vida? —me acerqué para darle un abrazo, pero se echó para atrás—. Ya te pedí perdón. Además, eso fue hace mucho tiempo.

—¿Ya se te olvidó que por tu culpa dejé de hablar y por eso nos llevaron con la psicóloga? —cuestionó con los ojos inundados de nostalgia.

No pude responder a esa acusación. Nadie me había responsabilizado por eso. Él tenía apenas cinco años cuando dejó de hablar con los adultos; yo, ocho o nueve. Ya no recuerdo bien. Era muy chica y he olvidado diversas cosas de aquellos años. Incluso la terapeuta me dijo que era normal que no recordara cosas, que la mayoría de la gente olvida la mayor parte de su infancia.

Lo que sí recuerdo es que cuando Alan nació me sentí abandonada y no me gustaba que me dijeran que era mi *hermanito*. Odié esa palabra sin tener noción de la existencia del *odio*. Alan acaparaba todas las miradas, todas las sonrisas. Cuando había visitas en la casa, lo primero que hacían era cargarlo y mimarlo.

Un día, cuando Alan tenía tres años, estábamos jugando en mi cuarto, él se dispuso a sentarse en una de las sillas miniatura que papá nos había comprado, y le moví la silla con discreción. Alan cayó de nalgas y comenzó a llorar. Lo primero que hizo mi madre fue acusarme de haberle quitado la silla. Lo negué, pero ella respondió con un grito: *¡Te vi, Renata! ¡Pateaste la silla para que Alan no se sentara!* Me castigó el resto de la tarde en un rincón de la casa, mirando hacia la pared. Si volteaba me lanzaba lo que tuviera a la mano.

En otra ocasión, estábamos jugando los tres en la tina del baño con unos barcos que papá le había comprado a Alan. Él lanzó uno de sus muñecos al agua y dijo que era un buzo. Le respondí que no podía ser buzo porque no tenía su traje de buzo ni tanque de oxígeno. Alan respondió que su buzo podía aguantar la respiración por mucho tiempo.

—¿Cuánto es mucho tiempo? —pregunté.

—Cinco minutos —dijo.

—Nadie aguanta más de cinco minutos debajo del agua —le aseguré.

—Hagamos unas competencias —me retó.

—Va —me amarré el cabello—. El que aguante la respiración más tiempo debajo del agua gana.

Él no soportó ni cinco segundos. Yo logré veinte. Se me ocurrió sumergirlo en el agua, pero no aguantó. Nada más lo sumergí diez segundos. Los conté perfectamente. Se enojó y me pegó y hasta me rasguñó. Irene también gritó. Entonces me fui a mi recámara para que mi madre no me regañara.

Días después, Alan propuso que jugáramos a los callados. El que hablara primero perdía. Mis papás se preocuparon y nos llevaron con un doctor. Me aburrí y les conté todo. Pero Alan no quiso volver a hablar con nadie más. Lo cual enfureció a mi madre, quien se desquitó conmigo por varios meses.

El problema de mi madre fue que yo me convertí en la villana de la casa y él en el angelito que nunca hacía nada malo. Pero sí hacía travesuras. Yo lo vi, lo solapé y en ocasiones hasta lo ayudé.

—Tengo hambre —dijo Alan.

—Vamos a la casa —lo invité.

—No —movió la cabeza de izquierda a derecha—. Dame de lo que tienes en las bolsas.

Le dije qué era lo que llevaba y abrí las bolsas para que viera. Entonces sacó un bolillo y una dona de chocolate y se fue corriendo. No me sentía con ánimos para perseguirlo.

Al llegar al departamento, me encontré con una hija de la dueña de la casa lavando su coche. Aunque me miró a los ojos, no me saludó. Siguió rociándolo con la manguera. De pronto, gritó: ¡*Mamá!* La señora le respondió desde su cocina con un estruendoso ¿*Qué?* Entonces la hija volvió a gritar: ¿*Me puedes traer el jabón?* Me seguí derecho sin decirle *hola*.

Papá seguía dormido. Preparé el desayuno y esperé a que despertara, lo cual ocurrió a las dos cuarenta de la tarde. Se había levantado para ir al baño, pero al verme sentada en el diminuto comedor se desvió de su camino y desde la entrada del pasillo —con los ojos arrugados, pues abrí las cortinas— me preguntó qué estaba haciendo.

—Te estoy esperando para desayunar.

Se talló los ojos y miró el reloj en su muñeca.

—¿No has desayunado? ¿Por qué? —apretó los párpados y negó ligeramente—. Olvídalo. Estoy haciendo preguntas tontas. Dame unos minutos para bañarme y vamos a algún restaurante.

—Ya preparé el desayuno. Saqué dinero de tu cartera y fui a comprar comida —me puse de pie y me dirigí a la estufa—. Ve al baño, papito, mientras yo caliento los molletes.

Se acercó a mí y me miró de forma distinta, como si quisiera pedirme perdón, pero no lo hizo. Se dio media vuelta y caminó al baño.

En cuanto escuché que abrió la regadera, corrí a la recámara de papá con la intención de prepararle su ropa, sin embargo, no tenía nada limpio. Busqué lo menos sucio, pero no encontré nada. Todo estaba arrugado. Me di cuenta de que tampoco tenía plancha. Me sentí muy angustiada. *Papá no puede salir a la calle de esta manera*, pensé. Me dirigí a mi recámara, saqué una blusa blanca, fui a la cocina, la mojé con jabón para trastes (no tenía para ropa) y le di una ligera tallada al pantalón y la camisa de papá. Corrí al patio y los colgué en el tendedero. Luego me apuré a servir el café y los molletes. Al escuchar que abrió la puerta del baño, corrí al patio y sacudí la ropa para llevarla a la recámara.

—Limpié un poco tu ropa con agua y jabón —la extendí sobre la cama.

—Gracias —papá se encontraba frente al armario, dándome la espalda. Buscaba algo con la mirada.

Salí sin decir más. Esperé sentada en el comedor. Papá salió con otra ropa.

—¿Por qué no te pusiste lo que te dejé en la cama? —me sentí desairada.

—Porque está sucio —no le dio importancia a mi actitud—. Tenía ropa limpia en la repisa de arriba del ropero.

—No la vi —respondí desilusionada y un poco avergonzada, como si hubiera cometido un grave error.

—Estaba en una bolsa negra de plástico —señaló el armario.

—¿Y por qué en bolsa negra? —pregunté un poco molesta, como si con ello justificara no haberme dado cuenta. Muchas veces fui a la lavandería de mi tía Ali y vi que la ropa la entregaban en bolsas transparentes. Jamás en bolsas negras. Así no se puede ver la ropa del cliente.

—Así me la entregan en la lavandería —alzó los hombros.

—Pues pienso que no deberían hacer eso —me di media vuelta.

—No importa.

—Sí, sí importa, papá —me fui a la recámara.

Esperaba que papá fuera por mí, pero eso no sucedió. Ni siquiera me habló. Cuando salí, él ya había terminado de comer.

—Voy a salir —dijo luego de darle el último sorbo a su café.

—¿Puedo ir contigo? —pregunté casi rogando.

—No —se detuvo sin verme.

—¿Por qué?

—Voy a ver a tu hermana y tú no estás preparada para eso —miró a la ventana.

—¿Por qué no?

—Lo dijo el psiquiatra. Si quieres verla tienes que ir a terapia —caminó a la puerta.

—Papi… —caminé detrás de él.

—Qué —se detuvo antes de salir.

—¿Me puedes dar un abrazo? —supliqué.

Se quedó con la manija de la puerta en la mano por un instante, sin voltear ni decir una palabra. Se dio la vuelta lentamente, me miró y asintió. Corrí hacia él y lo abracé. Él apenas si puso sus manos en mi espalda.

—Te amo, papi.

—Come —respondió.

—¿Te vas a tardar mucho? —seguía aferrada a él.

—Cuatro horas —respondió, me quitó las manos de su cintura y se marchó.

Observé la comida en la mesa y no pude contener el asco y corrí al baño para vomitar, pero sólo escupí jugos gástricos, no había comido nada desde la mañana anterior. Al salir me fui a mi cama y me dormí hasta que regresó papá... borracho. Se sentó en la sala y comenzó a fumar. Traía una botella de Bacardí casi vacía.

—¿Qué te dijo Irene? —pregunté desde la entrada del pasillo.

—No habla. No se mueve —había en su mirada una gran desolación.

—¿Qué te dijo el psiquiatra? —trate de mantenerme fuerte.

—Lo mismo de siempre: que debo esperar —levantó la mirada y me observó unos segundos—. Perdóname, Renata. Debería estar más tiempo contigo.

No pude ocultar mi alegría. Sonreí y lo abracé.

—¿Quieres cenar? —pregunté.

—Sí —meneó la cabeza suavemente.

Corrí a la cocina y calenté los molletes que había preparado para mí en la mañana.

—¿No te los comiste?

—Sí, pero preparé más hace rato, como no llegabas cené sin ti.

—Disculpa. No lo volveré a hacer —caminó a la mesa y se sentó.

Le serví y lo observé mientras cenaba.

—Necesitamos una plancha, una aspiradora, una secadora de pelo y algunas cosas para limpiar —dije mientras lo contemplaba.

—Mañana te las compro —respondió con el bocado en la boca.

—Me gustaría poner algunas flores en la sala —comenté inspirada.

—Sí —seguía masticando.

Comprendí que me estaba ignorando.

—¿Por qué se suicidó mamá? —me atreví a preguntar con un poco de miedo.

Papá se quedó con el bocado, bajó la mirada e inhaló pausadamente; luego, masticó con lentitud.

—Estaba muy deprimida —se pasó el bocado casi a fuerza.

—Eso ya lo sé. ¿Qué la tenía tan deprimida?

—¿De verdad no recuerdas nada? —inhaló profunda y lentamente mientras se recargaba en el respaldo de la silla.

—¿De qué hablas?

—De lo que provocó la depresión de tu mamá —colocó las manos en la mesa.

—Sólo me acuerdo de que un día ella cambió —me encogí de hombros—. Lloraba todos los días y se enojaba conmigo por todo.

—Olvídalo —agachó la cabeza.

—¿Por qué siempre son así conmigo? —pregunté con lágrimas—. ¿Por qué me siguen tratando como niña?

Se levantó de la mesa y se fue a su recámara. Permanecí en el comedor por un par de minutos, después me dirigí a mi habitación. En el camino me detuve en la puerta de papá y observé entre la rendija: lo encontré acostado bocabajo, con los zapatos y la ropa de calle. Le hablé, pero no respondió. Me acerqué a la cama, le toqué el pie derecho y tampoco reaccionó. Le quité los zapatos y lo tapé con lo que quedaba de cobija. Me acosté junto a él, le acaricié el cabello y custodié su sueño por un largo rato.

Regresé a la cocina y comí una concha de azúcar y una taza de leche con chocolate. Pensé mucho. Comprendí que papá me necesitaba más de lo que yo a él. Me fui a dormir poco después de las tres de la madrugada.

A la mañana siguiente, papá se despertó antes que yo, se bañó y me despertó alrededor de las once de la mañana, me llevó a desayunar a un restaurante, luego fuimos a una plaza comercial, me compró ropa y lo que le había pedido el día anterior, después fuimos a comer a otro restaurante y finalmente entramos a un supermercado a comprar la despensa. Ninguno de los dos habló sobre mi madre y mis hermanos. Al llegar al departamento, él se encerró en su cuarto y se durmió.

Esa noche me dediqué a acomodar la despensa y a limpiar. Quería que al amanecer papá encontrara un lugar limpio y hermoso, lleno de flores. Tenía claro que la muerte de mi madre le había destruido la vida a papá y ahora yo tenía que rescatarlo. Se encontraba completamente solo. Era evidente que sus hermanos no habían hecho nada por él y mis abuelos, menos. Papá era un hombre de pocas palabras. Y para entenderlo se requería más que una simple conversación familiar. Necesitaba de alguien que le ayudara a superar esa pena que él malinterpretaba, y que tuviera la paciencia para entender por lo que estaba pasando. Él no amaba a mi madre, tan sólo sentía culpa.

Pasaron varias semanas en las que no hablamos de lo sucedido. Él se despertaba, se bañaba, desayunaba (yo cocinaba), leía el periódico, salía y regresaba en la noche (borracho casi siempre), cenaba y se dormía. Una de esas tantas, llegó ebrio con un perro callejero: un cachorro de pelo corto, café, de hocico largo y muy flaco. Me dijo que había permanecido varias horas en la banca de un parque, que el perro se acercó a él, se quedó sentado a sus pies y luego lo siguió a casa.

—¿Nos lo vamos a quedar? —pregunté mientras lo acariciaba.

—Si quieres —encendió un cigarro.

Me entusiasmó la idea. Le di de comer lo que había sobrado de comida.

—Ponle nombre —exhaló el humo.

—Macario —dije.

—¿Por qué?

—No sé, fue lo primero que se me ocurrió —acaricié a Macario, que no dejaba de mover la cola.

—¡Macario! —dijo papá en voz alta y el perro volteó al mismo tiempo que alzó las orejas.

A la mañana siguiente, lo saqué un rato al patio mientras preparaba el desayuno y limpiaba. De pronto, el dueño de la casa tocó a la puerta y preguntó si nosotros habíamos llevado al perro.

—Sí —respondí.

—Le dije a tu papá que no podía tener animales —me regañó con una jeta bien mamona.

En ese momento salió papá:

—Jamás me dijo que no podía tener animales —lo confrontó sin miedo.

—No me preguntaste y supuse que lo habías entendido —corrigió.

—Pues si me hubiera dado un contrato, podríamos leer las cláusulas en este momento, pero supongo que evade impuestos y no tiene deseos de meterse en problemas con Hacienda.

—Ah… —se quedó boquiabierto—. Además, ni siquiera me dijiste que tenías hijos.

—Usted tampoco me dijo que tenía hijos y ahora tengo que aguantar sus gritos todos los días.

El viejo gordo no sabía qué responder.

—Pero si quiere, regréseme el dinero que le pagué y nos vamos —sentenció mi papá.

El viejo gordo se quedó en silencio con una cara de puchero.

—Está bien. Pueden tener al perro —se marchó disimulando su enfado. Se detuvo a medio camino y giró la cabeza—. Nada más ahí les encargo que limpien cuando se haga del baño.

—Pendejo —dijo papá en cuanto cerró la puerta—. Cree que porque alquila una propiedad tiene derecho a decidir si uno puede tener animales, plantas o hijos.

Luego, volvió a su habitación y se cambió de ropa. Al salir traía un traje y se había quitado la barba.

—¿A dónde vas tan guapo? —pregunté asombrada. En verdad se veía hermoso.

—Tengo una entrevista de trabajo —se hizo el nudo de la corbata.

—No me habías dicho que estabas buscando trabajo —me acerqué para ayudarle, pero me esquivó.

—Ellos me buscaron —se dirigió al espejo.

—¿Quiénes *ellos*? —lo seguí.

—Una empresa que se dedica a la fabricación y distribución de muebles y accesorios para baños. La competencia de Baños, cocinas y ferretería Viteri.

—Un día me dijiste que no tenían competencia.

—Fue en forma metafórica —se sentó a desayunar.

—Voy a ir al mercado en un rato —dije al mismo tiempo que saqué una libreta pequeña donde había apuntado las cosas que hacían falta para la despensa.

—Cada día te pareces más a tu madre —dijo de pronto.

—No lo creo —respondí y me puse de pie.

—No lo digo sólo por el físico, sino también por la forma de ser.

Me molestó su comentario, pero disimulé.

—¿Quieres que te compre algo en el mercado?

—No —se levantó y se fue al baño para lavarse los dientes.

Me quedé lavando los trastes. Mi desayuno se lo di a Macario.

—Nos vemos más tarde —dijo papá caminando a la puerta.

—¡Espera! —corrí hacia él y lo abracé.

—Se me hace tarde —dijo con una sonrisa forzada.

—Te amo, papi —le acomodé el nudo de la corbata.

—No hagas eso —me quitó las manos de su cuello—. No lo vuelvas a hacer. ¡Jamás! —vi rabia en sus ojos. Luego se marchó. Sé que lo dijo porque odiaba que mi madre hiciera eso, aunque nunca lo dijo.

Advertí el grave error que había cometido. Mi padre odiaba el ritual del nudo de la corbata. No sé por qué lo hice. No quería comportarme como mi madre. Sentí mucha repulsión. Ignoraba si se debía a que papá me hubiese dicho que me parecía a mi madre o a descubrir que estaba actuando como ella. Siempre tuve la certeza de que no nos parecíamos en nada. Yo no habría sido capaz de suicidarme. Ni siquiera había pasado por mi mente algo tan descabellado.

¿Qué se sentirá estar al borde del suicidio?, me pregunté semanas después y traté de imaginar lo que había pensado mi madre en ese momento. *¿Habrá sentido temor? ¿Cuánto tiempo lo planeó? ¿Sabía cómo, cuándo y dónde se iba a quitar la vida? ¿De dónde sacó la pistola? ¿Si no hubiese tenido esa arma, de qué manera se habría suicidado?*

Se me ocurrió buscar en el departamento las formas posibles de cometer un suicidio. Lo primero que se me vino a la mente fueron los cuchillos de la cocina, luego el gas de la estufa, un incendio, una explosión, el cable de la licuadora.

—El cable de la secadora de pelo —dije con frenesí.

Papá había comprado una nueva secadora días atrás, además de otras cosas que le había pedido. Caminé al baño y estudié el entorno. El tubo de la cortina de la regadera llamó mi atención. Pasé el cable de la secadora por arriba del tubo y calculé los centímetros que se necesitarían para rodear mi cuello. Me colgué con las manos para corroborar que el tubo aguantara mi peso. Me enredé el cable en el cuello, le hice un nudo y jalé la secadora para que hiciera presión. Al principio, aguanté la respiración sin soltar la secadora. Cuando ya no pude contenerla, intenté exhalar, pero no pude: el cable no me lo permitió. Sentí muchos deseos de orinar. Aun así, no dejé de hacer presión. Una gran desesperación y angustia se apoderaron de mí. Por un momento pensé que no era yo la que jalaba del cable. Mi cuerpo comenzó a tiritar. Creí que me había orinado. Di un par de patadas hacia atrás, golpeando así el gabinete del lavabo.

En ese momento, alguien tocó a la puerta del departamento. Macario dio un par de ladridos. Solté la secadora y recuperé la respiración. Era como haber bajado de un juego extremo de algún parque de diversiones. Me llevé las manos al pecho y sentí el intenso palpitar de mi corazón. Me miré al espejo. Tenía en el cuello una marca entre roja y morada.

—¡Renata! —gritó mi tía Fátima.

Corrí a mi recámara, busqué una bufanda, me la puse y caminé a la sala. Me asomé tras la cortina y vi a Fátima, Álvaro y mis primas. Por un momento pensé en no responder, pero sabía que si no lo hacía llamarían a papá.

Abrí la puerta.

—¿Se puede? —preguntó Fátima con una sonrisa. Traía en las manos una olla con comida.

Mis primas y Álvaro portaban bolsas con pan y refrescos. Macario caminó entre ellos con entusiasmo al mismo tiempo que movía el rabo.

—Qué bonito perrito —Abigail lo acarició.

—Prima, hace tanto que no nos veíamos —Abril caminó hasta la mesa del comedor para dejar lo que traía en las manos.

—Tenemos muchas cosas que contarte —dijo Abigail.

—Está bonito el departamento —comentó Fátima con una falsedad imposible de ocultar.

—A mí me parece espantoso —respondí con evidente repudio.

—Pues sí, mija, comparado con tu casa —dijo Álvaro.

Fátima le dio un codazo.

—¿Qué te pasó en el cuello? —preguntó Abril con un tono exagerado.

Fátima me bajó la bufanda: *¡Oh, por Dios!*

—No es nada —intenté acomodarme la bufanda.

—¿Qué hiciste? —me volvió a bajar la bufanda.

—Fue un accidente… —me cubrí con las manos.

—Eso no pudo ser un accidente —negó con la cabeza.

Álvaro le hizo señas para que fuera más discreta.

—¿Hay alguna farmacia por aquí? —preguntó Fátima con preocupación.

—A dos cuadras.

—Te voy a comprar Diclofenaco —dijo asustada mientras se preparó para salir.

—¡Te acompaño! —exclamó Abril.

—Yo también —añadió Abigail y le hizo señas a Macario—. Vente, perrito.

Macario salió alegre detrás de mi tía y mis primas.

En cuanto ellas salieron Álvaro se sentó a mi lado.

—¿Quieres hablar? Ahora que tus primas no están —puso su mano en mi pierna.

Tenía puesta una falda que al sentarme quedó muy por arriba de mi rodilla.

—Me prometes que no les dirás nada.

—Te lo prometo —acarició mi pierna.

—Me quise quitar la vida hace rato.

Me abrazó de una manera tan afectuosa que me causó desconfianza.

—Me duele mucho lo que te está sucediendo, Ren —dijo en cuanto me lo quité de encima—. Aunque tu padre está haciendo todo lo posible por superar toda esta desgracia, no ha sabido escucharte. Pero yo estoy aquí —me acarició la mejilla—. Llámame cuando te sientas sola: vendré a verte.

Le agradecí al mismo tiempo que me puse de pie. Caminé a la cocina y serví agua en un vaso. Le di un trago y permanecí frente a la mesa. Álvaro se me acercó y me pidió agua. Me di media vuelta para sacar otro vaso, pero él me interceptó con un *No te molestes, sólo quiero un poco*, le dio un trago al mío y luego se me quedó viendo de pies a cabeza.

—Ya estás más alta —sus ojos estaban enfocados en mis senos.

Años atrás yo era muy afectiva con él, porque lo veía como mi tío. Con el paso del tiempo, fui comprendiendo la clase de patán que es. Jamás ha sido un tipo atractivo, aunque finge serlo: usa camisetas y pantalones de mezclilla embarrados como si en verdad estuviera mamado, pero ni siquiera tiene nalgas. Aunque Fátima jamás me lo había dicho, yo estoy segura de que él tiene una amante, sino es que otra esposa. En varias ocasiones se ha inventado viajes de trabajo, a los que Fátima jamás lo acompaña. La muy estúpida nunca le reclama.

Por un segundo se me ocurrió besarlo para que cuando Fátima y mis primas entraran nos descubrieran, pero deseché la idea con el simple hecho de imaginarme intercambiando babas con él.

—Regreso en un momento —me fui al baño para hacer tiempo.

Me miré al espejo y noté que la marca en mi cuello se había tornado más oscura. Pensé en lo que papá diría y me arrepentí de lo que había hecho: confirmaría que cada vez me parezco más a mi madre, pero ni modo de decirle que únicamente quería saber lo que se sentía estar al borde del suicidio. No me quería matar. No estoy loca. Ella sí que lo estaba.

En cuanto escuché las voces de Fátima y mis primas, salí del baño con cara de *me quiero morir*, aunque lo que en realidad quería era que se marcharan, que me dejaran sola, antes de que papá volviera.

Fátima había comprado Diclofenaco en pastillas y en gel. Les rogué que no le dijeran nada a papá.

—No quiero darle más preocupaciones —dije.

Mis primas observaban como taradas mientras Fátima me untaba el gel en el cuello.

—No le diremos nada —prometió Álvaro.

—Pero tú también tienes que prometernos que no volverás a… —Fátima no pudo terminar lo que iba a decir.

Verla así me hizo repudiarla. Si yo hubiese estado en su lugar le habría dado un par de cachetadas a mi sobrina por pendeja. *¡Estás viendo que hay una fuga de gas y te pones a fumar!* Lo que hice fue una reverenda estupidez. Yo estaba enojada y ellos tratándome como inválida o desahuciada. Su mediocridad me irritó. Quería que se largaran, que me dejaran vivir mi vida con papá, mi universo, donde no faltaba nada más.

—¿Tienes hambre? —preguntó Fátima.

—¡Sí! ¡Mucha! —dije para apresurar su retirada.

Fátima se dirigió a la cocina para calentar la comida mientras mis primas se dedicaron a platicarme una sarta de pendejadas sobre su escuela y quién sabe qué más, pues las ignoré, aunque fingí estar atenta. Por mi mente circulaban pensamientos ajenos a ellos. En un principio me preocupaba que papá llegara, pero luego me tranquilicé al recordar que en las últimas semanas había llegado ebrio después de medianoche.

De pronto, alguien tocó a la puerta. Era la dueña que me reclamó que Macario se había orinado en la llanta de su coche. Salí con la escoba y cubeta con jabón para lavarle.

Cuando regresé al departamento, mis primas me recibieron con chistes de gordas que me alegraron el día. Fátima nos llamó a la mesa y yo fui la primera en sentarme, con el único objetivo de apresurar su visita y que se marcharan lo antes posible. Me fue muy difícil comer. Siempre me es difícil comer. Los alimentos me causan náuseas. No sé por qué. No soporto sus aromas ni su textura. Detesto las comidas chiclosas, duras, aguadas y grasosas. Me gustan los sabores dulces, picosos y agridulces. Puedo comer cosas con limón, salsa Valentina o chile piquín hasta vomitar. Eso implica puras porquerías.

Luego de varias horas, Álvaro anunció que era momento de irse. Fingí que me dolía su partida, pero no hice más por retenerlos. Les aseguré que estaría bien y que no volvería a hacer pendejadas. Ellos insistieron en que les llamara en cuanto me sintiera deprimida.

—No estás sola. Nos tienes a nosotros —dijo Álvaro y me acarició la mejilla al mismo tiempo que me tomaba de la mano.

Sonreí mientras pensaba: *Ya lárgate pinche puerco.*

En cuanto se fueron, me apresuré a limpiar para que cuando papá regresara no notara que habían ido a la casa. Sabía que había muchas probabilidades de que se enterara: la dueña de la casa se lo diría. O Fátima. O Álvaro. De cualquier manera, no podía desperdiciar la oportunidad de evitar el cuestionario.

Tenía planeado fingir que me había dado un resfriado y utilizar una bufanda mientras se me quitaban las marcas del cuello, pero papá no tuvo que esperar a que Fátima le contara. Llegó a las siete de la noche sin una gota de alcohol. Me descubrió sin bufanda, lavando los trastes. No me di cuenta cuando llegó porque tenía el radio encendido y el perro no ladró, algo que hacía todos los días cuando llegaba papá. Le dije la verdad, pero no me creyó. Él estaba seguro de que me había querido quitar la vida. Era lógico que no me iba a creer, ¿a quién se le ocurre enredarse en el cuello el cable de la secadora de pelo? Solamente a una estúpida o a una suicida.

Se sentó en el sillón y se quedó muy serio. Le pedí perdón. Caminó hacia la cocina, sacó una botella de Bacardí y un vaso. En ese momento vi la cartera de papá en el sillón. Rápidamente saqué un par de billetes. Laureano regresó a la sala, puso la botella y los vasos sobre la mesita y los observó por varios minutos. Un solo trago implicaba seguirse hasta perder el conocimiento.

No me gustaba verlo borracho, pero en ese momento lo único que deseaba era que abriera la botella y se sirviera.

—Perdóname —dijo sin quitar la mirada de la botella.

—Si beber te hará sentirte mejor, hazlo —dije.

—No estoy hablando de eso —respondió con melancolía—, sino de lo que estamos pasando. No deberías estar viviendo aquí, de esta manera. Tú deberías estar en la escuela, jugando con amigas, disfrutando de tu adolescencia.

—Yo estoy bien aquí, junto a ti. Contigo no me hace falta nada más.

—No sabes lo que dices —sirvió un trago y lo sostuvo cerca de su pecho, sin beber.

—Te prometo que no volveré a hacerlo.

—Me aseguraré de que no vuelva a suceder —caminó al fregadero y tiró el líquido que acababa de servir en su vaso—. Mañana te llevaré a terapia.

—No quiero ir con esa mujer otra vez.

—No iremos con ella —se fue a su recámara sin despedirse.

A la mañana siguiente, la dueña de la casa tocó a la puerta para decirme que Macario se había cagado en el patio.

Salí a lavarle con mucha molestia. Cuando regresé al departamento, papá ya estaba listo para salir. Me dijo que volvería más tarde. No le pregunté a dónde iría para evitar que se sintiera acosado. Sabía que iría a buscar algún psicólogo.

Estuve de malas toda la mañana. La sola idea de saber que tendría que desperdiciar mi tiempo hablando de pendejada y media me tenía histérica. Para mí todo estaba claro: mi madre estaba loca y no soportaba vivir un día más. ¿Qué más respuestas quería papá? Yo no tenía ningún problema con eso. Sólo quería seguir con mi vida. Él y yo estábamos bien. Mejor que nunca.

Me salí a caminar un rato con Macario. Encontré un tianguis que no había visto hasta el momento. Aproveché para comprar lo que nos hacía falta en la despensa. Ahí encontré un puesto de lencería. Me detuve a ver. La dueña del puesto me decía señorita. Hasta el momento siempre me habían tratado como niña. Me hizo sentir muy bien, tanto que se me olvidó por un instante el enojo que me había llevado a la calle. De pronto, vi un *baby doll* rojo con liguero y medias. *Ése le quedaría muy bonito, señorita*, dijo. *Usted es muy delgada y muy guapa. Es perfecto para usted.* Imaginé lo que me dirían Yadira y Sonia: *Toda una güila.* Y sus caras como felinas con las uñas listas para el ataque: *¡Grrr!* No pude evitar el impulso y lo compré.

De regreso a casa me encontré a Alan. Intenté evadirlo, pero me siguió:

—¿Qué te pasó? —preguntó admirado.

—¿De qué hablas? —seguí caminando, mirando hacia el frente.

—De tu cuello —señaló.

—Tengo gripa —me aseguré de que la bufanda siguiera en su lugar.

—No es cierto.

—Si no me quieres creer es tu problema —aceleré el paso.

—No estás estornudando ni moqueando —él también caminó más rápido.

—Ya casi se me quita —mi respiración se estaba agitando.

—Déjame ver tu cuello —se postró delante de mí.

—No me molestes —lo esquivé.

—Tengo hambre —me siguió

—¿Y qué quieres que haga? —lo miré por el rabillo del ojo.

—Que me ayudes. Para eso eres mi hermana.

—¡Soy tu hermana cuando te conviene! —alcé la voz y unas personas que iban caminando delante de mí se detuvieron y voltearon a vernos como si hubieran visto un par de locos.

—Es al revés: yo soy tu hermano cuando te conviene —me recriminó Alan.

—¿Por qué no dejas de molestarme? —cuestioné y caminé. Las dos personas me miraron y sonrieron.

—Sé que papá te quiere llevar con un loquero —dijo Alan con tono burlón.

—¿Cómo lo sabes? —me detuve y lo miré a los ojos.

—Lo vi salir del departamento en la mañana y lo seguí. Fue a un consultorio.

—¿Te vio? —pregunté.

—No —negó con la cabeza al mismo tiempo que hacía un gesto de tristeza—. Él nunca me ve.

SABINA

Alan me hizo amar la maternidad. Tanto que no me preocupé por volver a tomar los anticonceptivos y un año tres meses después me embaracé por tercera vez.

Fue el embarazo más complicado de los tres. Todo me provocaba asco. Náuseas. Vómito. Sentía sueño todo el día. Mi madre se tuvo que ir a vivir con nosotros los últimos cuatro meses, porque ya no podía hacer casi nada. Subí de peso como si fuera a tener trillizos. Estuve en labor de parto por más de veinte horas. Una de las enfermeras me dijo que no me preocupara, que era común en madres primerizas. Le respondí que era la tercera y se quedó atónita. Mi cuello uterino tardó en dilatarse cinco horas. En la fase de desaceleración tuve vómitos y temblores incontrolables. Cosa que no me sucedió con los dos primeros dos partos. Para expulsar a la bebé me tardé más de dos horas, que me parecieron una eternidad. Irene nació en el 2003 con sobrepeso. Y una bocina incluida. Lloraba a todas horas. Y por todo. Quería comer todo el tiempo. Se despertaba entre tres a seis veces por noche. Se enfermaba con cualquier frío o comida que no le cayera bien.

A pesar de todo, era una bebé hermosa. Todos la querían mucho. Luego del primer año, las cosas mejoraron con ella. Dejó de ser tan llorona para convertirse en una niña sonriente. Y muy gorda. Se parecía al muñeco de las llantas de

Michelin. Llegué a pensar que sería obesa toda su vida. Pero no fue así. A los dos años comenzó a adelgazar.

2006. Una semana después de la muerte de Alan, Laureano lleva a Renata a la primera consulta con el psiquiatra. Sabina se queda en casa con Irene, de tres años y medio. La desviste para bañarla y de pronto la niña pregunta: ¿Por qué ya no bañas en la tina? Tras la muerte de Alan, Sabina se ha negado a utilizar el baño de su recámara. Porque me gusta más el baño del pasillo, responde haciendo un gran esfuerzo para eludir el llanto. ¿Estás enojada porque jugamos en la tina?

A Sabina se le hace un nudo en la garganta. Tiene sospechas de que Renata tuvo algo que ver con la muerte de Alan, pero no se atreve a hacer una acusación de tal magnitud. ¿Jugaron en la tina?, pregunta temerosa. Espera escuchar que se trata de otra ocasión. Pero llega la frase que le destroza el alma: Renata metió la cabeza de Alan en el agua. A Sabina le resulta imposible contener el llanto. Dime que estás mintiendo, mi amor. Por favor. Dime que estás mintiendo. La envuelve con la toalla. La abraza. No. Renata metió cabeza de Alan en agua. Él quedó ahí. Yo corro a cuarto. ¿Qué hizo Renata? No sé. No vi.

¿Irene sabía que su hermano había muerto?

No. Le dijimos que estaba malito y que estaba con el doctor. Al principio porque no sabíamos cómo decírselo y los días siguientes porque me rehusé a hablar del tema.

Y debido a que no habían platicado sobre Alan y el baño, ella no mencionó nada.

Así es.

¿Qué hiciste después?

Vestí a la niña. Le di de comer en la cocina. Preparé mi bolso. El celular. Las llaves. El monedero. Salí a la calle. Quería ir con mis papás. Necesitaba estar lejos de esa casa. De Renata.

¿Querías irte para siempre?

No. Fue un arranque. No sabía lo que quería. Rogaba por que la pesadilla se acabara. Pero justo en ese instante llegaron Laureano y Renata. Ella me saludó. Se fue directo a su cuarto. Salí a la banqueta. Le dije a mi marido que no quería a Renata en mi casa. Porque ella había matado a mi hijo. No me creyó. Pensó que eran invenciones mías. Pero cuando le dije lo que Irene me había dicho cambió de actitud.

Se puso blanco. Me respondió que necesitábamos hablar con tranquilidad. Yo no estaba dispuesta a hablar con él hasta que se llevara a Renata a otro lugar. ¡Sácala de mi casa o llamo a la policía!, amenacé. Les diré toda la verdad. Se llevó las manos al rostro. Luego exhaló lentamente. Sabina, piensa un poco lo que estás diciendo, me quiso abrazar. Estás tomando el testimonio de una niña de tres años y medio para juzgar a nuestra hija. Condenarla a un reformatorio. Al repudio. A la vergüenza pública. Piensa en la familia. ¿Qué van a decir de ti? ¿De nosotros? ¿De Renata? Piensa en Irene. ¿Qué futuro le quieres dar? ¿Quieres que pase toda su vida siendo señalada como la hermana de una homicida? ¿Y qué harías si después de llamar a la policía se comprueba que Alan se ahogó solo? ¿Cómo le vas a explicar a Renata, tu hija, cuando cumpla veinte años que tú la acusaste de algo tan atroz? ¡Tiene nueve años!, le grité. ¡Sabe perfectamente lo que hace! No es como…

Recordé que había dejado a Irene comiendo en la cocina. Corrí al interior de la casa. Laureano me siguió asustado. ¡¿Qué ocurre, Sabina?! Mi hija no estaba en la cocina. ¡Irene! ¡Irene! ¡Irene! ¿Dónde estás? Fui a buscarla a las recámaras. Estaba con Renata. Jugando. Las dos. Como si nada. La abracé. Me la llevé a mi recámara. ¿Qué pasa, mami?, preguntó Irene. Te amo, mi cielo, le dije sin soltarla. Yo también te amo, me abrazó. Laureano estaba en la puerta. Observándonos en silencio. Voy a llevar a Renata con mis papás, dijo. No le respondí. Me quedé con Irene en la recámara hasta que escuché que se marcharon.

Pensé en todo lo que Laureano me había dicho minutos atrás y me pregunté: ¿Y si en verdad Renata es inocente? Por un momento me sentí avergonzada. Soy una madre injusta, me dije. Estuve a punto de llamarle al celular a Laureano. Decirle que regresaran. Pero algo me lo impidió. Mi sufrimiento. Mis dudas eran mayores que mi efímera culpa. Fue ella. Sí fue ella, me repetí.

Me llevé a Irene a un parque cerca de la casa. Ahí estuvimos en los columpios. Resbaladillas. Y demás juegos hasta que oscureció. Y sí. Hasta que me tranquilicé. Al llegar a casa vi que mi teléfono celular tenía varias llamadas perdidas de Laureano. Le marqué. Le conté lo que había hecho el resto de la tarde. Él me dijo que estaban con mis suegros. Que ellos habían aceptado cuidar a Renata por unos días. Hasta que tomáramos una decisión. ¿Les dijiste que ella…? ¡No! Únicamente les conté que Renata cree que su hermano está vivo y que el psiquiatra todavía no nos ha dado un diagnóstico. Colgué el teléfono sin despedirme.

Poco después de las cinco de la madrugada, Sabina escucha un fuerte golpe y cosas que se rompen en la sala. Se levanta de la cama. Se asoma por la ventana. Ve el coche de Laureano. Siente un poco de tranquilidad. Baja con rapidez. Lo encuentra derrumbado bocabajo en el piso. Completamente ebrio. Aunque suele tomar mucho en sus reuniones de trabajo, es la primera vez que llega en esas condiciones. Apenas si pudo cruzar la puerta. Se cayó sobre la mesa de la sala y la rompió. Sabina se acerca. Le ayuda a voltearse bocarriba. Él la mira con ojos tristes y dice: Sabina… me quiero morir.

¿Qué hora es?

Son las tres de la tarde.

Sabina…

¿Qué quieres?

Pedirte perdón por haber llegado tan…

Lo entiendo.

No recuerdo cómo lle…

Apenas si llegaste. Te caíste sobre la mesa de la sala. Luego vomitaste. Te tuve que voltear de lado para evitar que te ahogaras con tu vómito.

Me siento muy avergonzado.

Y eso no fue lo peor. Irene te vio. No me di cuenta cuándo bajó las escaleras.

Iré a hablar con ella en este momento.

La llevé con Fátima. Le pedí que la cuidara las siguientes dos semanas.

Excelente decisión.

No quiero que mi hija recuerde nada de esto. A veces deseo que olvide que un día tuvo un hermano mayor. Y una hermana.

…

Quería darle a mi hija una vida de fantasía. Pero la realidad nos alcanzó.

Sabina entra a la recámara de Alan. Los juguetes sobre la repisa parecen observarla. Otros yacen en el piso. Derrotados por la ausencia de quien les daba vida. Las cortinas de seda hondean con el viento. Una canción proveniente de la casa vecina entra por la ventana:

Ne me quitte pas. Il faut oublier. Tout peut s'oublier.

Bebé…, Sabina se arrodilla frente a los juguetes amontonados en el piso. Bebé. No me dejes. No me dejes. Laureano. Ojos vidriosos. Barba descuidada. Se acerca torpe. Roto. Se desmorona junto a Sabina. La envuelve en un abrazo nostálgico.

Ne me quitte pas.
Ne me quitte pas.
Ne me quitte pas.
Ne me quitte pas.

Las tres semanas siguientes, Laureano y Sabina viven como dos fieras enjauladas. Hay días en los que no se dirigen la palabra. Otros discuten por todo. Pocas veces él se queda con ella en la cama. Eso es lo que ella más quiere. Dormir. Y que él la abrace. En absoluto silencio. Cuando se sienten mejor, salen a caminar. O a comer a la calle. En cinco ocasiones, Laureano ha salido solo a media tarde para regresar ebrio en la madrugada. Casi no hablan de los niños. Y las pocas veces que lo hacen terminan peleando. Porque él insiste en llevar a Renata de regreso a casa. Ella se niega. Laureano cree en la inocencia de Renata. Tenemos que llevarla con el psiquiatra, exhorta Sabina. Mi hija no está loca. El psiquiatra dijo que Renata está en una etapa de negación, pero tarde o temprano comprenderá que Alan murió, responde. Yo necesito saber cómo murió, insiste Sabina. Quítate eso de la mente. Renata no es una criminal. Jamás. Entiéndelo. Jamás la enviaré a un reformatorio. O a un manicomio.

Sabina come muchas manzanas. Desde que era niña. Últimamente es lo único que come. Cinco o siete por día. Las corta en trozos pequeños, que coloca en un plato. Come muy despacio. El cuchillo que utiliza es muy grande. Y filoso. Por primera vez, Sabina se corta un dedo mientras rebana una manzana. Es una herida considerable. La sangre escurre sobre los trozos de manzana. Observa sin quejarse. No siente dolor. De pronto, coloca el cuchillo sobre su muñeca izquierda. Hace presión. Suena el teléfono.

Mis papás llamaban por teléfono todos los días. Preguntaban cuándo regresarían nuestras hijas a la casa. Esas niñas necesitan estar con sus padres, decía papá. Ellas también deben estar sufriendo, continuaba mamá. Ya había pasado casi un mes de la muerte de Alan. Ya no había excusas. O le decía la verdad a la familia. O me guardaba mi secreto. Y seguía fingiendo. Decidí continuar con la farsa. Lo hice porque sentía que no me creerían. Me dirían lo mismo que Laureano. En caso de creerme, harían lo posible por convencerme de que sepultara ese secreto. Una asesina en la familia. Y peor aún. De nueve años. Para mis suegros. Y mis papás iba a ser lo peor que le podría haber sucedido a ambas familias. Ellos preferían hablar de idioteces en las reuniones. Que arreglar los conflictos familiares que nos llenaban de cochambre desde hacía varios años.

Sabina, necesitamos hablar sobre Renata.

[…]

Lo he estado pensando. Creo que no sería mala idea llevar a Renata a terapia.

[…]

Sé que no será fácil para ti recibir a Renata en casa. Entiendo que volver a nuestra rutina te provocará mucho dolor. Pero tenemos que superar esto.

Tráela. Pero no me exijas que sea amorosa con ella.

Estaba pensando que el domingo podríamos invitar a tu familia y a la mía a comer.

Yo no tengo ganas de hacer fiestas.

No será una fiesta. Una reunión familiar, Sabina. Lo necesitamos.

Haz lo que quieras…

Laureano rentó mesas. Sillas. Y una lona. Para comer en el jardín. Fátima. Álvaro. Sus hijas e Irene son los primeros en llegar. En cuanto Sabina la ve, corre hacia ella. La abraza. Llora. Laureano le invita una copa de vino a Álvaro. Media hora después, llegan los hermanos con sus esposas e hijos. La casa se llena de vida. Como antes. Niños gritan. Corren alegremente. Louis Armstrong canta en un disco. *Oh, when you smilin'. When you smilin'. The whole world smiles with you.* Los hombres bromean en voz alta en una de las mesas. Las mujeres platicando en otra. Una de las cuñadas cuenta que tomó un curso de maquillaje por cinco mil pesos. ¿Cuántas semanas?, pregunta otra de ellas. Fue rapidísimo. ¡Dos horas!, responde con orgullo. Observan su rostro y piensan: Te robaron. Por un santiamén Sabina olvida por completo la muerte de Alan. Un instante que se esfuma cuando ve a Renata caminando hacia ella. Trae un muñeco de peluche y unas flores.

Deduce que tendrá que recibir los regalos. Y abrazarla. Siente náuseas. Se disculpa con sus cuñadas. Se levanta de la mesa lo más rápido posible. Corre al interior de la casa. No logra llegar al baño. Vomita en la entrada del comedor que tiene una puerta de cristal de tres metros que da directo al jardín. Su madre que justamente iba saliendo de la cocina, deja en la mesa una olla de comida que llevaba en manos. Se acerca a Sabina. Le grita a la sirvienta. ¡Muchacha, trae una cubeta con agua y el trapeador, pero rápido! A pesar de la música, los gritos de los niños y las pláticas, todos se percatan de lo que está ocurriendo. Sabina se sienta en una de las sillas del comedor mientras su madre le abanica con uno de los manteles de plástico que usan para los niños. Todos están asomados en la puerta de cristal. Laureano se acerca a Sabina y pregunta: ¿Cómo estás? ¿Qué te ocurrió? ¿Qué no ves?, responde enfadada. Ya sé que vomitaste. Pero quiero saber a qué se debe. ¿Tú qué crees? Dios mío, dice la madre de Sabina. No me digas que estás embarazada. Laureano y Sabina la miran con irritación. La mujer se encoge de hombros.

Renata aparece frente a Sabina con sus flores y muñeco de peluche. Te traje esto, mamá, dice con voz dulce. Sabina va a vomitar. Corre al baño. Su madre la sigue. Toca la puerta. Pero Sabina no le abre. Diles a todos que no se preocupen, le dice y permanece en el baño por quince minutos.

Al abrir la puerta encuentra a Laureano, con un gesto de preocupación. ¿Ya te sientes mejor? Sigo sintiendo náuseas. ¿Segura? Laureano la mira con desconfianza. Siento dolor en el pecho. Sabías que tarde o temprano tendrías que confrontar a Renata.

Se arma de valor. Sale al jardín. Cree que muchos se acercarán a ella para preguntarle cómo se siente. Pero antes de cruzar la puerta de cristal del comedor, Laureano le informa que les pidió a todos que no le hicieran preguntas. Y justo en ese momento Renata se acerca a su madre. La abraza. Sabina llora. Todos aplauden. Algunas mujeres también lloran. Están llorando por razones distintas. Para ellas, es una escena colmada de ternura. Para Sabina, un suplicio. Renata, ve a jugar con tus primos, dice Sabina para acabar con ese abrazo que la asfixia. La niña obedece. Es una niña muy fuerte, dice Günter al acercarse a Sabina. Ella no responde.

El momento más difícil llega a las once de la noche, cuando todos se marchan. Mañana será lunes y tendrán que ir a trabajar. Incluso Laureano. Renata sigue despierta. Se ve tranquila. Hasta el momento no ha mencionado a Alan, lo cual le genera muchas dudas a Sabina. Al momento de irse a la cama, Sabina decide dormir con Irene. Tiene miedo de que Renata se levante en la noche y le haga algo.

Al amanecer recuperamos nuestra antigua rutina. Me desperté temprano. Hice el desayuno. La sirvienta llegaba. Llega, debería decir. Llega después de las nueve de la mañana. Tiene que llevar a sus hijos a la escuela. La otra sirvienta no tenía hijos. Vivía con nosotros. Era mejor. Más eficiente. Renunció. No sé por qué.

Renata fue la primera en llegar a la cocina. Me saludó como siempre. Le respondí el saludo. Minutos más tarde apareció Laureano. Serví el desayuno para ellos. Yo no tenía hambre. Me ocupé en lavar el sartén y la licuadora. De pronto, Renata preguntó: ¿Dónde está ? La interrumpí. ¡No! ¡Por favor, no empieces! Me di la vuelta en ese instante para verla. Estaba moviendo la bandeja giratoria que tenemos en el centro de la mesa. Donde siempre están la sal, el azúcar, el café, las servilletas y algunos cubiertos. Iba a preguntar dónde está el salero, respondió con tono de voz sumiso. Laureano me observó. Sin decir una palabra. Al terminar de desayunar se fueron. Como antes. Él la llevaba a la escuela. Y de ahí se iba a la oficina.

¿Qué ocurrió esa tarde, cuando Renata regresó de la escuela?

Volvió normal. Como si nada hubiese ocurrido. Se quitó el uniforme de la escuela. Se lavó las manos. Se fue a la cocina para comer. Así había sido nuestra rutina desde que ella había entrado a la escuela. La gran diferencia entonces era que Alan… Mi bebito. Ya no estaba.

¿Renata no habló de él?

Para nada.

¿Cuánto tiempo se tardó en volver a mencionarlo?

No lo mencionó. Yo la descubrí hablando sola en su recámara.

¿Qué decía?

Estaba platicando con él. O, mejor dicho, haciendo como que platicaba con él.

No sabemos aún si está fingiendo. Y si en realidad tiene alucinaciones, si está platicando con él.

Nunca le he creído. Estoy segura de que está actuando.

¿Qué decía esa primera vez?

Caminaba por el pasillo cuando la escuché decir: Es la última vez que te traigo comida. La sirvienta había encontrado comida en el cuarto de Renata. No le habíamos dado importancia porque ella siempre ha sido melindrosa, y saber que come a escondidas fue reconfortante para mi marido. A mí, ya me tiene sin cuidado si come o no.

Me asomé a su recámara y le pregunté qué estaba haciendo. Actuó como si hubiese hecho una travesura. Insistí tres veces. No respondió. ¡Te hice una pregunta, con un carajo!, me acerqué a ella y le di de cachetadas. Se quedó callada.

Más tarde me sentí muy mal. Terriblemente mal. Todo eso era tan complicado. E inverosímil. Por un lado, hacía fuertes intentos por creer que Renata era inocente. Por otro, tenía imágenes en mi cabeza de ella sumergiéndole la cabeza a Alan en la tina llena. Mis pesadillas eran peores. Ella se aparecía como una fiera. O un monstruo cruel ahogando a mi niño. En un río. O el mar. O enormes charcos de agua en la calle.

Días después, Renata me encontró llorando en mi recámara. Me preguntó qué me ocurría y le respondí: Nada que te importe. Ya te dije que es de mala educación estar espiando a la gente. Se fue a su recámara. Se puso a llorar. No la consolé. Ni le pedí perdón. Ni nada. Todo lo relacionado a ella dejó de interesarme. Ella me vio llorando en otras ocasiones. Siempre le respondí que no me molestara. Que no fuera metiche. Que se largara. Cosas así.

¿Y su esposo qué decía?

Él se recuperó del duelo con asombrosa rapidez. El trabajo lo absorbió. Volvió a su rutina de antes. Llegaba muy tarde. Casi no conversábamos. Cuando lo hacíamos era para hablar del comportamiento de Renata. Yo le contaba que ella seguía actuando como si Alan siguiera vivo.

Laureano, susurra Sabina. Ven…

¿Qué pasa?, bisbisa Laureano.

Otra vez está hablando sola. Asómate. No hagas ruido.

Si no te gusta, ve con mamá y dile que quieres comer otra cosa, dice Renata.

¿Con quién hablas?, Laureano abre la puerta.

Con nadie.

No mientas.

Es un secreto.

Puedes contarme.

Pero no se lo digas a mamá.

Lo prometo.

Estaba hablando con Alan.

¿Dónde está en este momento?

Debajo de la cama. No quiere hablar con nadie.

¿Ni conmigo ni con mamá?

No.

¿Por qué?

Dice que tú nunca le haces caso y que mamá siempre está enojada.

Dile que yo quiero jugar con él y que mamá prometió ya no estar enojada. ¿Me prometes que le vas a decir eso?

La sopa aparece derramada en el fregadero. Todo el líquido se fue por el drenaje, sólo está la pasta, aglutinada en el centro. Sabina le pregunta a la sirvienta si ella es la responsable, aunque tiene el presentimiento de que fue Renata, pero no la quiere culpar injustamente. La sirvienta niega tajantemente con un Yo estaba lavando en la azotea, señito. Sabina le llama a Renata con un grito. Ella llega minutos después.

¿Por qué tiraste la sopa por el fregadero?, le pregunta enfurecida.

Yo no fui, mami… Fue Alan.

¡No mientas!, le grita al mismo tiempo que se dispone a darle una bofetada.

¡Es la verdad!, se tapa la cara con los antebrazos.

¡Lárgate de aquí! ¡No te quiero ver!

Licenciado Hoffman, le llama su esposa.

¿Qué pasó, Sabina?

Necesito que me mandes una taza de baño nueva.

¿Qué?

Tu niña le echó un hueso de aguacate a la taza del baño. Llamé al plomero, pero no pudo sacar el hueso. Dice que tendremos que cambiar la taza. Ah… Por si te interesa: tu hija dice que fue Alan.

Con el paso del tiempo, Renata comenzó a hablar con Alan a todas horas. Un día estuve a punto de gritarle que Alan estaba muerto, pero Laureano me lo impidió.

¿Por qué no la llevaron a terapia?

Laureano decía que la llevaría tal día. Cuando ese día llegaba, me llamaba para cancelar la cita porque tenía alguna junta urgente en el trabajo. O cualquier tontería.

¿Y tú por qué no la llevaste?

No quería hacer nada con ella. Me aterraba imaginar que en medio de una sesión ella confesara lo que hizo. Sarita, mi vecina, me invitó a unas pláticas que daba el padre en la iglesia sobre integración familiar. Llevé a Renata cuatro semanas seguidas. Para el sacerdote todo se solucionaba con aceptar a Dios. Leer la Biblia. Acatar los diez mandamientos. Asistir a misa cada domingo. Y cumplir con el diezmo. No hubo

ningún cambio. Semanas más tarde, la lleve a una organiza-
ción de ayuda y optimismo. La verdad me daba pena entrar
ahí y encontrarme con alguien conocido. Así que fui a la
sucursal de Tlalpan. La más lejos de mi casa. Aunque ellos
no les llaman sucursales. Son clubes. Entré a un curso llamado Taller del perdón. El trato me pareció empalagoso. Sonrisas y cariños por todas partes. Échale ganas. Sí se puede. Tú
puedes. No te dejes. El día que perdones a tu pareja. A tus
padres. Serás completamente feliz. Verás qué hermosa es la
vida. Aplausos. Porras. ¡Sí se puede! En filosofía eso se llama
Pensamiento mágico. Yo sabía que todo eso era pura basura.
Intenté. No pude. Veía a Renata a mi derecha y sentía repudio. Desprecio. Odio. Ya ni siquiera toleraba verla sonreír.
Cada instante de alegría suyo, para mí era un mensaje de burla. De victoria. De venganza.

Me harté de asistir a esos talleres en los que abundaba el
llanto. Los consejos optimistas. Y nada de soluciones. Hablé con
mi marido. Acepté venir a terapia. Días más tarde me dijo que
un amigo le había recomendado venir con usted. Al principio
me negué. Tenía miedo de enfrentarme a un psicólogo. Ya sabe
lo que dicen de la gente que necesita de un psicólogo.

Yo no soy psicóloga. Soy terapeuta familiar.

¿No es usted psicóloga?

No. Yo soy licenciada en pedagogía, pero he tomado
decenas de diplomados en psicología, terapia familiar, terapia infantil, autoayuda y asistencia psicoanalítica. En la pared
están todas mis constancias y diplomas. Estoy altamente cali-
ficada para este tipo de situaciones. No te preocupes, estás en
muy buenas manos.

[...]

Han transcurrido tres horas desde que Sabina encontró la
libreta. Sintió que se le doblaban las piernas. Tuvo que sentar-

se para tomar aire y llorar. No se ha movido desde entonces. Sigue sentada en la cama de Renata. Lo que ve le parece aterrador: dibujos horribles, muchos rayones, extremadamente marcados, como si Renata hubiese pasado horas marcando sobre el mismo lugar: una mujer golpeando a una niña. En otro, esa niña con un cuchillo. Frente a ella hay animales muertos. En la página siguiente yace una tina de baño con una cruz, como si fuese una lápida. En otro dibujo, un hombre con un pene erecto, alrededor de él muchos corazones. Más dibujos: una niña caminando hacia el sol, a sus pies un enorme charco de sangre. Una niña ahorcada, al parecer del tubo de la cortina de un baño. Ésos son los más obvios, a muchos de ellos no se les entiende nada. Ojos malvados. Lenguas sangrando. Muchas caras gritando. Círculos y rayas. Ciudades incendiándose. Hay una con decenas de corazones rotos.

Cuando recupera la calma, Sabina se lleva la libreta a su recámara y la guarda en el primer cajón del buró. No le dice nada a Renata cuando ella vuelve de la escuela. Comen en silencio. Sabina le pregunta cómo le ha ido en clases y cómo se siente. Renata no responde más que Bien, Bien, sí, no. Al terminar se va a su recámara y permanece ahí, en silencio.

Al caer la noche, Renata cena y se va a dormir muy tranquila. Laureano llega poco después de las diez de la noche. Sabina le da de cenar. Le prepara el baño y lo espera en la cama.

Encontré una libreta, dice Sabina cuando Laureano camina hacia la cama.

¿De qué hablas?

Dame un minuto. Busca en su cajón. Quiero que lo descubras por ti mismo. No es posible. La dejé aquí. Estoy segura, revisa los demás cajones.

¿Qué pasa?

Aquí dejé la libreta.

Ya la encontrarás luego, no te preocupes, Laureano se acuesta y se tapa con las cobijas.

No entiendes, responde Sabina con molestia. Es una libreta de Renata.

¿De qué estás hablando?

Encontré entre las cosas de Renata una libreta donde hace dibujos. Pero no son dibujos comunes, son cosas horribles, crueles.

Háblalo con la psicóloga.

¡¿Qué?!

Ya te dije, habla con ella.

Esa mujer no es psicóloga. Sólo ha tomado diplomados.

Si los diplomados no sirvieran de nada, nadie los tomaría.

No puedo creer que me estés diciendo esto.

Sabina, estoy cansado, tengo mucho sueño. Mañana me tengo que parar a las seis de la mañana. Son las doce.

Sabina sale de la habitación, se va a la de Irene, se sienta en el sillón y se queda ahí hasta que amanece.

Sabina, ya son las seis, y no hay desayuno, Laureano despierta a Sabina.

Llámale a la psicóloga y pídele que te haga de desayunar, se tapa con una cobija. ¡Y para tu información, no es psicóloga, es pedagoga!, le grita.

¡Es lo mismo!, responde Laureano desde el pasillo.

Sabina no sale de la habitación hasta que Laureano y Renata se van. Entonces se dirige a la recámara de Renata y busca por todas partes. Revuelve todo. Saca la ropa del armario y la examina una por una. Cuando llega la sirvienta, le ordena que le dé el desayuno a Irene y que la bañe. Sabina sigue buscando. No encuentra nada. Poco después de mediodía, la sirvienta le pide a Sabina que vaya a la azotea con ella. Hay un bote de aluminio con cenizas. Renata recuperó su libreta y la quemó.

Hice lo que usted me recomendó. Desde la semana pasada me arreglo y me maquillo como antes, como si fuese a trabajar. A veces me voy a las tiendas. Camino hasta que llega la hora de ir por Irene al kínder. Tiene razón. Mi aspecto dejaba mucho qué desear. No me había percatado de lo mal que me veía. Y lo peor de todo. Mi relación con mi marido. Él ya no me veía. Usted sabe. Yo no lo habría hecho.

En cuanto Laureano me vio, me llenó de halagos. Me preguntó por qué estaba vestida de esa manera. Le expliqué que usted me lo había aconsejado. Me abrazó. Me besó como no la hacía en mucho tiempo. Terminamos en la cama. Usted sabe. Fue muy reconfortante volver a intimar con mi marido. La última vez fue días antes de que muriera Alan.

A veces he llegado a pensar que Laureano tiene una amante. Pero trato de no pensar en ello. Si lo hago sé que me haré daño. Buscar entre sus cosas e interrogarlo sería muy cansado. Y si le soy sincera, hubo un tiempo en el que pensé que sería lo mejor. Primero porque yo no estaba dispuesta a intimar. Por otra, porque esperaba que se enamorara de alguien más. Y se fuera. Que uno de los dos tomara la iniciativa. Nunca he sido el tipo de mujer que se obsesiona con retener a un hombre a pesar de todo. Por el contrario, creo que si una relación ya no funciona, lo mejor es terminar. Pero Laureano jamás me ha pedido el divorcio. Ni yo a él. Tampoco me ha sugerido que ya no me ame. Debo admitirlo.

Si yo estuviera en su lugar ya me habría ido. O me habría conseguido una o varias amantes. Y si lo ha hecho, pues… Bien por él. La verdad es que a estas alturas no sé qué es lo que quiero. No sé si quiero seguir con él. No sé si quiero seguir viviendo. No sé nada.

Lo único que me mantiene viva es Irene. Me preocupa su futuro. Su bienestar. Su felicidad. Por ella soy capaz de aguantar el martirio de vivir con Renata. Soy capaz de fingir ante Irene. Hacerle creer que tiene una familia ordinaria.

¿Te ha preguntado por Alan?

Sí, pero cada vez menos.

Me comentaste hace varias semanas que aún conservas las cosas de Alan. ¿Lo sigues haciendo?

Sí.

¿Cuándo piensas deshacerte de ellas?

No lo sé. Necesito tiempo. Me cuesta mucho trabajo desprenderme de lo último que me queda de mi niño.

Tendrás que hacerlo tarde o temprano si no quieres que Irene crezca con el fantasma de Alan.

¿Con quién hablas, Irene?

Con Alan.

Sabina se arrodilla frente a su hija y la toma de los hombros.

No me hagas esto, mi amor. Tú no.

¿Por qué lloras, mami?

Por nada, por nada...

Mami...

¿Quién es Alan?

Mi hermano.

¿Lo ves?

Sí.

¿Cómo es?

Irene señala el retrato que está en la pared.

¿Desde cuándo lo ves?

[...]

¿Cuándo lo ves?

Cuando jugamos Renata y yo.

El sábado se cumplieron tres años de la muerte de Alan. No tenía intenciones de hacer nada. Quería quedarme en mi cama. Estuve tentada a pedirle a Fátima que cuidara a Irene el fin de semana. Pero antes de que lo hiciera, llamó mi madre para preguntarme si ya había pagado la misa en memoria de Alan. Le dije que no planeaba hacer nada. Me regañó. Dijo que yo no tenía derecho a eso. Me dio un largo sermón sobre las almas en el cielo y la importancia de recordarlas. Ya sabe usted cómo son esas cosas. Finalizó con una advertencia contundente. Si tú no lo haces, lo haré yo.

Esa misma tarde me llamó Fátima para decirme que mi madre ya le había hablado por teléfono y que le había pedido que preparara la comida. Mi hermana es la dulzura andante. Demasiado. A veces empalagosa y cursi. Me dijo que me entendía. Que si ella estuviese en mi lugar, se sentiría peor. Pero que para eso estaban las hermanas. Cuenta conmigo para lo que necesites, me dijo y se despidió.

No le comenté nada de esto a Laureano. Simplemente le avisé que ya estaba todo preparado para la misa y la comida en memoria de Alan. Una vez más, él, como siempre que tenemos reuniones familiares, rentó sillas, mesas y lonas para que comiéramos en el jardín.

Explícame algo: ¿Hicieron estas misas en los primeros dos aniversarios luctuosos?

Sí.

¿Qué le dijeron a Renata? O, ¿cómo reaccionó?

El primer año, Laureano no quiso exponerla, así que la envió con sus padrinos. Y la verdad. Yo tampoco quería que estuviera presente. El segundo, yo decidí enviarla a un campamento. Lo hice con premeditación. Sentía que tenerla junto a mí en una ceremonia como ésa iba a ser mucho más doloroso.

No le dijeron nada.

No.

¿Y qué hicieron este año?

Renata pidió permiso para pasar el fin de semana con unas amigas.

¿Por qué?

No es la primera vez que lo hace. Tiene tres amigas en la escuela con las que se lleva muy bien: Sonia, Lulú y Yadira. Con frecuencia se invitan a sus casas. Ellas han ido a la casa tres o cuatro veces. Hacen sus pijamadas. Se encierran en una recámara. Juegan. Ven películas. Y comen comida chatarra. La última vez que estuvieron en la casa, tuve que pedirles que dejaran de hacer ruido cuatro veces. Gritaban mucho. No dejaban dormir a Irene. Mi marido me regañó. Dijo: Recuerda que tú también fuiste adolescente.

¿Cómo te sentiste en la misa y la comida?

Más tranquila que en los años anteriores. No lloré. Por eso no quería hacer nada. Para no sentirme deprimida.

¿Cómo fue la comida?

Estuvo bien. Fátima cocinó fettuccine con salsa de ragú, con carne, especias, vino blanco y verduras. Pulpo tierno trozado con aguacate, jitomate y cebolla, aderezados con vinagreta al orégano y perejil. Ella estudió para chef. Pero nunca ha ejercido. Su esposo no quiere que trabaje.

Nos divertimos. Yo estuve bebiendo vino. Hubo un momento en el que me sentí culpable. Como si le estuviese faltando al respeto a la memoria de Alan. Mi suegra lo notó. Habló conmigo en la cocina. Me sirvió otra copa de vino. Me dijo que no me sintiera mal por ser feliz.

Laureano, creo que ha llegado el momento de hablar con Renata. Tiene que dejar de actuar como si Alan siguiera vivo.

¿Qué quieres hacer?

Decirle que sé lo que hizo.

Eso no hará que la conducta de Renata cambie. No esperes que de la noche a la mañana ella deje de actuar como si Alan estuviese vivo o que deje de hacer travesuras. Si lo que ella busca es tu atención, lo está consiguiendo y llegará a su meta si te das por vencida. Le podemos decir que creemos que ella mató a su hermano. Y si un día pregunta en qué te basaste para acusarla, ¿estás dispuesta a decirle que fue por la acusación de su hermana de tres años y medio?, una niña que meses después ya no recordaba absolutamente nada.

¿Y los dibujos?

La única que los vio fuiste tú.

[...]

Piensa que Renata se puede poner mal.

No puede estar peor.

No quiero verla en un hospital psiquiátrico. No le hace daño a nadie que ella piense que habla con su hermano.

Me hace daño a mí.

El daño te lo estás haciendo tú misma.

Sabina y Laureano están peleados. Tienen dos semanas sin hablarse. En las mañanas ella prepara el desayuno para Irene y ella, mientras Laureano y Renata van a restaurantes. En las tardes, cuando las niñas regresan de la escuela, Irene come con Sabina. Renata alega que no tiene hambre. Para ella el universo se encuentra en los desayunos con su padre.

El otro día le encontré una libreta con poemas. Escritos de su puño y letra. Supongo que inventados por ella misma... Dedicados a un tal Dieter. Fui a la escuela y pregunté si había alguien con ese nombre y la directora me dijo que no. Mandó llamar a la profesora y ella tampoco me supo dar información. Me prometió que investigaría si alguno de sus alumnos tenía ese apodo. Le rogué que lo hiciera de la manera más discreta posible, para que Renata no se diera cuenta. No lograron averiguar nada.

¡Renata, ven acá inmediatamente!

Sí, mami.

Sabina la toma del cabello y la obliga a asomarse al interior de la lavadora.

¡Estoy cansada de tus chingaderas!

¿De qué hablas?, Renata pregunta asustada.

¿Le vaciaste una botella completa de cloro a la carga de ropa de color?

¡Yo no fui, te lo juro! ¡Fue Alan!

¡No mientas!

¡De verdad que yo no fui!

¡Lo que más me enfada es tu cara de mustia!

Quiero que me entregue mi expediente y el de Renata. Los voy a llevar al Ministerio Público.

¿Y qué les piensas decir?

Que Renata mató a su hermano.

No tienes pruebas.

Los dibujos y las sesiones con usted.

No puedo agregar al expediente ningún argumento sobre los dibujos, porque yo jamás los vi.

¿Y lo que ella ha dicho en las sesiones?

Nada de eso sirve para acusarla de homicidio. Ella manifiesta ver, escuchar y sentir a su hermano.

He decidido abandonar la terapia. Siento que no me está sirviendo de nada.

Lo siento mucho, pero esto no es tan sencillo. Yo te recomendaría que no la abandones. Si el problema es que no te sientes bien conmigo, puedo recomendarte algún psicólogo o psiquiatra.

Ya tomé una decisión. No pienso seguir gastando mi tiempo y mi dinero. Si ya aguanté tres años con Renata, creo que puedo lidiar con ella por el resto de mi vida.

RENATA

Al llegar a casa lo primero que hice fue probarme el *baby doll* que había comprado. Me miré al espejo y me gustó lo que vi. Ya no era la niña escuálida de antes. Aunque las chichis no me habían crecido mucho, mi cuerpo había cambiado. Tenía forma de mujer. Quizá no una mujer voluptuosa, pero sí una mujer. Delgada, de baja estatura, pero una mujer. Una mujer que podía ser sensual. Y que podía enamorar a un hombre. Al hombre que quisiera.

Esa noche papá volvió borracho. Lo ayudé a quitarse la ropa y a acostarse. Lo observé mientras se quedaba dormido y luego me fui a mi cama. A la mañana siguiente, él se comportó como si nada. No le hice preguntas para evitar cualquier confrontación.

Transcurrieron varias semanas. No volvió a insistir con las visitas al psicólogo y yo, obviamente, no dije una sola palabra. A Alan lo veía siempre que salía a la tienda. Me daba mucha tristeza saber que estuviera viviendo en la calle y que no tuviera para comer. Por más que insistí en que se regresara a vivir con nosotros, él se negó. Hasta que un día me cansé y le dije a papá que había visto a Alan. Me ignoró y se fue a su recámara.

—¡Te estoy hablando, papá! —alcé la voz.

—Tu hermano está muerto —regresó enfurecido a la sala—. ¡Está muerto!

—¡No es cierto! —negué repetidas veces con la cabeza—. ¡Vive en las calles!

—¡Deja de mentir! —me gritó desesperado.

—¡Lo veo cada tercer día! —aseguré—. ¡Y me pide comida!

Entonces me dio una bofetada tan fuerte que me tiró al piso. Me quedé ahí, esperando a que se disculpara y me ayudara a levantarme, pero no lo hizo.

Papá salió del departamento sin despedirse. Lo observé tras la cortina mientras cruzaba la cochera. Estuve a punto de llorar, pero me aguanté. Ese día decidí que no volvería a hablar con papá sobre Alan. Si a papá no le interesaba saber de Alan y él tampoco pretendía regresar a vivir con nosotros, yo no tenía por qué desgastarme. Pasé el resto de la tarde pensando en la manera de arreglar las cosas con papá. No podía seguir así. No me gustaba verlo enojado. Menos conmigo.

Poco antes de que anocheciera una de las hijas de la dueña tocó la puerta para decirme que Macario se había orinado en la llanta de su coche. Salí a lavarle y regresé al departamento muy molesta. Esperé a que dieran las doce de la noche y salí con Macario. Lo llevé muy lejos, de forma que no encontrara el camino de regreso, le puse un montón de croquetas en el piso y me fui. No había comido en todo el día así que ni se preocupó por mí. Apenas llegué a la esquina corrí lo más rápido posible para que el perro no me alcanzara.

Papá regresó borracho a las cuatro de la madrugada. Como ya era costumbre, le ayudé a cambiarse la ropa y a llegar a la cama. Se acostó bocarriba. Permanecí a su lado, como siempre, hasta que se durmió.

De pronto, preguntó: *¿Por qué lo hiciste, Renata?*

—¿Por qué hice qué? —pregunté desconcertada.

—¿Por qué lo hiciste? —insistió con melancolía.

—¿De qué estás hablando, papá? —me acerqué a él y le tomé las manos.

No respondió. Pensé en sus palabras. Era claro que me estaba acusando de algo, pero ¿de qué? ¿De ahorcarme con el cable de la secadora? ¿De decirle que Alan estaba vivo? O acaso, ¿había visto cuando saqué a Macario de la casa?

Me acosté junto a él hasta quedarme dormida. No me di cuenta cuando papá despertó.

—Renata —dijo tocándome el hombro—. El perro no está.

No respondí. Pensé que me iba a regañar. Traté de imaginar los escenarios.

—¿De qué hablas? —fingí que no entendía.

—De Macario.

—Ya lo sé, pero… —bostecé.

—No está en el patio. ¿No lo metiste anoche? —preguntó con tono de regaño.

—Sí. Pero… —no supe qué inventarle.

—Pero ¿qué? —se veía muy molesto.

—¿Ya le preguntaste a la señora? —pensé en culparla a ella.

—Sí. Dice que no lo ha visto en toda la mañana.

—¿De verdad? —hice un gesto de desconfianza.

—Sí.

—Me levanté muy temprano y lo dejé salir al patio porque quería orinar.

—Pinche vieja —exclamó papá con enfado.

—¿Qué pasó? —sabía que papá me había creído.

—Seguramente le dejó el portón abierto para que se saliera —apretó los puños.

—¿Tú crees? —me amarré el cabello.

—Es lo más seguro —papá salió del departamento y fue a interrogar a la dueña de la casa. Yo me quedé observando y escuchando desde la ventana.

—Mi hijo sacó el coche en la mañana, pero el perro no estaba.

—Dice Renata que lo sacó muy temprano en la mañana.

—Pues ahora que regrese mi hijo le pregunto —respondió la señora.

Papá volvió muy molesto al departamento.

—Pobre Macario —comencé a llorar—. Va a estar solito en las calles, sin comida. Fue mi culpa...

—No, no fue tu culpa —papá se acercó a mí y me abrazó.

—Sí, yo le abrí la puerta en la mañana para que saliera a hacer pipí.

—No fue tu culpa —me acarició el cabello y yo me sentí feliz, muy feliz, pero no podía demostrarlo en ese momento—. A él no le gusta estar encerrado.

—Por eso lo dejaba salir al patio —miré a mi padre con cara de princesa de cuento de Disney—. Pero esa pinche bruja...

—Voy a buscarlo.

—Yo te acompaño.

Caminamos por todas las calles aledañas hasta que papá dijo que tenía hambre y nos detuvimos a comer en un restaurante.

—¿Me perdonas, papi?

—No fue tu culpa —lo sentí más relajado conmigo.

—No estoy hablando de Macario, sino de todo lo que he hecho mal.

Bajó la mirada.

—No sé qué hice mal —continué—, pero necesito que me perdones.

—¿Por qué me estás pidiendo perdón? —me miró con atención.

Estuve a punto de mencionar a Alan.

—Anoche preguntaste: *¿Por qué lo hiciste, Renata?*

Papá respiró profundo, cerró los ojos y arrugó los labios. Algo estaba ocultando.

—No recuerdo, estaba borracho —respondió con evidente vergüenza—. Perdóname. Estoy bebiendo demasiado. No debería, pero a veces no lo puedo controlar. Hay días en los que camino por toda la ciudad tratando de evitar comprar una bebida. Pero no hay calle en donde no se venda alcohol. Me niego una y otra vez, pero algo en mí exige un trago, sólo uno. Lo peor de todo es que sé que *uno* no será suficiente. Ni dos ni cinco ni veinte, nada es suficiente. Este dolor, esta angustia, este rencor, esta incertidumbre no me dejan en paz. Todo lo hice mal.

—Has sido un buen padre —dije con lágrimas en los ojos.

—No es cierto —agachó la cabeza—. Alan y Sabina no deberían estar muertos. Irene no debería estar en un hospital psiquiátrico. Tú no deberías estar viviendo esto. Le di prioridad al trabajo. Quise llenarlos de opulencia y me olvidé de lo esencial: ser padre, esposo, compañero, amigo.

Permanecimos sin hablar hasta que terminamos de comer. Luego seguimos buscando a Macario sin éxito. A ratos sentía que estábamos buscando nuestras vidas perdidas. De pronto, papá se detuvo frente a una tienda de electrodomésticos.

—¿Qué te parece si compramos una televisión?

Me encogí de hombros. Tenía tanto tiempo sin ver televisión que ya me daba igual.

—Vamos —insistió.

Salimos con una pantalla plana de cincuenta pulgadas, un reproductor de DVD y diez películas. Tomamos un taxi al departamento. Yo fui a la tienda a comprar refrescos y maíz para palomitas y vimos tres películas hasta medianoche. Me quedé dormida en brazos de papá. Fuimos felices. Él y yo, juntos, sin nadie más.

Al amanecer, papá despertó con mucha alegría. Desayunamos en un restaurante. Luego fuimos a una tienda de muebles para adquirir unos libreros y cosas para decorar el departamento.

—¿Y si compramos una sala y un comedor, papá? —pregunté entusiasmada—. Los muebles del departamento están horribles. Las sillas del comedor están guangas, se mueven como mecedoras.

—Me gustaría —respondió dudoso—, pero tendríamos que sacar los muebles y no sé si la señora tenga lugar para guardarlos.

—No le digas nada y tíralos a la basura —sonreí con picardía.

—¿Qué te parece si compramos un sofá reclinable? —propuso con un gesto complaciente—. Así podrás ver la tele a gusto.

—Pero es para una sola persona —hice un gesto de desagrado. Yo quería ver la tele con él. Que me abrazara hasta que yo me quedara dormida en su regazo.

—¿Qué tal este otro? —señaló un sillón largo, cuyo respaldo se hacía para atrás, como un libro, y se convertía en cama—. Uno de los sillones viejos lo podemos poner en mi recámara. A mí no me estorbaría.

—Y el otro en mi recámara —agregué entusiasmada—. Así la sala quedaría perfecta con sillones, tele y libreros nuevos.

De pronto, papá se quedó en silencio, con un gesto melancólico. En el otro extremo de la tienda estaban en exhibición los baños y cocinas Viteri.

—Vamos —se dio media vuelta y caminó en dirección opuesta.

Compramos lámparas de piso, cuadros, unos tapetes, cortinas y cortineros, pues los que había en el departamento eran unos espantosos tubos oxidados, sobre unos clavos. La tienda llevó nuestros nuevos muebles al día siguiente. Papá, entusiasmado, resanó con yeso las paredes, llenas de hoyos de clavos por todas partes, las pintó a dos tonos y les puso cenefa. En realidad, lo hicimos entre los dos. O, por lo menos, yo hice lo que pude. Le ayudaba en lo que él me indicaba. También armamos los libreros. Los siguientes cinco días estuvieron llenos de tranquilidad. Papá no salió ni bebió. Platicábamos.

La situación entre papá y yo mejoró hasta cierto punto. Había días en que no hablábamos mucho y otros en los que sí. Había temas que nunca tocábamos: la escuela (ya había perdido la oportunidad de inscribirme), mi madre y mis hermanos. Estaba claro que papá quería dejar atrás el pasado. Y yo también. Por lo mismo, aunque me encontraba a Alan en las calles, yo ya no le decía nada a papá.

Lo que no había cambiado eran las salidas de papá en las tardes. Se embriagaba cuatro o cinco días por semana. Yo lo esperaba despierta y lo ayudaba a quitarse la ropa y a acostarse. A veces le daba de cenar. Una noche llegó sin el vocho. No me supo decir si se lo habían robado o lo había perdido. Ya antes había llegado caminando al departamento y al día siguiente iba por el coche al bar o al lugar donde lo había dejado. Pero esa última vez no hizo nada al respecto.

—¿Por qué no lo reportas a la policía? —pregunté.

—No —me dio la espalda—. Si voy al Ministerio Público podría enterarme de cosas que no quiero saber.

—¿Cómo qué?

—Que yo mismo choqué el coche y que me inviten a pasar unas vacaciones en una de sus celdas.

—¿No sería suficiente con pagar los daños?

—¿Y si atropellé a alguien? —cuestionó desconcertado—. O peor aún: ¿Y si lo maté? No lo tenía asegurado. Además, si el coche está en el corralón saldría más caro sacarlo que comprar otro. Ni siquiera estaba a mi nombre. Es demasiado viejo y no vale la pena.

Una noche llegó tan ebrio que apenas si logró cruzar la puerta. Cayó al suelo sin poner las manos. Le hablé repetidas veces para que se levantara, pero no respondió. Estaba muy asustada. No sabía si estaba inconsciente por el golpe o por la ebriedad. Así que le eché agua en la cara. Respondió, pero no despertó por completo. Fue una reacción de borracho, nada más. Caminé a la recámara por unas cobijas; regresé a la sala, moví la mesa de centro, extendí las cobijas, puse un par de almohadas y rodé a papá por el piso hasta que quedó sobre las cobijas. Luego, le quité la ropa, lo tapé, me acosté junto a él y lo observé un largo rato.

—Te amo, papá —le susurré al oído al mismo tiempo que le acariciaba el cabello.

No respondió.

—Te amo, Laureano —me acerqué lentamente y besé sus labios con suavidad.

Sentí su aliento alcohólico y me gustó. Un escalofrío recorrió todo mi cuerpo. Tuve un deseo salvaje por besarlo y desnudarme en ese instante. Pero me conformé con contemplar su hermosura hasta quedarme dormida con la cara sobre su pecho.

Al amanecer, Laureano se despertó muy asustado.

—¿Qué estás haciendo aquí? —me quitó de su lado—. ¿Por qué estamos acostados en el piso? ¿Qué sucedió?

—Llegaste borracho —expliqué—, te caíste y ya no te pude despertar, así que traje unas cobijas y te acomodé.

—Perdóname —se llevó las manos a la cabeza—. Todo esto es mi culpa… Ya no debo beber. Necesito… —se quedó callado y observó sus manos que tiritaban sin control—. Necesito un trago…

Me paré y fui a la cocina, saqué una botella de Bacardí, le serví en un vaso y se lo llevé. Laureano lo recibió con las manos temblorosas, lo observó como quien mira un plato lleno de excremento y lo lanzó a la puerta. El vaso se reventó.

—¡No! —gritó—. ¡No deberías hacer esto! ¡Tú deberías decirme que no beba!

—Perdóname —me agaché.

—¡No me pidas perdón! —me regañó furioso—. ¡Hazlo! ¡Tira todas las botellas que encuentres en este momento!

Fui a la cocina y saqué las botellas al patio.

—No. Así no. Debes vaciar su contenido al fregadero.

Regresé a la cocina.

—Espera —dijo en cuanto comencé a vaciar la primera botella—. No lo hagas —caminó a la cocina, me quitó una de las botellas y le dio un trago largo.

No dije nada. Minutos después se salió del departamento con la botella en la mano. No se despidió ni avisó a dónde iba.

Regresó tres días después, justamente hoy, el día de mi cumpleaños. Estaba sobrio. Adusto. Recién bañado y rasurado.

—¿Por qué no viniste a dormir? —le reclamé con furia.

—¿Qué te estás creyendo? No eres mi esposa ni mi madre —dijo con tono tajante.

—Soy tu hija —sabía que debía ponerme igual de tajante que él.

Bajó la mirada y tragó saliva.

—Tienes razón —dijo humillado.

—¿Dónde estuviste? —me sentí poderosa.

—En un hotel —contuvo su tristeza.

Luego se quedó en silencio al mismo tiempo que inspeccionaba el departamento como si buscara algo.

—Quiero que me acompañes.

—¿A dónde?

—Vamos al hospital psiquiátrico. Quiero ver a Irene.

—¿Hoy? —pregunté con enfado.

—¿Cuál es el problema? —preguntó desorientado.

—¿Sabes qué día es hoy? —cuestioné indignada.

—Sí —alzó los hombros.

—¿Qué día es hoy? —insistí molesta.

—Es miércoles.

Me dolió y me enfureció su respuesta. De pronto, pensé que podría estar fingiendo y que me tenía preparada una sorpresa. Así que me bañé, me puse un vestido que mis abuelos me habían comprado (y que no había estrenado), me arreglé el cabello y me maquillé.

Me equivoqué. Fui una estúpida. Hoy que cumplo quince años tengo que pasar mi día en el consultorio de este psiquiatra, que dice que el error de mis padres fue llevarme con una *impostora*.

—¿Impostora? —pregunto sorprendida.

—Necesitas tratamiento psiquiátrico, no un taller de superación personal.

—Yo no estoy loca —me pongo de pie y camino a la puerta.

—Te voy a explicar cómo están las cosas: Yo estoy tratando a Irene y a tu papá. Conozco la historia de tu familia. Sé lo que sucedió con tu mamá y tu hermano. Tengo el poder para encerrarte en este hospital psiquiátrico. Hoy mismo. En este preciso instante. Claro, si cruzas esa puerta. Por supuesto que eso es lo que menos queremos. ¿O me equivoco? No creo que sea necesario llegar a tanto. Por eso, te recomiendo que no hagas ningún espectáculo y mejor te sientes y respondas a mis preguntas. Tú decides si quieres colaborar.

Lo que menos esperaba era una amenaza así. Me arrepentí de muchas cosas. Primero de haber insistido con Laureano de que Alan estaba vivo y de que me lo encontraba en las calles dos o tres veces por semana. Segundo por haberme ahorcado con el cable de la secadora de cabello. Y tercero por decirle a Laureano que no me llevara con la terapeuta, o la impostora, como dice el psiquiatra. Con ella las citas eran de una hora y sin contratiempos. Si me negaba a hablar, ella no hacía más que esperar sentada. Era como platicar con un sirviente. "¿Cómo estás, Renata?". "No quiero hablar". "Está bien".

Fui una tonta. Desperdicié mi tiempo. Si Laureano no quería saber nada más sobre Alan, lo hubiera dejado así. Pero no. Ahí voy de tonta.

—¿Quieres tomar asiento? —dice el hombre.

Me dirijo al sillón con pasos lentos.

—Quiero que te tranquilices. Cierra los ojos y respira profundo.

—No quiero hacer eso —digo.

—Es necesario. Tienes que estar serena para que podamos hablar. Tómate el tiempo que consideres necesario.

Intento, pero no puedo. No sé por qué tengo la idea de que todo esto es una trampa. Me da miedo que Laureano me quiera encerrar con Irene. ¿Será? Así ya no tendría que ocuparse de mí.

—Piensa en lo que te hace más feliz —dice el psiquiatra varios minutos más tarde, mirándome como si estuviera contándome todas las pecas de la cara.

Pienso en Laureano. Él es mi felicidad, es mi todo. Pero no pienso decirle al psiquiatra en qué estoy pensando.

—No necesito que me digas qué es eso que te hace tan feliz.

Lo miro con desconfianza.

—No me mires —dice—. Cierra los ojos y piensa en eso que te hace feliz. Piensa que en cuanto terminemos la sesión podrás obtener eso. Incluso si nunca lo has tenido.

Cierro los ojos y pienso en *eso*. No, no debería. No es correcto. Pero ahora no puedo quitarme la idea de mi cabeza. Lo he deseado por tanto tiempo, pero últimamente se ha vuelto más intenso.

—¿Será posible? —digo sin percatarme que lo digo.

—Todo es posible, si te esmeras —responde el pinche viejo.

De pronto, me pregunto cuántos años tendrá el doctor. ¿Sesenta? Tal vez cincuenta, pero la barba blanca, los lentes y el sobrepeso lo hacen verse viejo. Es de esos gordos que no dan asco. Es como un oso de peluche.

—Bien. Ahora quiero que me digas cómo te sientes con esta nueva vida con tu papá.

—Feliz.

—¿Por qué? —pregunta desde su sillón.

—Por... —me quedo pensativa. Debí decir otra cosa. *Feliz* es demasiado descarado. Se supone que debería estar triste porque mi familia está incompleta—. *Feliz* hasta cierto punto —corrijo—. Me faltan mis hermanos y mi madre.

—¿De verdad? —se acomoda los lentes.

—Sí —agacho la cabeza.

—No te veo muy convencida —me observa como a un ratón de laboratorio.

—Lo estoy —suspiro—. ¿Por qué no debería estarlo?

—No tiene nada de malo que te sientas feliz viviendo con tu padre —mueve las manos mientras habla—. Cuando yo era niño, deseaba que mis hermanos se fueran de la casa para poder ser el único hijo al que mis padres atendieran. Éramos ocho. Yo, por ser el mayor, tuve que cuidar a mis hermanos y, lo peor de todo, tenía que dar el *buen ejemplo*. Muchas veces pensé que mis padres eran injustos. No era mi obligación dar el buen ejemplo. Es responsabilidad de los padres educar a sus hijos no de los hijos mayores.

El oso de peluche ya me está cayendo bien.

—Me siento feliz con Laureano, aunque me gustaría que algunas cosas cambiaran.

—¿Laureano? —se quita los anteojos.

—Sí, papá —explico y alzo los hombros.

—¿Le llamas por su nombre? —se pone los lentes.

—Sí.

—Está bien, sigamos con lo que me estabas contando. ¿Qué cosas te gustaría cambiar?

—Que viviéramos en otro lugar —me recargo en el respaldo del sillón.

—¿Extrañas tu casa? —inclina la cabeza sin quitarme la mirada.

—No —observo su consultorio.

—Describe la casa que te gustaría tener en este momento. Un lugar en donde vivieran únicamente tu papá y tú.

—Me gustaría una casa sola, con jardín, alberca y cuatro recámaras: una para Laureano, una para mí y dos para nuestros hi... invitados.

—Cuatro recámaras suena perfecto. Así no se tiene que limpiar mucho. Aunque lo mejor sería tener una sirvienta.

—Nosotros teníamos muchacha, pero era muy floja. Mi madre tenía que limpiar lo que la sirvienta no hacía bien.

—¿Tú mamá era muy exigente?

—Sí.

—¿Contigo o con todos? —escribe algo que no puedo ver en su libreta amarilla.

—Con todos, pero especialmente conmigo.

—¿Cómo te sentiste el día que murió tu madre? —coloca la tapa del bolígrafo en la barbilla.

No sé qué responder a eso. Me quedo callada y el oso de peluche me observa con atención.

—Puedes decirme lo que realmente sientes. No le diré nada a nadie.

Me quedo pensativa. Tengo ganas de decirle a alguien lo que en verdad sentí ese día, pero no sé. Me da miedo que vaya de chismoso. Luego pienso en la *impostora* y hasta donde recuerdo jamás me echó de cabeza. Creo que es cierto eso del secreto de confidencialidad. Así que decido confesarme:

—El día que mi madre se quitó la vida fue uno de los más felices de mi adolescencia —digo sin titubeos.

El psiquiatra no se muestra asombrado ni preocupado.

—Yo me habría sentido igual en tu lugar —me dice con tranquilidad.

No puedo creer lo que me acaba de responder.

—¿Está hablando en serio? —le pregunto.

—Estoy hablando en serio. He estudiado tu caso por varios meses y sé lo que viviste. Tu infancia no fue fácil. Te entiendo. Estoy de tu lado. Háblame de tu madre. ¿La odiabas?

—¿Que si la odiaba? No lo sé… Tampoco sé si la quería. Hay muchas cosas que no sé, que no recuerdo, que no entiendo. Lo que sí sé es que los primeros años de mi vida fueron los mejores…

[...]

Sin darme cuenta se nos fueron cuatro horas. Este psiquiatra sabe sacarle la sopa a sus pacientes. Me embaucó de tal manera que terminé confesándome. Le dije todo. Todo.

—Muy bien, Renata. Creo que ya es momento de que vayas con tu papá a festejar tu cumpleaños.

—¿En verdad? —pregunté sonriendo—. ¿Me puedo ir?

—Por supuesto. Nos vemos aquí la semana que viene —anota algo en la libreta amarilla que tiene en una tabla.

Sonrío y lo abrazo.

—Pensé que me iban a encerrar en este manicomio —digo con alegría y sin poder evitarlo lloro.

—No. No hay necesidad —sonríe—. Ve con tu papá, que seguramente debe estar muy aburrido de esperar tantas horas.

Salgo y me encuentro a Laureano sentado en el sillón de la sala de espera. Tiene una revista en las manos, pero no la ve. Es evidente que nada más la ha estado hojeando a ratos. Camino hacia él y lo abrazo.

—¿Cómo te fue? —pregunta Laureano con preocupación.

—Bien. Muy bien —sonrío mucho—. Me siento bien. Vámonos.

—Espérame —mira al interior del consultorio—. Voy a hablar con el psiquiatra —entra al consultorio y cierra la puerta.

Por un momento siento miedo. No sé por qué. Minutos después Laureano sale con tranquilidad. Sonríe. El oso de peluche le da la mano y cierra la puerta sin mirarme.

—¿Qué te dijo? —pregunto con ansiedad.

—Que fue una buena sesión —aprieta los labios mientras afirma con la cabeza—. Que nos espera la semana que viene.

—¿Eso fue todo? —me siento muy entusiasmada.

—Me dijo que es muy probable que la próxima semana te recete algunas pastillas —frunce el ceño ligeramente.

—¿Nada más pastillas? —respondo contenta—. No sabes qué miedo tenía, pensé que me iban a encerrar ahí con todos esos…

—No te preocupes —cierra los ojos y niega ligeramente con la cabeza.

Caminamos a la salida.

—¿Cuántas veces has tomado terapia con él?

—No sé. Ya perdí la cuenta. Comenzamos poco después de internar a Irene. Él me dijo desde un principio que sería necesario que tú y yo tomáramos terapia, pero no le hice caso. Al principio tomaba terapia cada vez que me sentía muy, muy mal. Como antier. Vine borracho y él me internó veinticuatro horas, luego tuvimos una sesión y concluimos que te traería hoy.

Llegamos a la avenida y Laureano le hace la parada a un taxi. Lo veo y me siento feliz. Soy feliz con él. Estoy enamorada de él. Me encanta. Ahora no me queda duda de que Laureano y yo podemos ser felices juntos. *Todo es posible en este mundo*, dijo el oso de peluche.

—¿Qué vamos a hacer ahora? —pregunto.

—¿A qué te refieres? —me mira confuso.

—Sí. En este momento —ya no me importa que no se acuerde. Decido recordárselo yo misma—: Hoy es mi cumpleaños, Dieter.

—¿Hoy es tu...? —pregunta asombrado y de inmediato se muestra incómodo—. No me llames así.

—¿Qué tiene de malo?

—Soy tu papá —responde muy molesto.

—Perdóname, es que estoy muy contenta —sonrío. No quiero que se acabe la magia de este día—. Es mi cumpleaños y quedan pocas horas.

—Es cierto —se tranquiliza—. Vamos a comer a donde quieras.

—Comida china. ¿Te parece?

—Hoy es tu día. Tú mandas.

Al llegar al restaurante, veo a Alan a varios metros de la entrada. Él no me ha visto. Está pidiendo dinero a la gente que camina en la banqueta. No sé si decirle a Laureano o callarme. Volteo la mirada hacia Laureano y encuentro en él una alegría extraviada.

—Me muero de hambre —camino apresurada.

—¿Y ese milagro que tienes hambre?

—No sé. Quizá sea el olor a comida. Vamos.

Es un bufet y está casi lleno. De chinos sólo la señora en la caja registradora y un hombre que sale ocasionalmente de la cocina, los demás empleados son mexicanos. Laureano y yo tomamos nuestros platos y nos servimos. Si por mí fuera me serviría una sola porción, pero ahora debo seguir con mi mentira de que me muero de hambre. Me sirvo dos porciones. Al llegar a la mesa, me doy cuenta de que estamos junto a una ventana. Alan está del otro lado, mendigando, en dirección hacia la calle. No pienso decir nada, pero me preocupa que Laureano lo reconozca —a pesar de las remotas posibilidades, pues mi hermano le está dando la espalda— y quiera salir a hablar con él. Sé que Alan no le hará caso y que se irá corriendo. Lo que no sé es qué haría Laureano. ¿Iría detrás de él hasta alcanzarlo? ¿Y si no lo alcanza? No, eso no sería bueno. Toda la alegría que Laureano ha recuperado se desvanecería.

Disimulo. Sonrío. Como. Mastico con dificultad. No me gusta lo que tengo en la boca, pero ni modo de escupirlo. Mi madre muchas veces me regañó por hacer eso. Y no lo haría por ella, sino por Laureano. Dije que moría de hambre y si ahora le salgo con que no me gusta esta porquería china se enfadará. Mastico lo más rápido que puedo. Siento que voy a vomitar. Lo hago con desesperación, como si en verdad muriera de hambre. Ya no me importa que tan asquerosa sea esta comida, no la saboreo, solo trago los tallarines y esta carne grasosa. Siento la comida en la garganta.

—Voy al baño, me estoy haciendo pipí —me levanto rápidamente y corro.

Todos los excusados están ocupados. Son tres, pero estas pinches viejas parece que están tapadas. Ya no soporto. Les toco a las puertas.

—Tengo una emergencia, necesito vomitar —toco más fuerte y más rápido—. Voy a vomitar en el piso.

—¡Ya voy, ya voy, espera! —dice una mujer y sale.

Justo cuando voy a vomitar, me doy cuenta de que la muy asquerosa no le bajó al baño. Lo hago yo y espero con dificultad. Apenas veo que su mierda se ha ido, me inclino y vomito. No quiero arrodillarme, este baño me da asco.

—¿Estás bien? —pregunta una mujer.

—¡Sí, pendeja! —respondo enojada—. ¡Sólo vine a vomitar para poder comer más!

—Eso se saca una por andar de acomedida —me responde furiosa—. Muérete.

—Estas niñas son cada vez más groseras —dice otra mujer con indignación.

—Déjala ahí, a ver quién le ayuda.

Escucho que salen del baño.

—Si supieras lo que es vivir en las calles no estarías vomitando —dice Alan de pronto.

—¿Qué haces aquí? —pregunto al verlo parado en la caja del excusado.

—Te vi entrar.

—Yo también te vi afuera. Te estoy preguntando qué haces en el baño de mujeres.

—Vine a verte.

—A molestarme...

—Sé que hoy fuiste con el loquero. Le dijiste puras mentiras.

—¡Eso no es cierto! —me limpio la boca con papel de baño, lo tiro al excusado y le jalo al agua.

—¿Por qué no le dijiste lo que me hiciste? —me reclama enojado.

—¿Qué fue lo que te hice?

—No te hagas.

—No sé de qué estás hablando.

—Lo que me hiciste en la tina de baño.

—Estábamos jugando.

—Yo te dije que no quería jugar. Y aun así me metiste al agua.

—Fueron diez segundos. No seas chillón.

—¡No fueron diez segundos!

—¡Sí! ¡Fueron diez segundos!

—¡Mientes! ¡Mientes! ¡Mientes! ¡Mientes! ¡Mientes! ¡Mientes!

—¡Ya! ¡Ya no te soporto! ¡Ya no te quiero ver! ¡Lárgate de mi vista!

—¿Estás bien? —pregunta una mujer al mismo tiempo que toca la puerta.

Entonces me tranquilizo. Cierro los ojos y respondo.

—Sí.

—¿Necesitas ayuda?

—No —salgo llorando y me apuro a lavarme la cara y la boca.

—¿Quieres que llame a tus papás? —pregunta con angustia.

—No —me seco la cara.

—¿De veras? —se acerca con ternura.

—¡Ya le dije que no! —grito—. ¡Déjeme en paz!

Cuando me tranquilizo, salgo, camino a nuestra mesa y encuentro a Laureano muy serio.

—¿Qué te pasó? —cuestiona preocupado.

—Creo que algo me cayó mal —me llevo las manos al abdomen para fingir dolor de estómago.

De regreso a casa tomamos un taxi. Laureano recupera el ánimo.

—Tomé la decisión de vender las tres casas —me dice con entusiasmo—. Con eso alcanzará para abrir una ferretería pequeña y comprar una casa de dos o tres recámaras. De esa manera no tendremos que aguantar a nadie y podremos tener otro perro. Te aseguro que estaremos bien…

Me cuesta trabajo ponerle atención. El rostro del taxista me inquieta. Se parece mucho a Jacobo. Me mira a través del retrovisor y me sonríe con lujuria. Ya no quiero estar en este coche. Me quiero bajar. Lo peor de todo es que no hay tráfico y ni cómo abrir la puerta.

—¿Sí me estás escuchando? —pregunta Laureano.

—Sí, papi —respondo sin interés.

—Quiero que regreses a la escuela en cuanto compremos la otra casa. Vamos a estar bien. Te prometo que todo cambiará.

El taxista me mira con insistencia. Me da miedo. Estoy a punto de llorar. Siento el aliento pestilente de Jacobo y su cosa asquerosa entrando en mi cuerpo. Alan dijo la verdad: le mentí al psiquiatra, le dije que el taxista no me había violado que lo había inventado para que mis abuelos me trajeran de regreso con Laureano. Pero ahora sé que no mentí. Lo había olvidado. No sé por qué lo olvidé. ¿Por qué lo olvidé? Duele tanto. No lo quiero recordar. Lastima mucho recordar. ¿Por qué me hizo eso? Maldito cerdo.

—¿Te gustaría ir a una escuela de mujeres? —pregunta Laureano.

—¿Por qué?

—No sé, sólo pregunto.

Ahora comienzo a dudar de la promesa de mis abuelos. ¿Le habrán dicho a Laureano sobre Jacobo?

—La verdad no lo había pensado —respondo.

—Ya habrá tiempo para pensarlo.

—¿Te parece bien si vemos una película? —me pregunta Laureano en cuanto entramos al departamento.

—No tengo ganas de ver películas. Mejor hay que celebrar.

—¿Cómo?

—¿Me invitas un trago? Es mi cumpleaños.

—No —Laureano cierra los ojos y niega con la cabeza.

—Una no cumple quince años cada treinta días. Además, ni siquiera tuve fiesta ni vestido ni pastel.

—Pídeme cualquier cosa, menos alcohol —me mira seriamente.

—Tienes razón. Perdóname… —hago una mueca de desilusión—. Se me antojó.

—¿Alguna vez has probado el alcohol? —parece preocupado.

—No —miento, un día que él no estaba le di un trago a una de sus botellas.

—No deberías. Es muy malo. Y muy adictivo.

—Tienes razón —sé que accederá.

Laureano se queda callado por varios minutos, mira hacia la alacena y suspira con inquietud.

—Pero sólo un trago…

En verdad necesitaba ese trago. No fue un día fácil. El psiquiatra, Alan y Jacobo me hicieron pasar muy malos momentos el día de hoy.

Yo sólo he tomado media copa. Él… creo que ya lleva diez o quince. No sé. Hoy está muy alegre. Me gusta… Lo amo. Me encanta. Me gusta verlo fumar. Me fascina inhalar el humo que exhala.

—¿Quiero bailar? —le digo—. Es mi cumpleaños. Hoy cumplí quince años.

—Ya no es tu cumpleaños. Ya son más de las dos de la mañana. Tu cumpleaños fue ayer. No seas abusiva.

—Bueno, tengo quince años dos horas de nacida.

—No, pues sí. No cualquiera cumple quince años dos horas de nacida cada… ¿Cómo era eso que dijiste hace rato? —pone un disco de Julie Andrews.

I feel pretty. Oh so pretty. I feel pretty and witty and gay, and I pity any girl who isn't me today. I feel charming, oh so charming. It's alarming how charming I feel. And so pretty, that I hardly can believe I'm real.

Bailo entre los brazos de Laureano y me siento muy, muy feliz. No necesito nada más en esta vida. Estoy completa.

—¿Qué me ves? —me pregunta.

—Mi reflejo en tus ojos —respondo, coloco mi mejilla en su pecho y sigo sus pasos.

Pasan las horas como un breve instante. Dan las cuatro de la mañana. Tan sólo bebí dos copas, pero me siento tan borracha como Laureano. Voy a mi recámara y me maquillo. Laureano sigue bebiendo en la sala. Me pongo el *baby doll* y me miro al espejo. Salgo a la sala y lo encuentro sentado en el sillón, pero dormido. Me acerco a él, me siento con las piernas abiertas sobre su regazo, coloco mis manos en su pecho y lo beso. Muchas veces sentí este deseo, pero ahora no lo puedo contener. Es el momento. Dieter, me encantas. Necesito tu boca, tu piel, tu aliento. No responde. Chupo sus labios, los lamo, los chupo con ansiedad. Necesito más. Le abro la camisa y le beso el pecho. Todo. Muy lentamente. No puedo contenerme. No soy yo misma. No me reconozco. Necesito comérmelo. Le desabrocho el pantalón y…

Laureano abre los ojos. Me mira aterrado.

—¡¿Qué estás haciendo?!

No sé qué decir.

Baja la mirada y se ve a sí mismo. Luego me mira con rabia.

—¡¿Qué has hecho, maldita?!

Me golpea. Lleva sus manos a mi cuello y aprieta. Aprieta fuertemente. Me falta el aire. Estoy llorando. Siento lo mismo que sentí el día que me ahorqué con el cable de la secadora. Caigo al suelo. Él está sobre mí. No me suelta el cuello. Aprieta muy fuerte. Veo sus ojos rojos, su boca llena de saliva, la rabia en su rostro. También está llorando.

—¡¿Por qué me haces esto, maldita?! —sus lágrimas se derraman sobre mi rostro.

Quiero responderle que todo lo hice por amor, pero no puedo, él sigue apretando mi cuello con todas sus fuerzas.

LAUREANO

Siéntate aquí, Laureano, donde el sol acaricie tu piel. Observa a la gente apurada por llegar a su destino. Al trabajo. A la escuela. A una cita amorosa. La vida es una carrera en la cual todo se gana y se pierde.

Ne me quitte pas. Je t'inventerai des mots insensés que tu comprendras. Je te parlerai de ces amants-la qui ont vu deux fois leurs cœurs s'embraser. Je te...

¿En qué piensas mientras cantas, Laureano? En Irene. Mi niña. Pero no puedo hacer nada por ella. El hombre de la bata blanca dijo que mi niña no volverá a hablar. Nunca más. Nunca más. Nunca más. Me di por vencido. *Ne me quitte pas.* Mi niña. Irene. Perdóname. Fui un idiota. Jamás acepté que le revelaran a Renata que Alan estaba muerto. No quería verla internada en un hospital psiquiátrico. Ahora pago el precio.

Todo parecía estar mejorando hasta que Sabina te contó que Renata le escribía cartas a un niño llamado Dieter, lo cual llamó tu atención. En una ocasión llevaste a Renata a un restaurante y un alemán se les acercó y te llamó Dieter. Le respondiste que estaba confundido. Él se excusó y dijo que eras muy parecido a un amigo de descendencia alemana llamado Dieter. Ambos sonrieron. En cuanto el hombre se marchó, Renata te dijo que le gustaba mucho el nombre, incluso agregó que tenías un perfil alemán. Le respondiste que no era para sorprenderse, pues tu padre había nacido en Alemania.

A partir de entonces, Renata comenzó a llamarme Dieter, pero únicamente en privado. No le di importancia y, por lo tanto, jamás se lo mencioné a Sabina. Además, sus conversaciones siempre eran sobre tu trabajo y las travesuras de Renata. Nunca indagaste en el asunto de las cartas al tal Dieter.

Sabina te dijo en diversas ocasiones que había encontrado una libreta de Renata llena de dibujos obscenos y crueles. Y en esas cuatro ocasiones te dijo que Renata se las había robado, lo cual te parecía absurdo. Tu esposa aseguraba que Renata se las ingeniaba para crear emergencias y distraerla, para recuperar su libreta. La primera vez la quemó en la azotea. No le creíste a Sabina. Pensaste que estaba inventando todo o que ya estaba perdiendo la cordura.

Los últimos meses de vida de mi mujer fueron atroces y no me di cuenta. Se ocupó en darle una vida normal a Irene y optó por fingir, por ocultar todo eso que le carcomía el alma día con día. Intentó ahorcarse. Llegaste justo a tiempo para quitarle la soga del cuello. Había encontrado una hoja escrita por Renata que decía: "Mamá, sé que te sientes culpable por mi muerte. Cometiste un error, pero ya te perdoné. Atentamente, Alan". La abracé y lloramos.

Tiempo después se cortó las venas en la tina del baño. Había dejado a Irene y Renata en casa de Fátima. La cargaste hasta el auto y la llevaste al hospital. Cuando volvió en sí, te contó que había encontrado la libreta de Renata y en una hoja había un dibujo de un niño muerto y una frase que decía: "Muérete, Alan".

Oh, Sabina, mi Sabina, no me dejes, no me dejes, no me dejes...

La encontraste con un revólver en la boca. Todo el cuerpo te tiritaba. Diste unos cuantos pasos y ella te advirtió que no lo hicieras. Te detuviste. "Sabina, vamos a hablar, baja el arma", dije. "No te acerques", ordenó. Sus ojos estaban rojos, sus mejillas empapadas. Lloraste. Suplicaste que no lo hiciera. En una mano tenía una libreta. "Ahí están las pruebas que querías. Quédate con tu hija", y jaló el gatillo. Detrás de su cabeza salió una explosión de sangre y su cuerpo se desplomó. En ese santiamén escuchaste el grito estruendoso de Irene, que había observado todo desde la puerta. Caíste de rodillas, te llevaste las manos a la boca, cerraste los ojos y lloraste. Sentiste que te asfixiabas, Laureano. Querías morirte. No recuerdo qué pasó después. Perdiste la noción del tiempo. Perdí una parte de mí. La más valiosa de tu vida. La mujer que más había amado.

Je creuserai la terre jusqu'après ma mort pour couvrir ton corps d'or et de lumière. Je ferai un domaine où l'amour sera roi, où l'amour sera loi, où tu seras reine.

Te acercaste temeroso a su cadáver y recogiste la libreta. En una página decía: "Dieter, si el amor existe, estoy segura de que tiene tus ojos y de que besa igual que tú". En otra había un dibujo cruel: un niño muerto en una tina de baño. En otra página había una carta de amor que decía: "Dieter, eres el mejor amante del mundo. Te prometo guardar el secreto para que Sabina no se entere". En las hojas siguientes había muchos dibujos pornográficos. La última página tenía una carta que decía: "Dieter, ya pídele el divorcio a Sabina para que tú y yo podamos ser felices por siempre. Si no lo haces, le confesaré toda la verdad. Ya me cansé de llamarte Dieter. Ya déjala. Laureano, el sexo de ayer fue fantástico. Te amo. No me importa lo que diga la sociedad. Tú y yo por siempre".

Las manos te tiritaban mientras sostenías esa libreta llena de mentiras y más mentiras. Lloraste de rabia. Tuviste un deseo feroz por matar a Renata. La odiaste a partir de ese día.

Reaccioné en ese momento. Comprendí que eso me incriminaba. Tú eras inocente. Jamás tuviste sexo con tu hija. Sentiste mucho temor. Imaginaste lo peor. Corriste a la cocina, encendiste el horno. Comprendiste que eso dejaría evidencias.

Encendiste el triturador del fregadero, abriste el grifo, arrancaste las hojas y las echaste por el drenaje, una por una.

Te acordaste de Irene. Volviste a la sala. La encontraste de pie, con la boca abierta y la mirada extraviada. "Mi niña Irene", dije, pero no respondió. La cargué a la recámara, la acosté y le hablé cariñosamente. De pronto, unas lágrimas brotaron de sus ojitos tristes. Levantaste el teléfono y llamaste a la policía, luego a tus padres. Ellos se encargaron de comunicarles a tus suegros.

Llegaron cuatro patrullas y una camioneta del SEMEFO. Los policías te interrogaron. Les explicaste varias veces que Sabina se había disparado. Te informaron que te llevarían detenido.

Dos policías te subieron a una patrulla y mientras uno manejaba el otro se giró en su asiento para verte de frente. "¿Por qué la mataste?", te preguntó. "¡Yo no la maté!", respondí sin titubear. "Ya me preguntaron lo mismo cuando llegaron a la casa". "Eso dicen todos. Y luego las pruebas científicas demuestran lo contrario". "Hagan todas las pruebas que sean necesarias". "Mira, yo te entiendo", dijo. "Las viejas son bien difíciles de tratar. Son bien pinches volubles y lo sacan a uno de sus casillas. ¿A poco no, pareja?", le preguntó al conductor. "¡Yo no la maté!", insististe. "El asunto está así", continuó el policía. "Nosotros te podemos ayudar. Es más, si quieres hasta podemos testificar que vimos cuando tu esposa se dio el tiro. Te lo ponemos barato: medio melón. También hay que darles su mochada a los peritos y allá en el juzgado, y a algunos compañeros. O te podemos llevar al Ministerio Público, te irás a los separos y luego al reclusorio. El problema es que pueden pasar años en lo que se comprueba tu inocencia. Ya sabes cómo es esto del papeleo, los citatorios y el juzgado. Y no sólo eso, también están los abogados que nada más quieren mamar lana. Perderás tu empleo y tendrás que hipotecar tu casa, porque sí es tu casa, ¿verdad?".

No respondí.

Te hice una pregunta: "¿Es tu casa o rentas? Y no mientas porque nosotros todo lo podemos averiguar. Pendejos no somos". "Sí. Es mi casa". "Pues ya estamos", concluyó con una sonrisa. "Llévenme al Ministerio Público", dije. "A mí no me vengas a decir lo que tengo que hacer", respondió enojado. "Te llevaremos cuando se nos dé nuestra reputísima gana. No te pongas mamón. Te estamos dando trato *vi-ai-pi*". "Yo no maté a mi esposa". "Nosotros podemos demostrar lo contrario. ¿Cómo la ves? Y hasta podemos hacer que firmes tu declaración hoy mismo. ¿Tienes idea de lo que te vamos a hacer cuando lleguemos al MP? Te vamos a dar toques en los huevos. Te vamos a meter de cabeza en una tina, te va a entrar al agua por la nariz, sentirás que te estás muriendo, te orinarás del miedo. Te sacaremos cuando ya no puedas aguantar la respiración, y justo cuando abras la boca para jalar aire, te meteremos en chinga al agua. Ni tiempo te dará de jalar aire, tragarás agua llena de tierra, sangre, babas, meados, vómito. Te vamos a dar la madriza de tu vida. Y te arrepentirás de no haber aprovechado nuestra oferta".

"Llévenme al Ministerio Público. Ahí hablarán con mis abogados. Sólo les advierto que estudié en el ITAM. Mis compañeros de generación fueron José Antonio Meade (Secretario de Relaciones Exteriores), Ernesto Cordero (presidente del Senado de la República), Andrés Conesa (sobrino de Francisco Labastida Ochoa), José Yunes (Senador del estado de Veracruz), Luis Videgaray (recién nombrado Secretario de Hacienda). Y si no me quieren creer, allá ustedes".

Fue la única vez que usé ese recurso para salir de algún problema. La verdad no sabía si alguno de ellos me ayudaría. Hacía años que no los veía. Ellos se habían convertido en políticos de alto nivel, mientras yo llevaba una vida en declive.

Te llevaron al Ministerio Público, donde ya te esperaba el abogado. Le contaste todos los detalles y él se encargó de todo para evitar que los policías tomaran represalias contra ti. Más tarde te hicieron la prueba de rodizonato de sodio para determinar si habías disparado el arma: te llevaron a un cuarto y te limpiaron las manos con unos trapos mojados con solución de ácido clorhídrico. Después, te llevaron a los separos y te interrogaron. Al día siguiente te informaron que, de acuerdo con Servicios Periciales de la Procuraduría Capitalina, la prueba de rodizonato de sodio arrojó negativo en ambas manos.

Cuando saliste, te estaban esperando tus padres, tus suegros, tu cuñada, su esposo y Renata, quien te abrazó amorosa. Tuviste deseos de golpearla. Te la quitaste de encima.

Tras el funeral presenté mi renuncia en el trabajo. Me hospedé en un motel de quinta a una cuadra de Sullivan, donde todas las noches desfilan decenas de prostitutas. Me dediqué a beber a todas horas. Comía una vez al día. Visitaba a Irene dos veces por semana. Y aprovechando el viaje, tomaba terapia con el psiquiatra. Tenía dinero en el banco. En las noches me iba a Sullivan y me llevaba a la primera joven que me encontraba. Ninguna de ellas logró despertar la pasión en mí. Aun así, les pagué lo prometido, con tal de tener a alguien que me hiciera compañía.

Un día fuiste a ver a tus padres y te contaron que el chofer había violado a Renata. Por un breve instante sentiste… ¿cómo llamarle? Indemnización. ¿Fue el placer de la venganza? Te arrepentiste de inmediato. Te pareció cruel el haberte sentido bien porque un depravado hubiese violado a tu hija, tu niña consentida por tantos años.

"Renata necesita a su padre ahora más que nunca", las lágrimas de tu madre te hicieron sentirte miserable. No querías volver a casa. No a la casa donde Sabina se quitó la vida y donde Alan murió ahogado. Muy tarde comprendiste lo difícil que fue para tu mujer entrar a ese baño por cinco años.

Encontraste un departamento amueblado y muy barato. Te aterraba la idea de convivir con Renata. Verla sonreír y actuar como si nada. Pensabas en lo que tantos años le dijiste a tu mujer: "Entiéndela, es una niña". Lo creíste fácil. No lo fue. Por más que intentabas te resultaba tortuoso tener que verla al despertar y tratarla con cariño. Pero también pensabas en lo que le había hecho el chofer de tus padres. Pensabas en su sufrimiento y tratabas de imaginar lo difícil que era ser Renata. Te preguntabas día y noche qué pasaba por su mente, qué había provocado en ella aquellos pensamientos y acciones tan crueles.

La primera vez (después del fallecimiento de Sabina) que mencionó a Alan no pudiste contenerte y le gritaste que él estaba muerto, algo que evadiste durante cinco años por temor a que ella perdiera la cordura, por temor a perder a tu hija adorada. Pero ese día no te interesó su futuro, únicamente querías que se callara, que dejara de atormentarte.

Los días siguientes hice lo posible por no estar en el departamento. Me dediqué a beber y a contratar prostitutas. Hasta que una de ellas me habló de su vida. Me dijo que tenía una hija de quince años. Me sorprendió, pues era una mujer de apenas veintiocho años. Me contó que fue violada a los doce años y que tuvo a su hija a los trece. Le hablé sobre la relación entre Renata y Sabina. "Mi esposa no quería tener hijos", le expliqué. "Yo tampoco", dijo. "Y por lo mismo he sido una madre negligente, abusiva, incomprensiva, agresiva. La he cagado bien cabrón. Pero ella no tiene la culpa. Ahora ella tiene que cargar con el estigma de ser producto de una violación e hija de una puta. Fuma marihuana, inhala cocaína y está cogiendo con un pinche narquito de la zona. Yo ya no le puedo decir nada. La cagué".

Decidiste cambiar tu actitud con Renata. Hablaste con ella, le pediste que volviera a tomar terapia. La llevaste a comprar una televisión, un reproductor de DVD y varias películas.

Le prometiste que todo sería diferente. Te comprometiste a ser diferente. Y te gustó. Te sentiste bien, Laureano. Era un nuevo comienzo.

Estabas dispuesto a perdonarlo todo, a dejarlo todo atrás. Fuiste muy amoroso con Renata. Días después, compraste algunos muebles, pintaron el departamento y convivieron sin hablar sobre el pasado.

Una de esas noches, celebramos sus quince años. Comencé a beber. Laureano, bebiste como lo habías hecho en los últimos meses. Perdiste la consciencia. Y cuando desperté, tenía a Renata sentada a horcajadas sobre mi regazo, besándome. No te pudiste contener. No lo pensaste. Todo el odio que tenía acumulado se liberó en ese instante. No lo recuerdas bien, pero sabes que le diste algunos golpes, la tiraste al piso, apretaste su cuello con mucha fuerza y viste sus ojos tan abiertos y su rostro rogando por clemencia. ¿La merecía? Fue la mayor manifestación de odio en tu vida. Deseabas verla sufrir. Contemplé con dolor esos ojos que tanto amé llenos de desesperación. Sólo hasta ese instante descubriste cuál era el peor daño que se le podía hacer a Renata: tu repudio.

Te sentiste satisfecho en esos primeros minutos. Disfrutaste la venganza. Estaba muerta. Sus ojos no se movían. No respiraba. Estaba muerta. Luego comprendí lo que había hecho. Estaba muerta. Muerta. Salí del departamento y caminé sin dirección alguna.

Han pasado dos años. Desde entonces, no he sacado dinero del cajero ni he visitado a mis familiares. Duermo en el piso. Afuera de las tiendas. Restaurantes. Cajeros automáticos. Centros comerciales. La gente es buena conmigo. A veces me dan comida. Casi siempre, comida que ya no quieren. Ahora como lo que sea, incluso en los basureros.

Estoy sentado en el piso, afuera del metro. Veo zapatos la mayoría del tiempo. Tacones con medias y sin medias. Sandalias de todas las formas y colores. Algunas con brillantes y otras muy sencillas. Zapatos caros y baratos. Sucios y espléndidamente boleados. Dobladillos mal cosidos. Planchados impecables.

Levantas discretamente tu vaso lleno de aguardiente y le das un trago. Cae una moneda en tu bote de aluminio y agradeces. Levantas la mirada y observas al buen samaritano que sigue su camino. Detrás de él vienen decenas de hombres, jóvenes y mujeres con niños. Todos apurados, desesperados por llegar a sus destinos.

Cuando te aburres, caminas, caminas mucho. Cantas en un susurro: *Ne me quitte pas*. Ves el cielo, las nubes, las copas de los árboles, las aves, los semáforos, los cables clandestinos que cuelgan de los postes de luz, los espectaculares que anuncian teléfonos, ropa, cerveza, autos, lencería, partidos políticos, de todo. Ves los rostros de la gente que casi nunca te mira. Ves los coches estancados en el tránsito, los conductores que se gritan agresivamente, los niños que miran por los cristales de los autos, los peatones que se cruzan las calles, aunque los coches estén circulando. Ves a los perros callejeros. Ellos te quieren, te siguen, se sientan a tu lado.

Una gota de lluvia golpea tu nariz. Las nubes han tapizado el cielo. Recoges tu bote de aluminio y tu vaso. Caminas. De pronto, te detienes asustado. La reconoces de inmediato. Es ella. ¿Estás seguro? Sí. Imposible que me confunda. Es ella. Enclenque, fachosa: botines cafés, medias negras con dibujos, shorts de mezclilla, camiseta negra, chaleco café claro, suelto. Rostro pálido, nostálgico, labios negros como su alma, ojeras profundas, delineador grueso en los ojos, en la nariz y cejas ocho o diez piercing, su cabello corto y despeinado; en sus brazos pulseras y algunos tatuajes. Va sola.

Bajo mi sombrero y agacho la cabeza. Me doy media vuelta. Me falta el aire. Comienza a llover a cántaros. La gente corre apresurada. No me he movido. Tengo miedo. De pronto, siento curiosidad. Te detienes y giras la cabeza. La ves por arriba del hombro. Ella está mirando al cielo con nostalgia. Su ropa se empapa rápidamente. No baja la mirada. No se cubre del agua.

Vuelves la mirada al frente y sigues tu camino mientras susurras: *Ne me quitte pas.*

El origen de todos los males de Sofía Guadarrama Collado
se terminó de imprimir en junio de 2022
en los talleres de
Impresora Tauro, S.A. de C.V.
Av. Año de Juárez 343, col. Granjas San Antonio,
Ciudad de México